實戰智慧館 348 李仁芳 策劃

來參加巴菲特股東會

Google、星巴克、微軟等22家頂尖企業股東會現場實錄

A Weekend with Warren Buffett

And Other Shareholder Meeting Adventures

by

Randy Cepuch

倫迪・卡普契 著

呂佩憶 譯

實戰智慧館 348

來參加巴菲特股東會

Google、星巴克、微軟等 22 家頂尖企業股東會現場實錄

作　　者——倫迪・卡普契 (Randy Cepuch)
譯　　者——呂佩憶
封面設計——黃聖文
特約編輯——黃貝玲
特約校對——李若風
資深編輯——林士蕙
主　　編——林麗雪
財經企管叢書總編輯——吳程遠
策　　劃——李仁芳博士
發 行 人——王榮文
出版發行——遠流出版事業股份有限公司
臺北市 100 南昌路二段 81 號 6 樓
電話：2392-6899　傳真：2392-6658
郵撥：0189456-1

著作權顧問——蕭雄淋律師
法律顧問——王秀哲律師・董安丹律師
排　　版——中原造像股份有限公司
2008 年 10 月 1 日 初版一刷
行政院新聞局局版臺業字第 1295 號

新台幣售價 280 元（缺頁或破損的書，請寄回更換）

ISBN：978-957-32-6347-0

YLib 遠流博識網
http：//www.ylib.com　E-mail：ylib@ylib.com
http://www.ylib.com /ymba　E-mail: ymba@ylib.com

《實戰智慧館》

出版緣起

王榮文

在此時此地推出《實戰智慧館》，基於下列兩個重要理由：其一，臺灣社會經濟發展已到達了面對現實強烈競爭時，迫切渴求實際指導知識的階段，以尋求贏的策略；其二，我們的商業活動，也已從國內競爭的基礎擴大到國際競爭的新領域，數十年來，歷經大大小小商戰，積存了點點滴滴的實戰經驗，也確實到了整理彙編的時刻，把這些智慧留下來，以求未來面對更嚴酷的挑戰時，能有所憑藉與突破。

我們特別強調「實戰」，因爲我們認爲唯有在面對競爭對手強而有力的挑戰與壓力之下，爲了求生、求勝而擬定的種種決策和執行過程，最值得我們珍惜。經驗來自每一場硬仗，所有的勝利成果，都是靠著參與者小心翼翼、步步爲營而得到的。我們現在與未來最需要的是腳踏實地的「行動家」，而不是缺乏實際商場作戰經驗、徒憑理想的「空想家」。

我們重視「智慧」。「智慧」是衝破難局、克敵致勝的關鍵所在。在實戰中，若缺乏智慧的導引，只恃暴虎馮河之勇，與莽夫有什麼不一樣？翻開行銷史上赫赫戰役，都是以智取勝，才能建立起榮耀的殿堂。孫子兵法云：「兵者，詭道也。」意思也明指在競爭場上，智慧的重要性與不可取代性。

《實戰智慧館》的基本精神就是提供實戰經驗，啓發經營智慧。每本書都以人人可以懂的文字語言，綜述整理，爲未來建立「中國式管理」，鋪設牢固的基礎。

遠流出版公司《實戰智慧館》將繼續選擇優良讀物呈獻給國人。一方面請專人蒐集歐、美、日最新有關這類書籍譯介出版；另一方面，約聘專家學者對國人累積的經驗智慧，作深入的整編與研究。我們希望這兩條源流並行不悖，前者汲取先進國家的智慧，作爲他山之石；後者則是強固我們經營根本的唯一門徑。今天不做，明天會後悔的事，就必須立即去做。臺灣經濟的前途，或亦繫於有心人士，一起來參與譯介或撰述，集涓滴成洪流，爲明日臺灣的繁榮共同奮鬥。

這套叢書的前五十三種，我們請到周浩正先生主持，他爲叢書開拓了可觀的視野，奠定了紮實的基礎；從第五十四種起，由蘇拾平先生主編，由於他有在傳播媒體工作的經驗，更豐實了叢書的內容；自第一一六種起，由鄭書慧先生接手主編，他個人在實務工作上有豐富的操作經驗；自第一三九種起，由政大科管所教授李仁芳博士擔任策劃，希望借重他在學界、企業界及出版界的長期工作心得，能爲叢書的未來，繼續開創「前瞻」、「深廣」與「務實」的遠景。

《實戰智慧館》

策劃者的話

企業人一向是社經變局的敏銳嗅覺者，更是最踏實的務實主義者。

九〇年代，意識形態的對抗雖然過去，產業戰爭的時代卻正方興未艾。

九〇年代的世界是霸權顚覆、典範轉移的年代：政治上蘇聯解體；經濟上，通用汽車（GM）、IBM虧損累累——昔日帝國威勢不再，風華盡失。

九〇年代的台灣是價值重估、資源重分配的年代：政治上，當年的嫡系一夕之間變偏房；經濟上，「大陸中國」即將成爲「海洋台灣」勃興「鉅型跨國工業公司（Giant Multinational Industrial Corporations）的關鍵槓桿因素。「大陸因子」正在改變企業集團掌控資源能力的排序——五年之內，台灣大企業的排名勢將出現嶄新次序。

企業人（追求筆直上昇精神的企業人！）如何在亂世（政治）與亂市（經濟）中求生？

外在環境一片驚濤駭浪，如果未能抓準新世界的砥柱南針，在舊世界獲利最多者，在新世界將受傷最大。

亂世浮生中，如果能堅守正確的安身立命之道，在舊世界身處權勢邊陲弱勢者，在新世

李仁芳

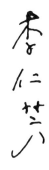

界將掌控權勢舞台新中央。

《實戰智慧館》所提出的視野與觀點，綜合來看，盼望可以讓台灣、香港、大陸，乃至全球華人經濟圈的企業人，能夠在亂世中智珠在握、回歸基本，不致目眩神迷，在企業生涯與個人前程規劃中，亂了章法。

四十年篳路藍縷，八百億美元出口創匯的產業台灣（Corporate Taiwan）經驗，需要從產業史的角度記錄、分析，讓台灣產業有史爲鑑，以通古今之變，俾能鑑往知來。

《實戰智慧館》將註記環境今昔之變，詮釋組織興衰之理。加緊台灣產業史、企業史的紀錄與分析工作。從本土產業、企業發展經驗中，提煉台灣自己的組織語彙與管理思想典範。切實協助台灣產業能有史爲鑑，知興亡、知得失，並進而提升台灣乃至華人經濟圈的生產力。

我們深深確信，植根於本土經驗的經營實戰智慧是絕對無可替代的。另一方面，我們也要留心蒐集、篩選歐美日等產業先進國家，與全球產業競局的著名商戰戰役，與領軍作戰企業執行首長深具啓發性的動人事蹟，加上本叢書譯介出版，俾益我們的企業人汲取其實戰智慧，作爲自我攻錯的他山之石。

追求筆直上昇精神的企業人！無論在舊世界中，你的地位與勝負如何，在舊典範大滅絕、新秩序大勃興的九〇年代，《實戰智慧館》會是你個人前程與事業生涯規劃中極具座標參考作用的羅盤，也將是每個企業人往二十一世紀新世界的探險旅程中，協助你抓準航向，亂中求勝的正確新地圖。

【策劃者簡介】

李仁芳教授，一九五一年出生於台北新莊。曾任政治大學科技管理研究所所長，輔仁大學管理學研究所所長，企管系主任，現為政大科技管理研究所教授，主授「創新管理」與「組織理論」，並擔任行政院國家發展基金創業投資審議會審議委員，交銀第一創投股份有限公司董事，經濟部工業局創意生活產業計畫共同召集人，中華民國科技管理學會理事，學學文化創意基金會董事，文化創意產業協會理事，陳茂榜工商發展基金會董事。近年研究工作重點在台灣產業史的記錄與分析。著有《管理心靈》、《7-ELEVEN 統一超商縱橫台灣》等書。

來參加巴菲特股東會

Google、星巴克、微軟等22家頂尖企業股東會現場實錄

目錄

編輯室報告

小股東，別棄權！

林麗雪

「你不理財，財不理你。」在投資理財雜誌的宣導教育下，台灣民眾的理財意識逐漸開竅，尤其在銀行定存利息偏低，物價高漲的情形下，不理財不投資，直接等於「漏財」（目前銀行一年期定存利率不到三%，比消費者物價指數年增率三．八九%低）。

一般民眾偏好哪些理財方式呢？在黃金、期貨、外匯、股票、基金、房地產等各種投資工作中，股票與基金是資金需求彈性最大的兩項投資工具，也最受投資人青睞。據估計，目前股票投資人約四百萬人（粗估證交所登記資料扣除重複開戶數、未成年子女人頭戶等），基金投資人則約一百八十萬人。股票投資人大約是基金投資人兩倍多。

台灣股票投資人數很多，但很可惜，參加股東會卻未成風氣，小股東大都委託給收購的業者，領取股東會的贈品。台灣小股東投入股市的目的，多數爲了賺取差價，操作行爲上多是短線進出，因此，參與股東會的意義不大。其次，小股東的持股數有限，也很難制衡大股東，更影響了小股東參加股東會的意願。

跟巴菲特的投資哲學比起來，巴菲特堅持長期持有優質公司，每年享受跟著公司成長之後的甜美果實（不在乎短期股價波動，營運成績好每年自然固定配發股利），台灣投資人的短線操作相形之下似乎顯得「事倍功半」——忙著進進出出，口袋卻一場空。如果小股東能從長期分享公司成長的角度投資股票，學巴菲特親自主持股東會的精神，也親自出席股東會，會不會有更好的投資報酬率表現？

本書《來參加巴菲特股東會》正是在書市中，唯一以參加股東會角度切入的股票相關書籍。作者倫迪．卡普契是一位有二十五年經驗的美國金融作家，以幽默爆笑、觀點獨特的寫作筆法，成就了這本親自參與迪士尼、微軟、沃爾瑪、Google、eBay等二十二家企業的股東會見聞錄。在書中，他除了提出讓人笑到飆淚的另類觀察，也分享了非常實用的資訊，讓投資人可以藉由參加股東會，進一步了解自己投資的公司、學習如何像公司擁有人一樣地思考等等。

作者發現，親臨股東會現場，其實可以得到很多判斷是否該買或該賣的資訊。從股東會相關議程的安排，包括接待股東的方式、是否供應餐點、是否提供贈品？到股東會經理人報告公司近況是否誠實、坦率？到高階經理人面對股東提問是否詳實、耐心回答？你是否認同公司的官方說法？甚至，從事先作足功課的職業股東的提問（在作者眼中，職業股東的問題不全然是鬧場），你也可以敏感地嗅出公司經營的可能問題。

藉由現場親身觀察，不需要特別訓練，就能判斷經理人是否誠實、能幹、專心經營公司，作者也因此能做出領先媒體報導的獨立判斷（誰知道媒體是否聯合企業作假消息？此外，媒體消息造成的一窩蜂效應，對小股東其實「利多於弊」），不需要內線消息（除非你有親朋好友在你投資的公司內部擔任重要職務），而決定是否加碼買進或乾脆賣掉。

你是小股東嗎？參加過股東會嗎？股東會提供現場接觸企業經營者的機會，是身爲小股東的基本權利，千萬別輕言放棄。也建議各位小股東，參加股東會之前，先參考作者參加二十多家股東會的經驗，相信一定能幫助你做好充分準備，在股東會上，得到最大的收穫。

推薦序

現場爲你的經理人評分

Yahoo!奇摩理財專欄作家
王志鈞

每年到了春末、夏初的時候，是台灣上市櫃公司召開股東會的旺季。許多股友們會積極去領取股東紀念品，可惜卻不是親自出席股東大會領取。

在上市櫃家數愈來愈多的情況下，許多有代理發放股東紀念品的證券公司門口，在春末時節，總是門庭若市、萬頭鑽動。股友們基於領取的效率問題，會一次到證券股務代理窗口集中的地方，一次跑完一條街，一次領取上三、五家以上公司的紀念品，然後滿載而歸。

股東大會之於股友的意義，幾乎只剩下：「有免費的好康東西可以領取啦！」

但我認爲，股友們應該拿出積極領取股東紀念品的精神，好好去股東大會現場看上一看。目的是什麼呢？難道只是聽聽台上董事長、總經理說些言不及義的話，或者照本宣科地唸出公司年度經營報表嗎？當然不是的。要去看看上市櫃公司老闆是不是一個老實可靠的人？才不會蓄意訛詐或坑殺了小股東。

散戶投資人不是專業法人，沒有辦法近身接觸上市櫃公司的經營者，唯一的機會就是參加股東大會，到現場親自爲你的經理人評分。這是散戶決定是否長期投資這家公司的重要決策依據之一。我問過許多朋友，問他們知不知道自己所投資股票的經營者是誰？許多人想上老半天，還回答不出來。但如果問他們，這家公司今年的股東紀念品發放什麼？很多人馬上會反應：「送一個指甲刀，好爛喔！」

「是一組咖啡杯耶，很棒喔！」我們對自己所投資之公司老闆的認知，卻不如一把指甲剪？真是很不可思議。如果投資人能拿出本書作者的精神，認真跑遍美國各大州，甚至遠赴歐洲、澳洲去參加股東大會，相信會對所投資的公司有更通透的理解，並作為加減碼的依據。

巴菲特每年都親自全程出席波克夏．海瑟威的股東大會，以經營者身分向股東們詳細解釋公司經營方針，他自己就爲小股東出席股東大會的意義，做了正確的示範。參加股東大會的意義，不就是要聽聽公司經營者的想法嗎？巴菲特自己做投資時會想了解經營者，股東們投資波克夏．海瑟威控股公司時，不也想知道股神會如何幫他們賺到錢？

也許你會說，手上三、四十檔股票，親自跑股東會哪跑得完呢？那我會說，投資人與其滿手爛股，不如認眞研究三、四間企業，一次抱穩這三、五檔股票就好。一年跑三、四場股東大會，會很難嗎？如果你想確保你的投資績效，認眞去股東大會上看看你的公司老闆吧！

前言
和巴菲特有約

每年春天，我都會花上一個週末的時間去見人稱股神的投資專家巴菲特。他會和我分享對目前大環境的看法，灌輸我一些投資的基本常識，然後送我離開。整體上來說，作爲一名投資人，這個例行活動幫我避免惹上嚴重的問題。

對了，我得說一下，巴菲特並不是單獨和我在一起，其實在場的還有其他大約兩萬人。這兩萬人和我一樣，都是波克夏．海瑟威（Berkshire Hathaway）的投資人，我們是在內布拉斯加州的奧瑪哈市參加波克夏．海瑟威的股東大會。巴菲特是波克夏公司的執行長兼董事會主席，被認爲是當今最聰明的投資人、最有道德感的生意人。每年此時，他都會花上至少六個小時，聆聽並回答股東的任何問題。他會大致談談生活、情感、會計等，以及其他事情，而且確定每位股東都有賓至如歸的感受。有位害羞的女士在開始提問前，十分客氣的先道了個歉，巴菲特發現她只持有一股，於是鼓勵她發問，並表現出他就是她的合夥人，而且他們兩個人擁有這間公司的大部分股權一樣。

我從一九九九年開始每年都會到奧瑪哈市，而那一年正好趕上了巴菲特對「曇花一現」的網路與科技公司的眞知灼見，他的那些警告後來都一一得到驗證了。

網路泡沫化的那一年，我持有其中幾家公司的股票。我在幾年前就以有限合夥人的方式投資這些公司，這些公司主要是靠創投業者資助的高風險新創公司。大部分也可以說所有的新創公司會破產並不奇怪，但其中還是有少數經營得不錯，而投資人就會得到創辦人應得的股份。所以我算是很幸運的。我投資這些公司的時候正好趕上了科技的浪潮，那段時間，幾乎任何沾得上網際網路的公司，都可以發行股票，而且股價可以在一夜之間飆漲十倍。忽然之間，我開始收到一些少量的配股，這些公司的名稱我連聽都沒聽過，有些聽起來甚至像是隔壁鄰居寵物的名字。

在那之前，我都沒有直接投資股市。從一九八〇年代初期，我開始為美國一家很大、很成功的共同基金集團「美國基金」（American Funds）撰寫年報等相關資料。所以不難理解，我比較傾向拿錢買共同基金，也就是說，讓別人幫我選擇投資組合❶。就算是在我撰寫基金資訊和閱讀商業新聞的那幾年，我也極少眞正了解任何一家公司。

波克夏．海瑟威是唯一的例外。我一直以來都很欣賞直言不諱、不擺架子的巴菲特和他的控股公司，這家企業的投資興趣非常廣泛，許多投資人都把這檔股票當成共同基金來投資。波克夏所持有的大部分股票像是保險公司、製鞋廠這類的公司，都不是很吸引人的公司，所以在九〇年代末期，當大家都把錢拿去投資網路和科技股時，被認為是「舊經濟」的波克夏公司股價跌掉很多。但是，幾年的研究下來我學會了一件事，那就是如果要有效的投資就要逆勢操作，特別是當大部分投資人都不理性

❶共同基金提供多樣化且專業的財務管理，所以對許多人而言是非常好的投資方式。但是，共同基金極少透過投資的內容，告知投資人有關公司的資訊。這個問題到二〇〇四年變得更加惡化，證券交易委員會決定，共同基金在發表的投資組合報告上，不需要揭露持股最多的五十家公司之外的公司（或占共同基金資產不足一%的公司）。當然，這些「小額」持股加總起來，如果到達三分之一或更多的投資組合比重，就可以被列表呈現，不過沒有什麼用，因為是用「其他」表示。

思考時更應該如此。所以我買下了一股波克夏的股票——我的第一支單一公司的股票，而且第一次有機會到奧瑪哈市參加股東會。

等我聽完了巴菲特對網際網路和科技股的悲慘預言後，我才了解到，對這些股票自動出現在我信箱裡的公司，我的認識實在是少得可怕。這些公司大部分都在進行「解決方案最佳化的聚集過程」，或類似這些我永遠也搞不清楚的鬼東西。

所以我開始賣出手中持有的這類股票，然後投資一些根基穩固、從事我能了解的生意的公司，通常這些資訊都是我自己研究或來自親戚朋友的第一手消息。不久之後，我就累積了一些不同公司股票的投資組合，這些股票多多少少反映出我個人的信念或興趣。投資組合是可以看得出一個人的特質的。我盡可能避免投資一些會虐待動物、經營核電廠或是董事會中有奎爾之類人物❷的公司。

二〇〇一年我決定辭掉當時的工作時，投資變成了我的主要收入來源，於是我開始懷疑自己是不是眞的了解我投資的這些公司。參加波克夏的股東會眞是令我大開眼界。其他公司會不會也像這樣每年舉辦股東會，讓像我這樣的投資人學到新的知識？如果會，那他們和波克夏的「資本主義的伍斯塔克」般的股票會比起來又如何？我決定要在這些公司每年必須開門迎接我的這一天（不管他們想不想），親自到這些公司，看看他們會如何對待我。

接下來的五年，我的足跡遍及美國、歐洲和澳洲，總共參加了超過五十場股東會。因爲到這些地方都必須搭飛機、火車和開車，讓我退休後還是得四處遊走；此外，這也讓我可以常常離家，讓我太太南茜不致於因爲忽然天天都看得到我而感到十分驚訝。

這些經歷讓我得以一見備受尊崇或飽受攻擊的企業大享，也讓我了解到「股東民主」其實只是個假象，當然啦，偶爾還可以享用免費的午餐。有時候，我在股東會上看到或聽到一些消息，讓我決定賣掉某些股票，或是買進更多股票，後面這種情形比較少發生。漸漸的，好奇心甚至驅使我爲了參加一些可能還滿有趣的股東會，而去買一些股票（但我不建議各位這麼做）！

我將在本書中帶領各位進入一些企業的年度會議，告訴各位股東會上常見或不常見的狀況，我會特別說明不常見的情形。希望在讀過本書說明的這些股東會議後，能鼓勵各位開始學著了解自己的投資（或開始投資），並且有助於各位決定要不要以及何時要開始認識投資的公司。

重要附註：本書中，我將說明我如何以及爲何買進某些股票，但請各位絕對不要只根據我對這些公司的描述，就貿然決定投資。投資人在決定前一定要自己作功課（在華爾街稱爲「善盡責任」）。畢竟這份報告只是我的部分觀察，最安全的作法是要先假設這些貌似華麗的股東會，到頭來可能只是場鴻門宴。從我出席這些股東會到現在，這些公司、內部的員工甚至是整個世界畢竟已經變了很多（幽默大師威爾．羅傑斯恰如其份的抓到了投資的精髓：「買進、持有績優股，直到股價上漲。如果不漲，就根本別買。」）

❷丹．奎爾（Dan Quayle），老布希時代的副總統。任內鬧出許多笑話，曾自比甘迺迪而受到其他政治人物的諸多批評，至今仍是許多美國人訕笑的對象。（譯注）

第1站→→波克夏．海瑟威控股公司

初見偉大的魔法師

背景說明：我一直十分景仰波克夏．海瑟威控股公司的執行長兼董事會主席華倫．巴菲特，他每年都親自撰寫坦誠不諱並提供資訊豐富的〈波克夏年報〉。許多崇拜巴菲特的人都稱他為「奧瑪哈的魔法師」。我個人則認為他是企業界最受愛戴的名流——既聰明又風趣、品德端正又備受敬愛。波克夏．海瑟威控股公司是一家非常獨特的公開上市企業集團，旗下公司包括政府僱員保險公司（GEICO）和牛奶皇后冰品（Dairy Queen），並持有可口可樂和美國運通等企業的大量股份。我買進的第一檔股票就是波克夏．海瑟威。

五月的第一個星期六一大早，就有一大群忠實的群眾圍繞在奧瑪哈最大的運動場外。一般人可能會以爲他們是在排隊要買布魯斯史普林斯汀（Bruce Springsteen）❶的演唱會門票。其實他們要看的是另一個傳奇人物的馬拉松表演，也就是年過七十的投資界英雄華倫．巴菲特所主持的股東會。

六個多小時後（包括午餐休息時間），巴菲特就要開始嚼著糖果、喝著櫻桃可樂，在波克夏．海瑟威的股東年會上，一邊娛樂一邊教育多達兩萬名的股東。這場會議是這個週末舉辦的各項活動中的高潮，被外界戲稱爲「資本界的伍斯塔克」❷（巧合的是，出席這場股東會的大部分股東，正好就是在人類成功登陸月球的一個月後，那些抽著大麻菸、在麥克斯耶斯格〔Max Yasgur〕牧場上聽搖滾的嬉皮世代）。

巴菲特和波克夏的董事會副主席查理．孟格（Charlie Munger）一同現身，顯然是這兩位要一起回答在場所有股東對波克夏．海瑟威的所有提問。但是，出席的這些股東、來賓和媒體眞正想知道的，卻是這位魔法師（也有人戲稱他爲「奧瑪哈的預言者」）對更重要議題的見解。巴菲特被視爲美國最有良知的企業家，也是世界上最厲害的投資人。不容置疑地，他絕對是最成功的人之一，只有偶爾和他打打橋牌的比爾．蓋茲（二〇〇五年時也成爲波克夏的董事）比他更有錢（編按：根據二〇〇八年《富比士》最新富豪榜，巴菲特成爲世界第一富豪，蓋茲爲世界第三富豪）。

所以，每年都會有一大群人如朝聖般地湧入奧瑪哈，期待能從巴菲特精準的投資眼光和完美的道德標準中，找出一點點瑕疵或破綻。

❶布魯斯史普林斯汀（Bruce Springsteen），別號「工人皇帝」的搖滾歌手。（譯注）

❷伍斯塔克（Woodstock）是一九六九年八月在紐約州小鎮舉辦的音樂會，被視為六〇年代的反傳統和嬉皮文化的代表，也是美國音樂史上最重要的音樂會，獲《滾石雜誌》評選為「改變搖滾史的五十大事件」。曾改編成電影及歌曲。（譯注）

忽然遇見巴菲特

我首次加入朝聖的隊伍是在一九九九年，而且我的股東會初體驗開始的方式非常不尋常：在抵達半小時後，我偶然遇見了魔法師本人。那種感覺就好像在山腳下的基地準備攻頂的前一晚，突然遇見了久居山頂的大師。

一下飛機，我就來到內布拉斯加體育館，隔天股東會就要在這個老舊的體育館舉行。建築物的外面是波克夏擁有的私人飛機出租公司——商務客機公司（Executive Jet）的展覽。我正在和展場的服務人員說話時，她忽然帶著微笑對我說：「哦，巴菲特先生來了。」來人確實就是巴菲特，他步出林肯房車的駕駛座，一個人大步地走了出來，將一把灰白的頭髮往後撥，神采奕奕地和我們六個人握手、聊天、拍照。他的平易近人令我著實驚訝，我只有感謝他把公司經營得這麼好，除此之外我的腦袋幾乎是一片空白。這個場景讓我回想起七〇年代，在演唱會的後台遇到大明星琳達朗絲黛的情形，只不過我對巴菲特的崇拜更甚於明星歌手。

開車前往飯店的路上，很明顯地可以看得出來奧瑪哈的商家很喜歡五月的第一個週末。歡迎波克夏股東的招牌林立，只不過，來出席股東會的許多人其實是奧瑪哈的當地居民，他們數十年前就是波克夏的投資人了。許多低調的富翁也都選擇定居奧瑪哈。

至於遠道而來的人，就必須預訂機位和住宿。很多人甚至提早六個月預訂，如果太晚才想到要預約，恐怕會沒有房間可以過夜。但是除了交通和住宿外，股東們還得持有股東會的識別證，股東必須回覆每年三月底收到的年報中所附的明信片，才會收到股東會的識別證。其他人則可以跟著有識別證的股東一起進場（一名股東最多可以索取四張識別證），或試著去eBay找找（波克夏會在eBay以固定的便宜價格出售識別證，避免有人爲了參加股東會而被削了一筆）。識別證上繫著一條掛在脖子上用的識別證專用繩，隨證一起寄出的還有奧瑪哈的遊客指南，說明週末的行程、交通與住宿資訊，以及該地區的觀光景點。

二〇〇二年四月《華盛頓郵報》的旅遊版中，有這麼一段描述奧瑪哈市的介紹，內容說到在奧瑪哈「絕對不會聽到一句話，就是『歡迎蒞臨奧瑪哈』。」文中繼續描述，如果讀者不小心來到這個在作者看來一點也不起眼的城市，只有少數幾個地方可以走走、看看。幾個星期後，我人在奧瑪哈，當時《奧瑪哈世界前鋒報》也注意到《郵報》這則報導。這家當地的報紙以典型中西部人的態度，拒絕回敬《郵報》對該市的嘲諷（《郵報》會這樣評寫奧瑪哈市也頗值得玩味，因爲巴菲特童年時就曾經在華盛頓地區，費力地在五條送報路線遞送報紙，其中一條就是《郵報》的遞送路線。此外，波克夏・海瑟威擁有華盛頓郵報公司約一八%的股份，而且巴菲特目前正是《郵報》的主要董事）。

儘管《郵報》的評語不佳，但是前來奧瑪哈參加波克夏股東會的股東們，在內布拉斯加還是可以找到很多活動打發時間。如果參觀福特前總統出生的地方還不夠打發時間，波克夏所擁有的內布拉斯加傢俱店及博爾士珠寶店還提供股東特別優惠價，兩家都是同業中最大的公司。當地的牛奶皇后冰品舉辦的派對，只要是波克夏的股東都可以免費品嚐雪糕，並獲得由作者親筆簽名的波克夏相關書籍，有時甚至會有巴菲特本人的簽名書。另外還有非正式的接待會，有些是由波克夏公司舉辦，有些則是由巴菲特迷俱樂部所贊助。

不過，股東會才是這個週末的重頭戲。大部份這種股東會只開一、兩個小時，但是波克夏的股東會卻長達一整天。會場的門在星期六早上七點打開，接著會有一群人蜂湧而至，擠進會場，準備選好座位。一進場就可以看到好幾份在場外免費發送的淡粉紅色《金融時報》，很顯眼地放在椅子上佔位子，股東們佔好了位子就會離席去拿些早餐，趁著會議開始前四處瞧瞧。

從一早到傍晚，許多由波克夏完全持有或大部份持有股份的公司，都會在展覽區擺設攤位，參觀者都可以免費品嚐喜思巧克力（See's Chocolates）。

幾乎所有攤位都會提供一些免費贈品，這幾年比較值得注意的贈品，像是報稅服務商布洛克（H&R Block）贈送披頭四合唱團的《左輪手槍》CD（其中包括〈收稅員〉這首歌）、班傑明慕爾油漆（Benjamin Moore Paints）贈送的泰迪熊、蕭氏地毯公司（Shaw Industries）贈送的魔術方塊、約翰曼菲爾玻璃公司（Johns Manville）的摺疊式望遠鏡、可口可樂贈送的奧運紀念胸針和紀念瓶。當然，也可以買東西：糖果、商務客機的部分擁有權，更不用說還有鞋子、吸塵器、百科全書、地毯、鑽石項鍊，甚至是設計師以手握鈔票的波克夏公司標誌爲圖，爲波克夏設計的聖誕樹裝飾品，總之，應有盡有。

此外，還有很多機會可以和波克夏旗下的子公司吉祥物合照。你可以和穿著戲服的水果成衣公司（Fruit of the Loom）廣告裡的角色，或是和政府僱員保險公司的吉祥物壁虎合照。在牛奶皇后冰品的攤位，站在穿著雪糕裝的人旁邊，就可以捕捉和冰淇淋合照的永恆時刻。

巴菲特、蓋茲擔綱演出娛樂短片

回到大會堂，會議在八點三十分開始，一開始先播放由巴菲特的女兒蘇西所製作的家庭影片。這是一段長約一小時的影片集錦，由巴菲特擔綱演出，劇情內容包括他前往國會作證，以及拿著四弦琴唱歌的畫面。

當中有很多畫面每年都會出現，但一定都會有新的內容，而且常常還會有其他名人來串場。其中有一小段逗趣的劇情，是巴菲特和蓋茲一起出現在法官茱蒂（Judge Judy）面前。她稱巴菲特是「老罪犯」，還叫蓋茲去「閉嘴．達康」（go to "shutup.com" 意指叫蓋茲閉嘴）。有時影片還會穿插動畫短片，由奧瑪哈的動畫家繪製巴菲特及合夥人孟格，還有波克夏的各項產品，內容改編自〇〇七系列電影、《我愛露西》和《反斗智多星》的幽默動畫短片。

二〇〇三年的動畫改編自《綠野仙蹤》，巴菲特的角色是桃樂絲、孟格則是他的寵物狗托托，兩人在一場龍捲風後在堪薩斯迷路了。蓋茲則是幫助他們回到奧瑪哈的巫師（巧的是，股東會隔天，奧瑪哈市眞的遭到龍捲風襲擊，我躲在當地的博物館地下室裡好幾個小時。因爲博物館裡的商店以前是由巴菲特的曾祖父、祖父和叔父經營，所以這間商店也變成了博物館的一項主題展覽）。

影片也經常會向波克夏剛買下的公司致意。波克夏買下服飾商水果成衣公司時，巴菲特找來了財經電視台CNBC的主播羅昂．殷瑟納（Ron Insana），一起製作了一段假的專訪，內容揭露新公司可能採用的標語：「我們要貼在大家的屁股上」以及買下這家公司的原因：「四年來，查理一直說要穿女人的內衣，他已經七十八歲了，再不行動就來不及了。」

這幾年來，影片總是會改編可口可樂在一九七一年推出的廣告歌曲〈世界歡樂頌〉。原本的旋律加上伴唱帶，但歌詞卻改編成波克夏旗下的公司，例如《水牛城日報》和其他保險公司，而原本歡樂的內容變成了「報社很忙碌／我們下了很大的賭注／賭一場大災難」。（嗯，關於這句歌詞，我希望他們說的應該是反話。）有時候影片會回到巴菲特身上，他仍然在撥弄著四弦琴，而且每一次出現，都是在體育館的不同地方彈奏音樂，最後以男廁爲終點，並以沖馬桶的水聲作爲結尾。總而言之，整段影片是既謙遜又可愛的表演。

正式的業務會議（大概是整個週末最無聊的時段）時間並不長。因爲巴菲特持有公司約四〇%的股份，所以投票的結果不用猜也知道，而且他常常會以非常快的速度省略掉這個議程。

其實，整個基本流程和其他股東會差不多：祕書確認法定最低人數已出席或已事先表決代理人、介紹公司的管理階層、提名票選或重選董事會、介紹稽核人員、股東對董事和稽核員的投票結果，最後會議結束。有時還會有其他的議程，像是複雜的高階主管年度薪酬計畫（公司通常會鼓勵股東贊成），或是股東提案建議一些拯救世界的計畫（公司通常會鼓勵股東反對）。波克夏的股東會議通常很簡單，部分的原因是，過去的二十五年來，巴菲特一直很滿足於這份收入微薄的工作（年薪只有十萬美元）。所以我可以大膽的臆測，巴菲特大概眞的不需要錢。

在結束必要的後續議程時，巴菲特和孟格會打開一罐喜思巧克力的脆花生，巴菲特會宣布：「我們會待在這裡六個小時，或直到糖果吃完爲止。」（雖然股東會的內容十分精彩，巴菲特卻說：「查理和我其實根本沒有花時間準備股東會的內容，有時候週末根本連一次面也見不到，除了星期五晚上在他家吃飯之外。」

孟格也是奧瑪哈當地人，生活過得十分愜意順心，是個年紀比巴菲特大七歲的律師。他現居洛杉磯，興趣十分廣泛，喜歡大量地閱讀各種類型的書籍、從事喜愛的慈善活動，並經營魏斯可金融公司，這是由波克夏持股八〇%的鋼鐵、銀行、傢俱出租集團。

孟格出席股東會時，話很少，所以有人開玩笑說，直接拿他的照片做成的人形立牌來代替他就行了。巴菲特在介紹孟格時，經常說他是「運動機能亢進的傢伙」。每當巴菲特問孟格有沒有其他建議時，他的回答經常是「沒意見」，但是當他眞的有話要說時，倒也是字字珠璣。

每年波克夏股東會後幾天，孟格就會到加州的帕沙地那市主持魏斯可的股東會。這兩個股東會的差別十分明顯：巴菲特不會出席魏斯可的股東會，所以大部分的時間都是孟格在說話，而且魏斯可低調的股東會只吸引了幾百人出席（我在二〇〇〇年參加時，並不需要入場識別證），也沒有餘興節目。

一個股東只能提一個問題

來奧瑪哈參加股東會的股東國籍，並沒有多到像是來參加聯合國會議那麼多，但國籍的數目肯定比大部分其他公司股東的國籍還要多，而且全球的幾個主要國家都會有一些代表前來。雖然股東會是在星期六舉行，但有些股東仍會以上班穿著出席。大約有三〇%是女性，有些人還帶著小孩來。這些肯定都是一些生活寬裕的人，因爲巴菲特不喜歡將股票分割，所以波克夏的股價每一股高達數千美元（二〇〇六年中時，A級股票約九萬美元，B級股票約三千美元）❸。有些股東會帶書來看、有些人會

❸美股一般來說都沒有區分A、B股，只有波克夏算是少數例外。由於波克夏的股票一直沒有被分割，股價漲到一般人都買不起，這也達到巴菲特的目的，他希望波克夏股票都是被長期投資人所擁有。推出B股有兩個主要原因，一、美國稅法規定，贈與超過一萬美元的股票，要繳贈與稅，由於A股股價不斷上漲，股東可能會產生這類困擾；二、股東若需要資金，可出售部分波克夏股票，但不需整股賣出。波克夏A、B股的異同包括：一、B股股價等於三十分之一股A股股價；二、B股的投票權是A股的二百分之一；三、一股A股可轉換成三十股B股，三十股B股不能轉換成一股A股；四、B股不能參加股東指定捐贈計畫；五、A、B股持有人都可以參加股東會。（編注）

打毛線，但大部分的人都十分認眞聆聽，仔細鑽研巴菲特和孟格說的每個字。

運動場觀眾席各區都架設了麥克風，一些比較晚到的股東可以透過螢幕觀看股東會流程。巴菲特會依序詢問每一區的股東有沒有話要說，並盡力讓整場會議順利進行。

順利主持一場股東會其實並不容易，巴菲特一直到二〇〇四年才終於定下「一人只能提一個問題」的規定。因爲以前會有些滿口奉承、自作聰明的傢伙，一開始總會說「我只有三個很簡單的問題」，結果每個問題卻都是一堆隱諱的縮寫字和複雜的計算內容。這些人看起來對自己的表現頗爲滿意，以爲自己的問題可以考倒大師，但巴菲特並不會被這些問題難倒，他氣定神閒，讓發問者覺得很洩氣，然後巴菲特會把他們提出的艱澀問題用簡單的話重述一遍，再以任何人都能了解的方法回答。巴菲特總是一派鎭定，腦袋裡裝的知識和數據，不論別人怎麼挖也挖不完。

他和孟格非常喜歡與股東交流，巴菲特說過：「我們喜歡股東把自己當成經營者，但大部分的股東總是像順從的小綿羊。」

有一些問題每年總是會重覆出現：

●您最近心情如何？

年過七十的巴菲特總是會回答，他每天都踏著愉快的步伐去上班、他喜愛自己的工作、和同事相處融洽、工作完全沒有壓力。

●您過世後，波克夏公司會如何？

巴菲特打趣的說，他已經針對這件事下達嚴格的指示：「第一要務，就是再檢查一次我的脈搏。」玩笑話說完，他才解釋，他的工作會由幾個人分擔，然後公司的營運就要靠這幾個人來經營。他還說，公司的股價可能會因他過世而受到一些負面影響，但他堅定的表示，如果股價眞的下跌，那倒是個進場的好時機。

● 波克夏．海瑟威為什麼不更積極投資？

巴菲特不買科技股，是出了名的，而且還說波克夏不會投資他不了解的公司：「我們要的是具有長期競爭優勢，而且管理良好的公司。」（他在一九九九年時承認：「如果要賭，我會大筆下注微軟。但是我不需要這麼做，我們願意付出高額資金換取可靠的收益。」）孟格也是出了名的小心衡量不必要的風險。他會問自己，如果一個人已經生活無虞，爲什麼還要擔心別人賺錢的速度比他更快。

● 您對股市有什麼看法？

巴菲特回答：「我不看股市，我只看個別的事業。我不會把股票看成是每天在報紙上波動的線段，我們把股票當成是事業的一部分。」而且他還會特別說明：「我也不會因爲星期六、日股市休市，而渾身不自在。」

● 合理的股票投資報酬率是多少？

巴菲特總是合理的預期股價，他表示這幾年的合理範圍大約是六%至七%。

● 家長該如何教育孩子？

巴菲特說：「告訴孩子，他們只有一個腦袋和一個身體，所以要好好照顧身體、增長知識，等他們到了五十、六十、甚至七十歲時，才能擁有眞正有價值的資產。一個人眞正的資產，就是他自己，所以要努力開發、保護並提升自己的價値。」

● 如果您要提供一個小孩財務上的建議，請問您會對他說什麼？

巴菲特建議：「千萬不要寅吃卯糧，清償負債不是件容易的事，所以不要使用信用卡。」

● 如何成為成功的投資人？

巴菲特建議：「建立好的投資哲學，而且不要貪心。不要隨便聽信小道消息，最好自己安靜的思考產業的特性和潛在的獲利能力。一定要讀很多的公司年報。

● 你如何成功的？

巴菲特回答：「我有幾個非常棒的楷模，他們從來沒有讓我失望過。各位可以找一個模範並模仿他爲人處世的態度。先找到你最欣賞的人，然後問問自己，爲什麼我不能像他一樣？」孟格最欣賞的人是美國的開國元老班傑明・富蘭克林（Benjamin Franklin），所以他又另外加了一句：「不一定要以活人爲典範。一些世上最佳的典範人物，其實都作古很久了。」

您如何定義成功？

巴菲特小心的說：「如果一個人唯一的成就，是消極地持有一大堆股票，這是個失敗的人生。一個人到了我這把年紀，如果能讓你希望會喜歡你的人，眞心喜歡你，你就會成功。這是再多錢也買不到的。要讓人喜歡的方法，就是自己先當個讓人喜歡的人。施比受更有福。」

波克夏公司的年報內容，通常都是巴菲特進一步闡述他認爲商業實務中缺少的知識，相關的主題則會在股東會的問答階段深入探討。討論的重點也經常是愚蠢的會計詭計，巴菲特說過：「我們譴責以更改會計帳目的方式，來解決企業營運的問題。」

除此之外，他還反對濫用認股權做爲高階主管薪酬的一部分。他說認股權（以低於市價的價格買進公司股票的權利）跟「樂透」沒兩樣，而且他一直以來都堅持，企業財報的支出項目，應該明白列出高階經理人的薪酬。（二〇〇六年，他的夢想終於成眞了。）孟格也抱持相同的看法，他還說：「企業利用認股權來留住超過六十歲的高階經理人，是不道德的行爲。一個人到了這把年紀，對公司還會不忠誠嗎？」

另外兩人也談到了有些公司對於提撥的退休基金抱持不切實際的希望。孟格表示，期望不太可能發生的投資報酬以打平退休金負債，就像是「住在地震斷層上，自以爲愈久沒發生地震，就愈不可能發生地震。」

巴菲特和孟格對衍生性金融商品都沒有什麼好感，他們認爲，合約的最終價值如果必須視利率和氣候這類不確定性因素而定，會導致波動過大和會計作假帳。孟格更是不客氣地表示：「說衍生性金融商品會計報告像水溝一樣骯髒，簡直是污辱下水道。」

他們警告投資人，要小心公司財報上的 EBITDA（未計利息、稅項、折舊及攤銷前的利益），這些都是「絕對不會影響價值」的項目。孟格還說：「看到『EBITDA 收益』，把那個字改成『騙人的東西』就對了。」

孟格最喜歡在午餐過後，拋出至少一個像這樣的文字遊戲。參加這場股東會，最好事先準備紙筆，因爲沒有人會知道孟格和巴菲特何時會言簡意賅地拋出精準的觀察。有時聽眾甚至不需要完全理解他們說的內容，也能領悟這些話的重要性。

- 孟格堅信：「不能以『能不能讓別人相信？』來考驗一個人的道德標準。」
- 巴菲特說：「人類最厲害的能力在於解讀資訊，所以前人所做的結論至今都還沒有人去證實是對是錯。」（類似的話還有「我們從歷史學到的事就是，人們不會從歷史中學習。」）
- 孟格的名言：「把葡萄乾和牛糞混在一起，最後只會得到牛糞。」
- 巴菲特建議：「滾雪球的竅門，在於從最高點開始滾。」

還有很多非常重要的商業建議，有些東西不是光憑直覺就可以說明的。例如，巴菲特說過，對投資人來說，進步不一定是好的：「我們認爲改變比較可能造成的是威脅，而不是轉機。我們追求的是已經在賺錢的事業繼續穩定地賺錢。我們喜歡看起來十年後還是不會改變的東西。」

永遠謙遜的巴菲特

當然，巴菲特總是會在股東會中開開波克夏的玩笑。當某位股東問到，波克夏擁有加州最大的保險公司，要如何面對地震可能的風險，巴菲特在正經的回答這個問題前，先開了個小玩笑：「我的姐姐住在加州的卡默市，如果她養的貓跟狗開始在原地轉圈，她就會馬上打電話給我。」

有時候，推銷波克夏公司產品的動作似乎做得太過，例如，在談到博爾士珠寶提供股東專屬優惠價時，孟格說：「買珠寶給心愛的女人時，不應該太考慮價錢。」巴菲特又說：「我買珠寶從來沒有後悔過。」

當然，股東會場的產品銷售多多少少能補貼整場會議的支出。不論如何，巴菲特永遠是一副謙遜的態度。巴菲特經常說，他未來的表現會比過去更好的可能性，是非常非常低的（畢竟，如果一九五六年投資一萬美元在巴菲特身上，到了二〇〇六年的價值，已經超過五億美元了）。他也覺得有必要提醒投資人，他和孟格也是會犯錯的。當兩人的背後出現一張線條圖投影片，似乎顯示股價驚人的成長時，巴菲特告訴大家這是「藍籌印花公司」（波克夏早期持股的公司）的股價表現，只不過這張圖的上下放反了。

巴菲特毫不猶豫地承認，他的成功背後是有一些幸運的成分：「如果我是生在孟加拉或兩百年前的世界，就不可能成就現在的我。」所以，他表示自己很樂意繳稅，而且覺得富人的減稅措施非常不公平。他甚至曾經寫過一篇評論投書《華盛頓郵報》，批評布希政府的減稅措施，讓巴菲特繳稅的百分比，竟然只有他祕書的十分之一。有人問到為什麼他很少公開表達這樣的立場時，巴菲特說：「一個有錢人如果常常說話不經大腦，其實是很惹人厭的。」

大約三點三十分，巴菲特和孟格結束會議。波克夏的股東們離席，一邊逛逛奧瑪哈市、一邊咀嚼著魔法師的字句。我覺得自己好像重新振作起來，但又有點筋疲力竭的感覺。當我回想這一趟的所見所聞，忽然了解到巴菲特的作為在企業界其實是很不尋常的。畢竟，有多少頂尖的企業主管會像巴菲特這樣，那麼願意讓外人深入了解企業的營運狀況？

其他企業的股東會大概不可能像波克夏這樣，能討論這麼多內容、教育投資人這麼多。但是，在第一次出席波克夏的股東會後，我開始好奇其他企業的股東會是不是也像波克夏一樣，能給股東這麼大的收獲。我決定找出問題的答案。那一年的秋天，當我收到某家咖啡公司的代理授權書和股東會通知書時，我決定接受邀請，出席股東會。

有趣的是，這家公司股東會的所在地，是在一個叫做「綠寶石城」的地方。

見聞摘要

波克夏‧海瑟威股東會

教育性　A+　豐富的商業課程。

娛樂性　A　一小時的影片、各種餘興節目。

贈品　A　可樂、魔術方塊、望遠鏡、CD等等。

飲食　C　體育館是租借的，所以提供的選擇不多。

觀察　華倫‧巴菲特迷說波克夏‧海瑟威的年度股東大會是「一日MBA課程」。因為這場富有教育意義的問答時間，是由兩位非常聰明的人主持：巴菲特和孟格，他們不只提供公司的詳細資訊，還傳授有關商業，甚至是全球性的重要知識。感覺就像和兩位慈祥的老爺爺一起坐在門廊閒聊，而且他們非常想要幫助你實現這輩子最大的夢想。這場股東會能滿足每個人的需要，而且我敢說，每位與會者（不論是專業的投資理財專員，或是幫鄰居除草賺零用錢的小孩）一定都能學到如何當個好投資人（甚至變成更好的人）。

第2站→→星巴克

就是愛咖啡

背景說明：我對咖啡向來沒有太大的興趣，而且我不懂，為什麼濃縮咖啡機就不能裝個靜音器？煮咖啡一定要這麼吵嗎？不過我倒是一直都知道星巴克的老闆對咖啡的熱愛，並且十分欣賞該公司的經營成效。一九九九年機會找上了我，當時星巴克的股價似乎低得不合理。

綠色的圓圈包圍著一個人魚的圖案，這是大家都很熟悉的星巴克標誌，而且幾乎在美國各個城市都看得到，但是哪裡也比不上西雅圖有這麼多家星巴克。在這裡，看到小販在街上賣著熱騰騰的爪哇咖啡給愛喝咖啡的顧客，並不是稀奇的事，因爲這些人連過個馬路到對街角落的星巴克都懶得走。所以，在位於市區、星巴克股東會所在的西雅圖音樂廳外可以看到星巴克並不稀奇，就算看到音樂廳的外圈有一家星巴克也不必太驚訝。

眞正令我驚訝的，應該是二〇〇二年的星巴克股東會那天早上，一群星巴克投資人明明可以在西雅圖音樂廳的大廳盡情喝免費的咖啡，竟然還會進入店裡消費，而且就算沒有打折，每個人也都願意按原價支付咖啡！看了一會，我才發現，原來是因爲音樂廳裡排隊喝免費咖啡的人太多，大家只好來這些店裡，而且我還發現店裡的人數竟然只比音樂廳裡的少一點！

股東會中有一群星巴克的員工背上背著氧氣筒般的咖啡桶，在大廳四處幫大家續杯，感覺就像大學時期兄弟會聚會時幫會員斟酒的打工學生，也沒什麼不好。就算要到對街的咖啡店買杯咖啡，必須穿過場外那些向星巴克宣戰的抗議人士的抗議陣仗，也沒什麼大不了的。（是我眼花了嗎？抗議群眾之中，有早上起床就要喝星巴克咖啡的人？）總而言之，我很高興星巴克的目標正如我所預期的，打算用咖啡征服全世界。

人行道上一群舉牌的抗議人士正在集結，爲十點三十分的基因改造食品抗議活動做好準備。我想一定是有人搞錯了，因爲等到那時候，股東會都已經開始半個小時了。到了九點四十五分，現場卻只有十幾個抗議者，附近也有十幾名西雅圖的警察騎在馬上待命。

相較於場外緊張的氣氛，門口的安全檢查似乎非常寬鬆。沒有人要求我出示股東證明或任何證件，倒是有位面帶微笑的星巴克員工要求我塡寫卡片，說明我是不是股東，但就算我回答「不是」，看起來似乎也不會被掃地出門。

出席的股東比我想像中的類型更多元化，我本來以爲願意在上班日參加股東會的人，大概都是些年紀稍長的人或退休族群，因爲他們的時間比較彈性。但是星巴克的股東（大約三千多人）跟我想像的並不一樣，反而是偏向較年輕的族群。或許是因爲每個人都喝了咖啡，精神亢奮，看起來比實際歲數少一點。

股東一進場就可以拿到免費的贈品。入口處就有一大疊免費贈閱的《紐約時報》，但更重要的是，這裡還提供自助早餐。至少在六張桌子上，堆滿了各式的點心、上千個鬆糕、烤餅，一大堆同類型的美味早點，搭配一鍋又一鍋的豆子湯。除了在大廳巡邏負責幫大家倒咖啡的員工外，場內也有咖啡台、濃縮咖啡機和提供茶飲的地方。我很少喝咖啡，我周圍大部分的人都補充了不少咖啡因提神，所以我是唯一睡眼惺忪的人。大約一個小時後，我大概會是整場股東會裡唯一不急著跑廁所的人。

奇怪的是，舉行股東會的禮堂內卻是禁止飲食。所以不難想像在大廳裡要移動是很難的，因爲很多人比較想待在大廳一邊喝咖啡、一邊吃著藍莓鬆糕，然後透過閉路電視觀看股東會的情形。這樣也好，因爲座位很快就全都坐滿了。

充滿讚美與吹捧的開場

進入禮堂後，會看到舞台被佈置成雨林，到處都點綴著咖啡袋和農場的道具，還有幾張看起來很舒服的沙發。一群美洲蓋丘亞族原住民穿著毛織布、彈奏吉他、排笛和手鼓的印第安人）正在演奏輕柔的新世紀音樂「安地斯音樂」，但他們的表情卻一副對周圍的環境和群眾很迷惑的樣子。

前十排的座位已經貼上保留的標籤，可以猜得到這些座位是保留給華爾街的大人物，不難想像在這種場合，這些大人物的地位是比其他股東來得高。股東會原訂開始時間的十五分鐘後，樂隊演奏結束，隱約可以聽到些許禮貌性的掌聲，但大部分保留區的座位都還空著。等到燈光暗下來時，我看到一個女人偷渡了一杯咖啡進入會場，快速地挑了邊緣的位置坐了下來。

一開始是由一段有趣的短片開場，內容是兩位西雅圖的運動明星讚美四十八歲的創辦人兼董事會主席霍華・舒茲是「夢想的實踐家」。其他不住在西雅圖的股東並不認識這兩個人，不過沒關係，反正影片的內容只不過是把舒茲吹捧成英雄而已。

接著舒茲上台，身上的西裝大約價值六百杯卡布其諾，他面色陰沉地向大家點點頭，一副《週末夜現場》裡凱文．尼龍（Kevin Nealon）嚴肅地播報「週末新聞」的樣子。群眾開始歡呼，因在場的許多股東是員工，所以舒茲不只是公司的經營者，也是他們的老闆。

然後舒茲就開始謙虛地發表感言，說些「我們對咖啡豆原產國的承諾」，並介紹剛才熱場的拉丁美洲樂團，以強調星巴克對咖啡豆原產國的重視。接著又對九一一恐怖攻擊表達意見，然後就介紹福音合唱團出場高唱〈美哉美國〉，他說，這首歌要獻給世上所有的人。後來我才了解，這句話是整場股東會宣示進軍全球市場的第一步。

合唱團唱完退場後，舒茲開始介紹公司的管理階層，然後請群眾中的星巴克員工起立，我才知道爲什麼會有這麼多年輕人，原來他們都是咖啡師傅！

接下來的幾分鐘，舒茲談到員工和股東有多麼優秀。他說：「哪一間公司能夠像星巴克這樣，規模如此龐大，組織運作卻這麼精巧？」他還指出公司從一九九二年的一百家分店（當時星巴克股票剛上市），十年後迅速擴展到超過二十六個國家共有五千多間分店，每星期服務兩千多萬名顧客。我一點也不驚訝他會說，星巴克發展成大企業卻還是維持小公司的謙遜作風，星巴克一直以來都是這麼做的（後來一位熟悉星巴克用語的朋友開玩笑說，舒茲其實是要說：「有哪間公司可以外表看似大杯，結果內容其實是小杯？」）。

接下來，針對那一陣子頭條新聞報導星巴克的企業會計醜聞，舒茲說：「本公司的財務報表和會計紀錄，完全沒有問題」，以安撫投資人。

然後是典型企業鼓舞人心的用語「星巴克是服務大眾的事業」，但舒茲強調星巴克是第一家提供兼職人員健康保險和認股權的上市公司。看來坐在我周圍的人對他的這番話都感到十分滿意。

舒茲對員工和投資人的信心喊話結束，接下來很客套地介紹星巴克已擴展至哪些國家，螢幕上緩緩地出現各國的國名時，員工也沿著走道把代表該國的國旗搬上舞台。不過，我發現了一個問題，他們所列的國家中，竟然還包括上海市和夏威夷州。我心想：一家決心站上世界舞台的大企業，應該更小心處理國名的問題。（後來我更發現，該公司的年報將夏威夷誤植爲拉丁美洲國家。於是我連絡他們的投資人關係部門，告訴他們這項錯誤，沒想到得到的回應卻是：「我們內部就是這樣區分的。」這個回答實在太不負責任了！看來夏威夷州的居民得注意了：趕快去學西班牙文，否則以後公司高層用西班牙文下指令時，你們就聽不懂了！）

舞台的另一邊，有一位手語翻譯員負責將舒茲說的話全部以手語翻譯出來，以方便瘖啞人士了解。我個人覺得這個方法很好，這麼做比使用閉路電視顯示字幕好得多。二〇〇六年美國最大藥粧店沃爾格林（Walgreen）的股東會上，在講者說完話不久之後就在閉路電視上顯示字幕，一開始確實能精確顯示講者說的每一個字句，但股東會進行到後面就可以看得出來，前面之所以能夠精準顯示談話的文字，是因爲那些都是預先準備好的講稿，但是即席的內容就沒辦法準備了，例如股東會提案、股東問題和公司的回答內容，有時候就沒辦法精確顯示。

新產品的發表秀

接下來又放了一段影片，是舒茲出現在CNBC財經電視台受訪的一些畫面，還有一些取自電影

《人狗對對碰》中的畫面。影片的目的只是以玩笑的方式突顯星巴克無所不在。有趣的是，公司努力的想要強調星巴克無所不在，卻唯獨沒有出現在舒茲的手中。他在介紹完執行長歐仁．史密斯（Orin Smith）之後，他就坐在沙發上，但手中拿的卻是一杯水。

史密斯說了一些十分老套的話，像是「公司還沒發揮最大的潛力」，北美地區的前景「十分看好」。在我撰寫本章以前，包括了蒙大拿、阿拉斯加、北達科達、南達科達、內布拉斯加、愛荷華、阿肯色和西維吉尼亞州都是星巴克積極開發的處女地，而且北美以外的業務發展「將超越這個規模」。

史密斯表示，過去十二個月以來，已經有超過一千兩百家分店開幕，而且他宣布星巴克將進駐德國、西班牙、瑞士和墨西哥。他還表示，經濟不景氣對公司一點也沒有影響，星巴克對景氣蕭條「免疫」（我想這就跟聯邦政府調整利率並不會影響毒販的生意，大概是同樣的道理吧）。

接著他開始介紹公司另一項重要計畫：新的星巴克「隨行卡」，這是一張信用卡大小、可以重複儲值的塑膠預付卡片。我猜，他心裡想的是：這張卡片最終的目標是要取代所有的貨幣，或是等到星巴克佔領整個地球時做爲地球居民的身分證！不過，陰謀不必太早就說出來。舒茲說：「這張卡片可以提高顧客的忠誠度，也是我們正在努力建立的平台。」（我不懂，他指的努力是什麼東西？）

接下來是播放第三段影片，這段影片顯示顧客有多麼喜歡星巴克隨行卡。其中一位X世代的顧客承認，如果口袋有錢他一定會馬上花掉，有了隨行卡，他就可以把四十美元存起來，想要喝咖啡時就不怕口袋沒有錢。「隨行卡」實在太酷了！

影片結束後，史密斯開始介紹星巴克的新產品DoubleShot，這是罐裝的雙份濃縮咖啡和一份奶油。「肯定讓你精力充沛」他邊笑邊說著這句帶有點性暗示的話。產品預計兩個月後上架，但是不久之後，我已經在街角的一家連鎖藥粧店萊德艾德（Rite Aid）的產品架上看到DoubleShot。（西雅圖的居民經常比其他州或城市的居民先試用星巴克的新產品，因爲總部位於西雅圖，所以星巴克經常將西雅圖當成新品上市前的測試市場。）

接下來開始大致介紹星巴克在世界各國的合作對象，不過顯然星巴克並沒有一個明確的合作模式。星巴克在中東是和當地的不動產巨擘合作；在西班牙則是和大型的零售業者結合；至於在墨西哥，則計畫和世界最大的批薩連鎖店達美樂結盟。

史密斯接下來又介紹了第四部影片，繼續討論美國以外的地方，內容主要是一群快樂的咖啡農，並描述星巴克致力於改善咖啡農的子女教育。

以上兩段影片都是介紹星巴克在國外的表現，而且都是在強調公司做得很好。那麼，星巴克在國內又做了些什麼呢？第五段影片的內容回答了這個問題，影片的內容是介紹公司和員工在美國的工作情形。結尾是由一群小孩，以肉麻、誇張的高音聲調大喊：「謝謝你，星巴克！」

接著史密斯再度出現，介紹和咖啡農交涉的公司代表。一開始看起來，她好像是要介紹在充滿異國風情的哥倫比亞、巴西或甚至夏威夷這些地方工作，是什麼樣的體驗。結果不是，她上台只簡單的說了：「咖啡豆生產國的人常常說：『瑪莉，妳在我們國家做這麼多事，爲什麼妳從來不聊聊妳的工作呢？』」接下來她並沒有詳細說明自己的工作內容，因爲這句話只是爲下一段影片開場而已。影片的內容描述星巴克帶給咖啡農什麼樣的福利。這已經是第六段影片了，我開始有種身在電影院裡的錯覺，而且有想吃爆米花的衝動！

史密斯把話題轉回公司，談到星巴克在九一一攻擊的那段期間做了些什麼貢獻，接著又是一段影片。他告訴大家的是一個非常引人入勝的故事，說到有個人從世貿中心北塔的五十五層樓逃了出來，跑到距離現場約五條街的地方，忽然有一陣非常大的煙霧完全遮蔽了他的視線，最後被一個穿著綠色圍裙的人拉到一個安全的地方。他還沒說完我就猜到了：那個穿綠色圍裙的人是星巴克的員工。

不只如此，這兩個人今天都出席這場股東會，史密斯請他們兩位上台接受大家的喝采。然後他又說靠近世貿遺址的那一家星巴克分店的員工，在恐怖攻擊之後的幾個星期內都在店裡過夜，因爲那家分店在那一段時間是二十四小時營業，而且還有一家星巴克到現在都還是二十四小時不打烊。這段感人肺腑的演說之後就換福音合唱團上台，以充滿活力的聲音沒完沒了地唱著（相信我們能飛）（We believe we can fly）。

對股東極不友善的舒茲

最後，舒茲又回到舞台中央繼續主持股東提案的議程（已經事先塡寫一大疊書面資料的股東才可以提案）。看得出來，公司的某位公關人員剛才肯定提醒了舒茲，因爲現在他的水杯已經換成了星巴克的馬克杯。

想要把提案放進股東會議程裡可不容易，必須幾個月前就送交提案，而且如果證券交易委員會同意，公司就可以不理會某些股東提案，所以根本不會被排進議程。

股東提案獲得的「贊成」票很少，像星巴克這種大企業的大股東們，幾乎都是機構法人的基金經理人，例如共同基金、退休基金等等，他們大都傾向按照公司的建議投票。這也沒什麼好意外的，這些基金經理人會投資這些公司，也都是因爲他們喜歡這些公司主管的觀點。

一般而言，會提出提案的股東通常都是退休基金（最大的是加州公務員退休基金，管理超過一百四十萬加州人的退休金利息）、非營利團體或有特定目的的個人。諷刺的是，投資人如果要對公司提案，必須投資該公司至少二千美元，或代表投資額達這個數字的股東才能提案。而且只有公司的內部章程有相關規定時，股東提案的投票結果才有實質的效力，所以不難想像有多少公司會實際訂定這樣的內部章程。根據法人股東服務投資公司（Institutional Shareholder Services, ISS）指出，二〇〇五年，一千零五十六家公司中，只有十八家企業規定股東提案的投票結果具有實質效力，這個顧問公司會將投票的建議提供給太忙而沒空研究這些議題的大型基金經理人。一個朋友告訴我，股東提案其實就像運動員在運動場上，因不服裁判的決定而對裁判大吼大叫表達抗議一樣，完全沒有實質效力。

所以基本上這些提案只是爲了給公司施加一點壓力，讓公司重新思考營運的模式，或引起媒體的注意。既然提案沒有實質效力，只是表達個人的立場和吸引外界的注意力，所以許多提案人會採取這樣的提案策略：在股東會上先提出建議，如果公司沒有重視這個議題，就在隔年的股東會上再提出正式的提案。二〇〇五年派斯瑪寵物用品公司（PetSmart）在波士頓的股東會上，就有一位「人道對待動物協會」的年輕女性成員出席，她在會上宣讀一份提案，建議該公司不要販賣某種鳥類。會後她告訴我，她去參加股東會只是爲了讓大家開始重視這個議題，並且「讓對方知道我只是協會的普通會員，不是什麼三頭六臂的兇神惡煞。」

舒茲對股東提案似乎不是很有耐性，他宣布每一位提案人只有五分鐘的時間限制，而且在介紹提案人時的態度相當不屑，當提案人開始說明提案內容時舒茲瞪著大眼看著他們、坐立不安的舔舔舌頭。其實，五分鐘算是滿慷慨了，大部分的企業都只給股東三分鐘，而且並沒有法令規定企業必須讓股東提案，這只是企業禮貌性的做法。事實上，有機食品連鎖超市業者全食品公司（Whole Foods）二○○六年的股東會就完全不給股東提案的時間。

一個名爲「播種者」的非營利團體（As You Sow，該組織訴求「致力於確保企業對自己的行爲負責任，以及長期致力於環境和人類健康的利益」）代表上台提案，要求星巴克標示販售的產品所使用的基因改造成分。他說話的態度很溫和，而且有點客氣過頭了，浪費寶貴的時間感謝公司努力避免使用基因改造的牛奶。當然，就算是非常好的提案可能也沒什麼太大的意義，因爲股東提案和其他事項的投票，大部分在開會前都已經投完了。

舒茲看著時鐘、打斷提案人，然後說：「您的五分鐘已經結束了。」提案人要求能不能再給他三十秒的時間，不過舒茲又堅定的再說一次「您的五分鐘已經結束了」，然後提案人的麥克風就被關掉了。這個畫面讓我想到電影《動物屋》裡模擬法庭的場景，狄恩．沃墨（Dean Wormer）冷酷、兇惡地大叫：「不要再說了！」拒絕讓兄弟會的成員繼續辯護。

我有點訝異他會對股東表現出這樣不友善的態度，因爲星巴克一直以來都積極維持親切的企業形象。其實，只要換個立場想，就不難理解爲什麼公司的管理階層對股東提案總是興趣缺缺。當你每天親力親爲地管理公司，某天卻忽然有個從來不參與經營的股東站出來，指示你該怎麼管理公司，恐怕任誰都會覺得很難容忍。

小股東最愛的星巴克福袋

因爲提案必須事先提出，所以經營者都會提早知道股東會提出什麼議案，倒是問答階段對管理者而言才比較棘手，不過星巴克的股東會上倒是比較沒有出現太尷尬或火爆的問答場面。所以，在回答了幾個比較不具攻擊性的問題後，舒茲就做出總結，然後我們這些小股東們就朝出口方向離開。雖然大老闆對小股東的態度不太好，但星巴克提供小股東的贈品倒是挺大方的：冰棒，還有一個福袋，裡面有星巴克的咖啡豆、新產品 DoubleShot 試飲罐，還有已預付了三．五美元的星巴克「隨行卡」。大部分的股東在走道上魚貫前進時，都忙著查看福袋裡面有些什麼好東西，極少有人留意場外的抗議者發出的宣傳單上警告大家，喝了基因改造的咖啡會變成「科學怪克」❶，以及「怪克」可能會做出哪些異常的行爲。

那天下午我在西雅圖的街上閒逛，有無數次機會可以使用剛才拿到的星巴克隨行卡，不過因爲我不喝咖啡，所以我對於使用星巴克隨行卡並沒有很心動。倒是隔天早上，我在西雅圖國際機場等候班機時終於動搖了，或者該說使用隨行卡的機會出現了，於是我掏出我的隨行卡想要點一杯飲料，但是站在咖啡台後面的服務生看著那張發亮的新卡，告訴我機場的分店還沒啓用隨行卡功能。

不只是西雅圖機場的分店不能使用隨行卡，等我到了下一個目的地才發現，它還是派不上用場。

見聞摘要 **星巴克股東會**

教育性 D 將夏威夷誤植為拉丁美洲國家，別想拿到高分。

娛樂性 B 八段影片、樂團、福音合唱團。

贈　品 A 新產品、已預付的星巴克隨行卡。

飲　食 A 好吃的自助早餐，還有喝不完的咖啡。

觀　點 企業不需要做對每一件事，才能成功。儘管非常努力準備節目，包括一大堆影片，也請來南美洲的樂團，星巴克股東會仍然不完美。當企業鼓勵股東出席股東會，就必須冒著被股東發現缺點、挑剔問題的風險。但是，只要公司具有業界的領導地位、販賣的產品被很多人視為生活必需品、而且也把很多事情做對，我想很多人是願意忽略一些瑕疵的。

❶ Frankenbucks，「科學怪人」Frankenstein 加上「星巴克」Starbucks。（譯注）

第3站→→奧特泰爾電力公司

小巧精美

背景說明：在網路公司最紅的那幾年，我卻鍾情不那麼有趣的公用事業股票和可預期的股息。奧特泰爾電力公司（Otter Tail）提供明尼蘇達和南／北達科達州部分地區的電力，而且該公司不使用核能發電，正符合我不投資核能相關公司的理念，所以就算被視為天才的比爾·蓋茲是該公司的大股東，我也樂意投資這家公司。

該是參觀參觀小公司的時候了。在見識過大公司波克夏·海瑟威和星巴克如何招待小股東之後，我開始想知道知名度比較不高的小公司會如何舉辦股東會。奧特泰爾電力公司似乎是個觀察的好地方，我很想知道距離明尼蘇達州的法戈市一小時車程的公用事業公司，究竟能吸引多少人出席股東會？驚人的是，竟然有超過五百人願意在寒冷的星期一早晨，出現在當地的貝威酒店（Best Western）的會議室裡，談論奧特泰爾電力公司的近況。這家公司是當地人最愛的投資標的，該公司幾年來穩定地提供居民電力，以及支付愈來愈豐厚的股利，而且每年這個時候都會請小股東欣賞一場秀，還有吃一頓免費的午餐。

一個值得敬畏的地方

我想，會以明尼蘇達州弗格斯佛斯市（Fergus Falls）爲家的人，一定是眞的很喜歡這個地方。弗格斯佛斯市非常偏僻，對我而言，光是願意住在這裡的人就值得我花時間好好研究，因爲搬來這裡定居的人實在不多。明尼蘇達和南達科達州的人口成長，比美國各州平均要低得多，而北達科達州的人口則是逐年減少。經營奧特泰爾電力公司的人注意到了這個趨勢，所以大約在二十多年前就開始擴展經營版圖。這家電力公司現在變成了一個小小的企業集團，旗下擁有的公司包括一間診斷造影設備公司、貨車設備/船用補給製造商，還有一些規模更小但營運良好的公司。集團中大部分公司的總部都設在此地，但不是全部。

我一直以來都很喜歡美國的這個地方，也很仰慕這個地方的居民。任何能夠挨過這裡的嚴寒冬季的人，肯定是既吃苦耐勞又富有生活智慧。我是在四月的一個星期五晚上抵達這個地方，地上還有一些積雪未退、還不斷吹來從北極南下的凜冽寒風。雖然貝威酒店位於州際公路出口不遠處，但我還是繞了遠路先來弗格斯佛斯市區，在三個街區組成的主要街道上逛逛。這裡看起來是個溫馨的小地方，令我想起老電影《風雲人物》中詹姆士史都華的家鄉貝福佛斯。到處都看得到小小的白色街燈、潔淨的商店、乾淨的人行道。街上看起來好像沒有人，等我終於抵達貝威酒店時，看到酒店入口的天蓬標示著野牛牧場經營者的聚會，看來我剛錯過了一場盛會。

基本上，我有一整個週末的時間可以好好看看弗格斯佛斯市，但是，在一個最重要的觀光景點只有「世界最大的水獺」（一個三十尺長、十二尺高、典型的明尼蘇達州風格，既怪異又好笑的雕像，本州類似的景點還有「世界最大的」綠頭鴨、火雞、鱈魚、伐木工人、牛蓬車、麻繩球和曲棍球棍）的地方來說，花一個週末在這裡觀光好像是太久了一點。不久之後我就找到和這裡的地名同名的瀑布：弗格斯瀑布（Fergus Falls），位於該市的市中心，正對面就是奧特泰爾總部。跟尼加拉瀑布比起來，弗格斯瀑布還眞是小得多。飯店的室內景觀池做得很不錯，不只是大，而且形狀還做成明尼蘇達州的樣子！有些人可能會覺得，科羅拉多或堪薩斯不也是四四方方的嗎，瀑布做成方形的明尼蘇達州有什麼了不起的！這麼說是沒錯，但是明尼蘇達的邊界還是有一些彎彎曲曲的鋸齒，難度可是比做成正四方形高了一點。

飯店的酒吧名爲「英雄酒吧」，是當地週末的熱門休憩場所，而且在我住宿期間，酒吧總是擠滿了人。酒吧裡的駐唱樂團把巴布席格（Bob Seger）的〈下一頁〉唱得很好。這裡的啤酒既便宜又冰涼，空氣中瀰漫著香菸味和幾杯黃湯上肚後逞英雄的氣氛。我不小心聽到兩個牛仔在談論另一個牛仔：「那傢伙今晚絕對找不到路回法戈市啦！」另一個牛仔回答：「拜託，那傢伙今晚肯定連自己的貨車都找不到！」看來，大概又是個喝醉酒的牛仔，在朋友面前逞英雄不肯搭別人的便車回家。

免費午餐的吸引力

星期一早上，我漫步走進畢格伍德活動中心參加奧特泰爾電力公司的股東會。這個活動中心以奧特泰爾的前任執行長兼董事會主席命名，沒有什麼可以逛的地方，因爲就位在飯店對面。我很訝異，有這麼多股東在報到處閒聊，其中有許多是老年人，而且每個人都穿著自己最好的週末休閒服。

爲什麼這些人會在這裡呢？顯然他們並不是爲了向巴菲特學習投資知識，也不是爲了免費喝到飽的咖啡才來的。

難道是爲了紀念品？但奧特泰爾的股東會紀念品也不是非常吸引人：包括奧特泰爾的胸針、鉛筆和奧特泰爾的行事曆，在股東會上提供像這樣的紀念品，感覺好像在萬聖節時因爲忘了準備糖果，剛好手上只有蘋果，所以來敲門討糖果的小朋友只能拿到蘋果。雖然不太體貼，卻很有南方小鎭的味道。換個角度想，當一家公司的主要產品是電力，他們恐怕也很難提供試用品或試飲品給股東嘗鮮。

我心裡仍然在疑惑著爲什麼有這麼多股東出席，後來，我在會場上和一位戴著代表副總裁的徽章、名叫布魯斯．多姆（Bruce Thom）的人聊天，但我並沒有直接提出這個問題，而是問他奧特泰爾最奇怪的子公司：北方聯盟的法戈穆爾黑德紅鷹隊（Fargo-Moorhead Redhawks）的情形。他笑著回答，公司是在併購一個地區電台時，順便承接了這支隊伍，後來公司又賣掉廣播的營運權，但出售的合約中不包含球隊。他告訴我：「球隊的公關效果很好，而且球隊也賺錢。」

等我進入會議室才恍然大悟，爲什麼奧特泰爾的股東會能吸引這麼多人——因爲他們提供免費的午餐！如果想知道實際盛況如何，只要回想在念中學時的餐廳情景：一排排的餐桌橫跨整個餐廳，餐桌上滿是水杯、餐具和餐巾紙。其他公司的股東會上，椅子通常只會放在餐桌的一側，每個人都面對同一個方向，但是奧特泰爾則是將椅子放在餐桌的兩側，讓許多相視而坐的股東能更閒話家常。

和我同桌的許多股東都是奧特泰爾的退休員工。有一位女士一輩子都住在弗格斯佛斯市，她說這地方有三樣很有名的東西：鵜、警察和老人。我聽到她說的話不禁笑了出來，正好有位服務生端出冷飲，趕著在會議開始前最後一次爲大家續杯，結果一不小心滑倒，把一杯非常非常冷的水倒在我的背上，淋得我褲子和外套全都濕了。當下每個人急忙遞紙巾擦拭桌面和地板，尷尬的我也只能拜託大家不要再笑了。

充滿南方氣味的股東會

等到奧特泰爾公司的總裁約翰．艾瑞克森（John Erickson）在餐廳的另一端站了起來，正式開始主持二〇〇二年度（第九十三屆）的股東會時，我已經感覺沒那麼冷了。會議一開始就有一點南方的淳樸感，總裁先請五百英里外遠道而來的股東起立，包含我在內大約只有二十多人起立，然後他說明大部分其他人都是奧特泰爾的現職員工、退休員工或顧客，所以這場股東會也可以算是弗格斯佛斯市的市民大會。

所以我被一群第一手和奧特泰爾互動的投資人所包圍，這倒是一個認識投資人所擁有的公司的一個好方法。當然，如果你只投資一些在你的生活中可以看得到服務或買得到產品的公司，那麼肯定會錯過一些在你的住家所在地附近看不到的公司，例如像奧特泰爾這樣的地區性公用事業公司和一些地區性銀行。有時候這種公司反而是最好的投資標的，因爲華爾街對這些沒沒無名的小公司不感興趣，所以股價不會被炒得高於實際價值。

艾瑞克森很快地描述該公司如何買下一些小型企業，以多樣化的發展公司的業務範圍，並持續以獨立公司的方式經營，或納入母公司的既有營運中。艾瑞克森強調，奧特泰爾滿分權的，母公司通常不插手管子公司的事。

接著就提到各個性質差異滿大的子公司，其中有一個子公司的代表作了一個簡報。集團旗下的

DMT機械公司原本從事生產甜菜處理設備，一九九〇年代後期因爲甜菜處理業蕭條，DMT的員工開始思考公司的專長，發現公司的強項在於生產和製造大型的金屬設備，於是DMT轉型成爲製造風車的公司，而且是建造大型、塔高二百五十英尺、圓周十四又二分之一英寸的風車——因爲本州經常強風不斷，具備強大的風力發電潛力，所以公司轉型相當成功。有人說，只要隔壁的北達科達州能適當的利用風力，所產生的電力甚至可以提供整個美國本土三分之一的用電。

我覺得在股東會上聽到的話題不但有趣，也很有啓發性，只不過被隔壁呼呼大睡的退休老人給打亂了。他似乎很享受這個充滿「禪意」的環境：舒適的椅子和輕鬆的環境。奧特泰爾經營公司的方式，就像任何鄉下地方企業會如何經營一家公司一樣：審愼而精明。公司的股利提高、應收帳款沒有問題，有些評等機構給奧特泰爾相當高的評價。公司財報的盈餘聲明中也沒有「形式上/估計」這類不明確的用詞。

平凡的午餐、熱情的市民

忽然就到了重頭戲的時間：午餐時間。我本來以爲公司的主管會在用餐時順便回答問題，不過我猜錯了。還沒等到服務生端出冷飲，講台上就宣布，任何已經以書面方式提出的問題「會在適當的時間予以回覆」，顯然股東會並不是適當的時間！

如果這是在大城市舉辦的股東會，我可能會有點訝異，好吧，或許應該說非常訝異。不過，這幾年來我在中西部待過一段時間，足以了解中西部的居民言出必行，因此我很喜歡投資一些位於內陸州的小公司，不像其他人只鍾情東、西岸的國際型大企業。我想來自奧瑪哈的巴菲特一直定居在中西部，也正是因爲如此。雖然問答時間是企業股東會的傳統，但法律並沒有明文規定公司必須這麼做，零售商塔吉特（Target）二〇〇三年時就乾脆省略這個議程。居家用品零售商家得寶（Home Depot）在二〇〇六年也一樣，因此惹惱了許多想當面質問公司執行長，爲什麼股價下跌但執行長的收入卻上漲的股東。

等到沙拉上桌時，一位熱心的酒吧歌手上台唱了幾首歌。餐點上到烤豬排、馬鈴薯和紅蘿蔔時，換成兩位有點過度熱情、自稱爲蒂娜和莉娜的喜劇演員上台。她們的招牌表演「歐力和莉娜」是帶有一點情色的笑話，故事的內容講述的是明尼蘇達州居民皆知的角色，是單純到有點蠢的斯堪地那維亞人。最後，逗趣的表演逐漸轉向，變成演唱令人振奮的〈我看到光〉和〈滾動啤酒桶〉，然後指向一位沒有心理準備、滿頭白髮的股東，開玩笑地說她是「美國前第一夫人芭芭拉・布希！」所有人都信以爲眞。

我不覺得這頓午餐很美味，但其他人還是吃光了，可能是因爲免費的關係，不過感覺上比較像是同袍情誼讓食物變得更美味——這些人是他們的朋友、鄰居，這裡是他們的家鄉、也是他們的公司。

這裡沒有像波克夏那樣長達六個小時的問答時間，而且到處都找不到星巴克的招牌，但是我卻很享受這裡的氣氛，至少我要坐到褲子乾了再走。

教育性　B　深入查看子公司的業務。

娛樂性　B　歌手、諧星。

贈　品　C　行程規畫表、筆。

飲　食　B　雖不是美食，也算得上不錯的午餐。

觀　點

如果你把投資標的限制在自己的生活周遭可以取得的服務或產品的公司，就適用「只投資自己了解的產業」這項原則。但是，如果你想投資的公司和服務都不在自己熟悉的地區時，該怎麼辦？很多地區性的公用事業和銀行都是根基穩固的企業，而且股東報酬一直都很豐厚。有時候，這種公司因為在華爾街的知名度不高，反而佔有一些優勢，所以一般顧客對這些公司的了解更甚於投顧業者。參加這種地區性企業的股東會，你就有機會聽一聽這些公司及其顧客的心聲，這些顧客通常也是這種地區性企業最大的股東。如果該公司僱用了很多當地人，就像奧特泰爾電力公司在弗格斯佛斯市一樣，那麼坐在你旁邊的人很有可能既是該公司的股東、顧客，也是退休（或現職）的員工。

第4站→→賀喜巧克力公司

巧克力大王

背景說明：小時候，我只要一吃巧克力就會過敏起疹子。所以每年復活節，母親都會幫我準備白色的兔子形狀的巧克力，雖然很好吃，不過不是真的巧克力。幸好，我長大後就不再對巧克力過敏了！我個人偏愛喜思巧克力的產品，如果我路過喜思巧克力店卻沒有買些巧克力就空手回家，我太太一定會大驚小怪以為我生病了。但是，當我開始認真的評估企業的股價時（試著了解這些公司的股價是否夠吸引人，以及吸引人的原因），賀喜巧克力的股價似乎特別具有吸引力。當我了解賀喜長期以來都能支付股利時，我確定這檔股票就是我應該買進而且長期持有的股票。

門外有一隻得意洋洋的大老鼠。沒錯，老鼠和糖果公司的形象似乎有點衝突。這正是爲什麼「巧克力工人464」工會組織，在二〇〇二年的春天，選擇在這個陰冷的下午把老鼠放進賀喜劇院裡面。工會（代表兩千七百名正在罷工的員工，公司所在地的賀喜鎮連街燈都做成賀喜的巧克力形狀）就是要所有來出席股東會的人都知道，這家公司的董事長、總裁兼執行長理查・藍尼（Richard Lenny）都是人人喊打的傢伙。

員工爲醫療保險金罷工

股東會幾天前，員工們決定展開罷工行動，因爲公司宣布員工自行負擔的醫療保險金額必須提高。所以他們聚集在會場外手握抗議標語牌，來參加股東會的股東，走到哪裡都看得到他們。從抗議牌上的文字看來，員工們是認爲藍尼的薪水，和正在努力降低支出的公司目標不一致。

賀喜很少發生員工罷工，公司自一八九四年成立以來，連同這次罷工事件總共只發生過五次，而且第一次罷工已經是二十多年前的事了。賀喜一向是以慷慨對待員工和當地居民而聞名，公司的創辦人米爾頓・賀喜（Milton Hershey）將公司的大半獲利都用來回饋社區。連公司所在的城鎮都是以公司的名稱而命名爲賀喜鎮，而且賀喜公司也會支付該鎮許多公共設施的支出，包括溜冰場、旅館和遊樂園（賀喜遊樂園），以及賀喜劇院。除此之外，還有創辦人最自豪且最滿意的設施：弱勢兒童學校。米爾頓・賀喜在一九四五年過世前，就已經長期將大部分的收入捐給這間學校。現在，這間學校的支出則是由擁有公司三分之二以上股份的賀喜信託基金所得的紅利支付。

可惜的是，近年來賀喜的股價表現不盡理想，所以董事會決定大幅改變目前的營運策略，爲公司注入新血：與麗滋餅乾打響名號、外表光鮮、五十歲的藍尼。這項人事變動爲公司帶來了預期的效益：股價在短時間內就有不錯的表現，不過也賠上了百年來親近社區的良好形象。

股東會舉辦前，股東就收到了一封公司的提醒信函，表示將加強股東會的安全檢查，並要求股東出席股東會時記得出示代理授權書（委託書），確實很少有公司會提出這樣的要求。雖然對股東而言是麻煩了點，但賀喜也提供了不錯的補償：一盒糖果，裡面裝滿了瑞斯（Reese's Pieces）餅乾、賀喜巧克力、快樂牧童（Jolly Rancher）棒棒糖、破冰（Ice Breakers）薄荷糖，和賀喜杏仁牛奶巧克力，還有一些以人名爲名的糖果，以及新口味糖果Fast Break。公司選擇在相對較安靜的接待區「巧克力世界」發送贈品，這裡也是公司的訪客接待中心，就在遊樂園旁距離股東會的會場幾英里的地方。

賀喜劇院外有一些小小的人潮，股東們必須先避開一群大聲怒吼、發送傳單的抗議者。等著通過兩部金屬探測器的隊伍行進速度非常慢，而且我前面有個人因爲攜帶一把美工刀，使隊伍的移動又中斷了數分鐘。以九一一攻擊事件後的安全標準來看，保全人員顯然是不敢掉以輕心。唯一不必被仔細檢查的人只有幾位年紀很大的老年人。

報到處人滿爲患，終於等到我報到時公司宣佈主劇院內已經坐滿，所以準備將一些人移到其他地方：賀喜迷你劇院，就在大樓的另一端。這個迷你劇院是以視訊方式和主會議室連線，而被帶到這裡的人大部分都是身兼股東而且情緒激動的工會代表。

台上報告，台下冷笑

等我找到位置坐下時，藍尼已經出現在螢幕上報告。他說賀喜巧克力的全國市佔率爲四三%，所有糖果的全國市佔率則爲三一%，公司市佔率超越競爭者馬爾斯（Mars）、雀巢（Nestlé）和箭牌（Wrigley）的總和。藍尼指出，賀喜擁有十一個不同的品牌且年銷售額超過一億美元。

坐在我附近的工會代表在這一連串的介紹詞中找不到可以反駁的內容，所以在藍尼說明公司的歷史、現況和前景時，他們顯得坐立不安。藍尼表示公司前景看好，並引述研究報告的內容：美國人攝取的卡路里約有三〇%是來自零食，約有一半的甜食是民眾在衝動下所購買的。對於擔心國人腰圍數字的人來說，這些數據聽起來是挺可怕的，但是對於賀喜大部分的股東而言卻似乎是個好消息。

然後，藍尼開始試著向員工釋出善意。當他說：「以忠誠和專注的員工爲榮」，他應該不認爲自己在說笑話，不過這句話卻引來台下非常多人的冷笑。接著，藍尼開始搬出一大堆商學院的術語，讓許多股東抓破腦袋也聽不懂的東西。在幾分鐘內，他喋喋不休地講這些商業術語，例如：最佳化、增值、成果導向、合理化、精簡資產規模、最小存貨單位合理化、EDC3、規模槓桿作用、建立品牌、出售創意、效能障礙、協同作用。（之後我又再看了一遍這些術語，我想我可以了解大部分的術語是什麼意思，但是EDC3是什麼?藍尼在股東會上也沒有說明。）

他表示，去年賀喜出售或關閉許多工廠、裁員並降低存貨。公司總部也注入了新血：公司的十位高階經理人中，有九位是在過去的一年半內上任的。而且公司的生產線也推出許多精美的產品，例如迷你瑞斯（Mini-Reese's）復活節巧克力蛋，還有「特別版」的Kisses純巧克力。

藍尼說，公司努力的成果都已經反映在賀喜的股價上，即使股市的整體表現不佳，賀喜的股價仍能逆勢上揚。接著他又開始試著彌補勞資雙方的裂痕：「最值得慶幸的是，我們的員工十分配合這些改變。」此時我聽到一些冷笑聲，嗯，或者不應該在賀喜的股東會上說這個字，因爲Snickers是競爭對手馬爾斯公司的產品❶。

❶ Snicker意為竊笑，也是「士力架」巧克力的英文名稱。（譯注）

然後開始播放影片。螢幕上出現「偉大的員工、偉大的品牌」並停留了幾秒，然後是一連串宣傳片段，畫面主要是一群微笑的員工說著：「這是工作的好地方」和「照顧員工」等等的內容。最後一段影片是一群充滿熱忱的員工說著：「未來的發展無法想像」，然後音樂漸漸變大聲。影片的預言成眞了，因爲沒想到接下來的股東問答時間氣氛變得有點緊張。

首先站上麥克風前的是一位工會代表，他說影片裡的員工全都不是當地工廠正在罷工中的員工。他的下一個問題更是搏得全場的喝彩：「爲什麼你不拿出一小部分的薪資，來解決我們的問題？」群眾開始鼓掌叫好。

藍尼等大家安靜下來之後冷靜的回答，他去年的薪資是六十萬美元，加上九十萬美元的紅利和三百二十萬的有限股份（未經董事會特別允許不能出售的股份），還有四年來的認股權。藍尼說，薪資等級是由董事會決定，他的工作則是處理薪資以外的其他事務。

然後，他開始捍衛自己的薪資等級，於是說：「我的工作是達成董事會聘請我的目標，也就是提高股東的收益。」這句話讓我想起一些政客，總是訴諸「美國人民的感受」。在場並沒有人想要降低股東收益，但是每個人對他的話各有不同的解讀。有些投資人可能希望快速提高收益，而有些人則想要持續的成長。藍尼的話似乎是對前者說的。

會議室空氣凝結

接下來發生的事實在是太驚人了，我從來沒有在任何公司的股東會上看過這種事。

在股東會的問答階段時，有些父母或祖父母會將小孩推到麥克風前，要小孩子開口發問，其實這種情形還滿常見的。至少在波克夏·海瑟威的股東會上常有這種情形。我相信這些家長的出發點是爲孩子好，而且認爲孩子們長大後會感激父母，讓他們有機會向別人炫耀自己曾經和傳奇的股神巴菲特說過話。這種情形通常是：孩子踉蹌地走上前、照本宣科的唸出由身爲舞台總監的父母幫他寫好的台詞。看著這種情景，感覺就像有些父母爲了彌補自己因爲沒有機會所造成的遺憾，就逼著孩子學習一些自己沒學過的才藝是一樣的。

但是今天在這個會議室裡，這種成年人強迫小孩做自己不敢或沒有機會做的事情的行爲，簡直是令人看不下去：有一個年約八歲大的小男孩走向麥克風，然後說：「我是公司的股東，我想知道罷工的人爲什麼這麼生氣。」

請注意，這句話是這個小孩自己說的！聽在其他人耳朵裡，感覺像是：「我是一個可愛的小孩，所以如果你不把我說的話當一回事，對你的形象可不太好。執行長先生，你什麼時候才不會再打老婆？」幾乎有那麼幾秒鐘的時間，會議室裡的空氣好像凝結了。

藍尼的表現也眞不是蓋的，他以對待成年人的態度來對待這個小孩提出的問題（其實這個問題就是個成年人提出的，只不過是經由一個小孩的嘴吧說出來而已）。雖然這個小孩可能根本無法理解他所用的一些詞彙，但藍尼還是盡力地解釋問題的癥結，以及他希望的解決方式。他的說法十分有說服力，似乎暫時稍稍的緩解了一些工會代表緊張的氣氛。

一位資深的工會代表起立，開始沒頭沒腦地說了起來，說到他覺得他的座位不受到尊重（他坐在這棟建築邊緣擴建的部分，我也是坐在這裡）。最後，他總算發現自己好像沒有什麼問題要問，就坐了下來。

他不是唯一思考不太清楚的老人。另外還有一位婦人自稱是賀喜的退休員工，她抱怨賀喜的產品標籤顯示的工廠所在地不正確，然後又建議公司應該試著生產楓糖漿和巧克力組合的產品。很顯然，她試過這樣的組合而且覺得「眞的很好吃」。

火爆問題接二連三

工會經過剛才的稍事休息，現在又重振旗鼓準備再次直攻藍尼的要害。工會的代理人說，賀喜的退休員工最近在一場晚餐會中被公司稱爲「最重要的資產」，但是過沒幾天卻接到公司通知說要減少他們的醫療福利。我了解爲什麼工會要提出抗議，雖然「最重要的資產」是很好聽，不過對於一些退休老人來說，醫療福利的保障比任何優美辭藻的稱讚要來得更實際。

一位婦人站了起來，說了一些剛開始聽起來很像是讚美後來才發現其實是挖苦藍尼的話。她表示要稱讚藍尼：「我聽說你最近和退休員工聚會，說要指導他們如何管理固定收益。」這句話又引來工會人員的第二次訕笑。

另一位婦人說，她在賀喜工作了三十一年，並問藍尼爲什麼當地工廠的員工被要求提高支付醫療保險的金額。公司的一位發言人表示，賀喜有六〇%的員工支付一〇%的醫療保險。而罷工中的員工是那些目前只負擔六%醫療保險的人，目前的計畫是打算讓所有員工負擔相同比例的醫療支出。

但是在場的員工對這樣的說法並不滿意。他們關心的並不是自己和其他同事的薪資差異，他們想的是自己的薪資和台上那些高階經理人的薪資差異。一位非常緊張的晚班員工表示：「你們花了很多錢來對付罷工的員工，但是你們大可以把這些錢拿來回饋員工」，然後他雙眼直視著藍尼繼續說：「你的時薪是八百五十二美元，賺這麼多錢，總該分攤一點我們的損失吧。」

到了這時候，藍尼終於面露慍色地說：「我不是爲了錢才來的。」他的語氣中帶著一點尊嚴，顯然他覺得自己賺的每一分錢都是他應得的。

接下來的幾個問題比較不這麼火爆，稍微緩和了會議室裡的氣氛。

有一位患有糖尿病的巧克力愛好者提問，公司是否可能生產無糖的產品。藍尼微笑地說，每年都會有人提出這個問題，然後表示一定會盡快推出無糖的糖果。

另一位股東指出，賀喜有兩位董事是林肯全國人壽公司的高階主管，這是一家歷史悠久且聲譽卓著的印第安那州保險公司，但是他對這家公司一無所知，所以他很擔心地說：「這家公司該不會像那個安隆❷一樣吧？」藍尼笑著回答：「不是的，他們和我們一樣是正派經營的公司，賺的也是正經錢。」不少人和藍尼一樣笑了出來，看起來原本烏雲籠罩的股東會似乎是雨過天晴了。

其實不然。接下來又是一個訓練有素的小孩站上台提問：「如果罷工持續，你打算如何處理？」藍尼並沒有正面回答這個問題，只是向小男孩保證：「我們都希望這次的事件能盡快落幕。」

剩下來的時間只夠一個人提問，不過最後發言的這位股東沒有問題要問，只是利用這個機會紓發他的納悶：米爾頓·賀喜的精神——尊重員工並建立全國第一的巧克力公司——這種態度到哪裡去了。

---

❷安隆（Enron），原為美國最大的能源公司，全美第七大企業。在十六年之間，資產從一百億美元增加至六百五十億美元，卻在短短的二十四天內宣布破產倒閉，三萬名員工失業。財務報表顯示公司的情況非常良好，但實際上卻是負債累累，因為它借用會計上預付帳款的手法和技巧，掩飾公司財務的實際情形，終至引爆了一場質疑財務會計可信度的風暴。（譯注）

他的話切中要害，讓在場的每位股東在離開時都好好地思考這個問題，但肯定不是賀喜的高階主管想要的結尾方式。

外面正在下雨。那隻肥大的老鼠已經不見蹤影，許多罷工的工會糾察隊也已經離開了。我踩著輕快的步伐回到車上，接下來的幾個小時我都在車上，對剛才拿到的那盒糖果進行品質控管，大口吃了起來。多年來我一直聽說，巧克力能刺激大腦中引發快樂的細胞，經過幾個小時劍拔弩張的股東會後，我想我需要一整盒巧克力才能挑動那幾個細胞。

見聞摘要 賀喜巧克力

教育性 B 學習工會與管理政治學。

娛樂性 B 衝突、火爆的場面，很適合作為實境節目的題材。

贈品 A 一盒賀喜糖果。

飲食 D 免費的咖啡，但大部分的公司都有。

觀點 如果大部分的員工對公司不滿，那麼這間公司一定出了問題，而身為股東的你一定要知道問題點在哪裡。股東會上員工與經理人的正面交鋒能幫助你深入了解兩造的不滿與理由，也有助於了解問題大約何時能得到解決。當然，股東會上值得注意的是，這些參與者都很清楚自己在這場戲中的角色。有些人在台上表現大放異彩、有些演技頗為生澀、有些則亟待加強。

第5站→→甘尼特媒體出版公司

股東會蒼蠅女王

背景說明：大約七歲的時候，我想到了一個絕頂聰明的點子，那就是發行一份報紙賣給我當時住在紐約州羅徹斯特市的鄰居。於是，我開始撰寫並發行我的第一份報紙，而在想到可能不只賣出一份時，又親手做了兩、三份。完成後，開始以一份報紙一分錢的價格向鄰居兜售，那時候就看得出來我的成本概念不太好。我的這份報紙對於在羅徹斯特發行早報和晚報的甘尼特媒體出版公司（Gannett）而言，完全沒有什麼威脅。幾年下來，這家公司已經成為許多像羅徹斯特這種中型城鎮的主要報社。一九八二年時，該公司推出《今日美國》（*USA Today*），這份八卦報後來成為美國無所不在的報紙。到了二〇〇〇年末，在許多人都還沒有習慣上網閱讀新聞之前，我買了甘尼特公司的股票。

「我的話還沒說完！」艾弗琳．戴維斯嚷嚷著，她是一位七十歲、身材嬌小但十分兇悍的女士。接著她又用荷蘭腔繼續陳述那些令她不滿的事情是多麼「不可理喻」！甘尼特執行長兼董事長兼總裁道格・麥可克爾金德（Doug McCorkindale）只好棄械投降，讓她繼續說下去。他看著會議室正前方螢幕上投影出來的時間，上面的數字已經變成紅色，顯示戴維斯的發言已經逾時。

艾弗琳絕對是企業股東會揮之不去的蒼蠅女王。她持有上百家公司的股票，每年都會參加其中十幾家公司的股東會，吼一吼那些公司的高階經理人，順便推銷她自己。艾弗琳平常的工作是撰寫、編輯和出版「針砭集」（*Highlights and Lowlights*），這是一份專門探討執行長的新聞稿，許多公司的執行長每年都要花上千美元訂閱這份新聞稿，希望她能因此爲自己美言幾句。

公司的主管們當然不敢惹火她，因爲她在股東會上口無遮攔是出了名的。好幾位資深觀察家都告訴過我，她曾經對花旗集團的前執行長約翰・李德（John Reed）說：「看我不玩死你！」

艾弗琳個人的癖好是競選不可能勝出的董事席位。如果每年只重選少數幾席董事，就幾乎不可能形成任何重大的改變。

股東會蒼蠅先驅——吉爾伯特兄弟

最先提出這個問題的是企業股東會蒼蠅先驅，路易斯和約翰・吉爾伯特（Lewis and John Gilbert）兄弟。這對兄弟和家人總共持有多達六百家公司的少數股份，並於一九三〇年代開始在股東會上發聲，這在當時實屬罕見。路易斯在他的書《股利與股東民主》（*Dividends and Democracy*）中寫道：「一九三二年，企業典型的年度會議通常是在人煙罕至的鄉下舉辦，而且參加的股東只有小貓兩三隻，每個人都無精打采地聽著那些沒有意義的法律用詞，看著公司內部不斷重新辦理選舉，然後選出自己，繼續在公司爲所欲爲。」（在這本書出版四分之三個世紀後的今日，這類股東會仍時有所聞。）

路易斯擁有整合瓦斯公司十張股票，當他出席一九三二年二月的股東會提出問題時，卻被董事長當成耳邊風。往後的幾年，每當他出席其他公司的股東會，這些董事長往往以鄙視的態度對待他提出的要求，不是嘲笑他持有的股份太少，就是要求他出示持有股份的證明。

在一小群有志一同的朋友，包括「女性股東聯盟」總裁威瑪．索斯（Wilma Soss）的幫忙下，吉爾伯特兄弟展開了爲股東發聲的終身志業。許多小股東常常會提供他們兄弟倆代理授權書，請他們在股東會上代爲發言。（當你寄出選票，也就等於是要求董事按照你的意思代理你投票，如果你沒有明示，就由他們代你決定。此外，並不是每一場股東會都可以不必出席，十七世紀英國的合股公司——現今企業的前身——就要求投資人必須參加股東會，不出席的投資人甚至會被罰款！）

吉爾伯特兄弟在股東會上提出的要求其實都差不多，甚至和現在股東會上提出的一些要求也相去不遠。例如，他們要求股利必須優於主管豐厚的薪資與認股權。路易斯認爲，執行長的薪資上限應定爲二十萬美元。在伯利恆鋼鐵公司一九三八年的股東會上，他還要求刪減公司董事長查爾斯．史瓦伯（Charles W. Schwab）二十五萬美元的薪資（相當於現在的三百萬美元）。

另外，他們也同情爲公司服務卻沒有公司股份的經理人。路易斯在雷明頓藍德公司一九五三年的股東會上，斥責當時的董事長麥克阿瑟將軍，指責他不買進自己所管理公司的股票。隔年股東會前，麥克阿瑟將軍終於向吉爾伯特舉起白旗，買進了一些自己公司的股票。

從一九三九年一直到一九五〇年代，吉爾伯特兄弟都會針對股東會撰寫年報，評估每家公司的董事長。到了一九五四年，這份資料已經長達兩百頁了！

無記名股東投票制度的起源

現行不記名的股東投票制度等事項，都是吉爾伯特兄弟及其志同道合的朋友共同努力的成果。而他們兩人最大的成就，大概就屬讓證券交易委員會對通美銀行（Transamerica）提出告訴，限制該銀行巨擘召開股東會，直到他們將吉爾伯特的三項提案刊登在代理授權書上爲止。其中一項提案是要求更改該公司章程，確保股東提案能在股東會上以無記名的方式表決，並允許股東票選公司稽核員。另一項提案則是要求通美銀行提供所有股東一份股東會後報告。

通美銀行反駁，表示公司章程允許公司董事不必將股東提案列在代理授權書上。美國第三巡迴法院的約翰·畢格斯法官於一九四七年裁定，通美銀行必須遵行這項提案，裁決書中指出：「企業應以股東的利益爲經營的準則，而不是企業主管的利益。」從近年來爆發的各種企業醜聞中可以看得出來，還是有一些企業主管與這位法官的觀點背道而馳。

股東提案如今已經是家常便飯，而且大部份的股東會也都讓股東們投票選擇公司的外部稽核員（儘管通常只提供一名候選稽核員）。至於會後報告，公司傾向將摘要資訊刊登在他們的網站上（請點選「投資人關係」），或放在下年度第一季的季報中。有些公司會製作成文字紀錄，再刊登出來、或寄送給股東。只有少數——例如西方石油公司——會將會議內容製作成一份小手冊，並寄送給對該公司有興趣的投資人。

吉爾伯特兄弟除了促使公司開放股東人提案和投票外，他們也爲長久以來都只是正經八百地敘述財務狀況的股東會，帶來一點點幽默感。例如，有一年約翰就戴著一個紅鼻子出席一場股東會，因爲他出席前一場股東會時，該公司董事長罵他只是個跳梁小丑。

這對兄弟見證了許多企業的求新求變和僵固不化。路易斯和約翰分別於一九九三年和二〇〇二年過世。

股東提案從財務責任轉向社會責任

他們兄弟倆的行爲爲後來的股東會蒼蠅披荊斬棘，激勵他們現身股東會挑戰大企業經營者。許多年來，股東會蒼蠅爲小股東發聲的焦點著重在企業對投資人的財務責任。這樣的精神從一九六七年開始變了調，當年一位激進派的沙爾．艾林斯基（Saul Alinsky）忽然靈光一現，要求伊士曼柯達公司的股東將代理授權書交給他的組織、投票反對柯達公司的一般事務，藉以表達對該公司有關少數族群聘僱原則的不滿。這項舉動最後在柯達股東會上引發冗長的討論，該公司最後同意採取積極的作爲。

不久，反對凝固汽油的人開始要求道氏化學公司允許股東投票表決，該公司是否應該繼續製造具致命性的脫葉劑。道氏化學公司認爲代理授權書中沒有必要加入這一項提案，因爲依照現行公司章程，股東提案不能影響一般的業務運作，也不能針對政治或社會需求提案。雖然當時的證券交易委員會同意這樣的做法，但是到了一九七〇年代中期，這項決議被哥倫比亞特區巡迴上訴法院推翻。

同時，一群年輕的律師組成了一個叫做「企業責任計畫」的非營利組織，在消費者權利擁護者雷夫．奈德（Ralph Nader）的協助下，選擇以通用汽車爲象徵性目標，提出九項對公司造成震撼的提案，包括產品安全、污染控制和聘僱少數族群等議題。通用汽車本來不想在代理授權書上加註這些提案，但是證交會要求通用汽車必須提供其中兩項提案：一項是在董事會中加入公設代理人，另一項則是成立股東委員會監督企業責任。不過這兩項提案的贊成票都不到三％，股東提案票數必須通過這個門檻才能在下年度重新提出。雖然沒通過，這項活動卻引起許多人注意到股東提案潛在的功能。

一九八〇年代中期，華爾街興起一片「貪婪無罪」的風氣後，活躍於股東會的人開始將注意力轉到另一個方向：確保公司出售股份時，獲利的不會只是高階經理人。一九八八年聖塔菲的股東會上，法人股東服務投資公司發起人羅伯特．孟克斯（Robert Monks）就在背後推動一項股東提案，避免公司使用一種稱爲「毒藥」的防禦機制來防範被其他公司收購接管❶。這項提案獲得六一％的支持率，成爲史上第一項贏得多數贊成票的股東提案。然而，和其他所有股東提案的投票結果一樣，此結果只能夠對公司提出建議，並沒有實質的效力。

孟克斯說自己是「身高六呎六吋、哈佛大學優秀學生聯誼社裡的新英格蘭白人後裔，是安德魯．卡內基二世的孫女婿」，他絕非等閒之輩。其他的不說，光是他試圖讓自己成爲席爾斯百貨公司和艾克森石油公司的董事候選人，就看得出來他頗有能耐。在被艾克森石油公司斷然拒絕後，他又提議要求該公司付款給三大機構投資人的代理人，讓他們在年度股東會上提議。這麼一來，原本屬於所有股東（包括不能票選代理人的一般市井小民）的錢都進了大股東的口袋，由這些人決定哪些事情重要，哪些不重要。當然，那些大股東或許還會雇用法人股東服務投資公司來保護他們的利益。

❶毒藥（poison pill）是一種防範收購的策略性手段，方法是提高潛在併購者要付出的成本。有些情況是，被收購公司會給現有股東（但不給併購者）優先股，股東可以在併購案取消後溢價售出。還有些情況是，允許現有股東以較低廉的價格提高持股，但不提供給潛在併購者此項優惠，或甚至能夠以折扣價購買潛在併購者手中的股份。

當然，並非出席股東會的每個人都是來發牢騷的。二〇〇五年一個寒冷的早晨，我在芝加哥一家名叫吉訶德（Quixote）的交通安全公司股東會上，認識了一位叫做墨瑞．魏克斯勒的電腦工程顧問。他說他擁有一千兩百家公司的股份（哇！），而出席這些公司的股東會是為了和執行長合照，他自豪地秀出剪報簿證明所言不假。在同一場股東會上，我又認識了一個名叫馬汀．葛若哲的人，我想他是個專門「報佳音」的股東會蒼蠅，因為他每次發言都只說好話。二〇〇六年初，我在美國最大藥妝店沃爾格林的股東會上又遇到了他，他在股東發言時，對這家藥粧業巨擘還是好話連連。

股東會上還有一些其他常客則是……嗯……這麼說吧，很不一樣。在紐澤西一家生產奶精的小公司多福地乳製品公司（Tofutti）的股東會上，有一位將近五十歲左右，長髮、大鬍子、身穿短褲和汗衫的股東。他非常聰明，一開口就說個沒完沒了，但最令人注目的就是他長達數吋的指甲。如果他不是在模仿霍華．休斯（Howard Hughes）❷，就是一年三、四十場股東會的行程讓他忙得沒空整理門面。

經理人與股東會蒼蠅的對決

甘尼特公司二〇〇二年的股東會在維吉尼亞州麥克林市總部舉行，一位年約七十多歲、眉毛不斷往上揚的男士告訴大家，他是「紐耶州揚克斯市人——人口只有十九萬六千零八十六人」，他上一次參加甘尼特股東會已經是一九八七年四月的事了。他說，他有一些「有憑有據且十分理性的問題要請教」，然後開始嘰哩呱啦地對「這個非常傑出的公司」提出一連串令人難以招架的問題。其中一個問題是問麥可克爾金德：「代理授權書上說，你已經六十二歲了。九一一那天，當美國航空十一號班機在早上八點四十二分撞上世貿中心的第二棟大樓時，你是怎麼得到消息的？」麥可克爾金德回答，當他得知消息後仍然繼續工作。顯然這是個好答案，因爲這位股東轉移到其他主題。

坐在前排的其他經理人一副驚慌失措的模樣。雖然他們的簡報內容都已經事先寫好，而且盡可能報喜不報憂了，他們仍無法控制台下的股東可能會提出什麼樣的問題。包括愈來愈多人上網看新聞，公司如何處理這個問題？轉向網路媒體的廣告主有沒有再回來報社刊登廣告？麥可克爾金德和其他經理人都表示，他們嘗試過許多方法來解決這個問題，像是開闢特殊版面試圖吸引X世代的讀者、讓鄰近的幾份報紙共用發行流通服務以節省成本，甚至是凍結高階經理人薪資。

顯然，甘尼特也想要凍結這場股東會。會議室的溫度感覺上好像愈來愈冷了。疑心病重的人可能會以爲是公司故意把空調的溫度調得很低，股東就會冷得受不了不想發問而離開。事實上，我們大部分的人根本沒機會開口，因爲這些股東會蒼蠅的問題實在是多得不得了。

大部分的股東會蒼蠅都說自己代表的是眾人的利益，不過他們有時候也是爲了自己的利益。這些股東會蒼蠅其實是口袋富足的人，專門靠投資收益過活，所以他們根本不是一般的小股東。沒錯，路易斯．吉爾伯特便曾堅持公司的股東會應該在曼哈頓舉行，因爲這樣對和他一樣住在紐約的小股東來說，比較方便出席。

至於艾弗琳，她對甘尼特公司的人大聲嚷嚷，也只不過是希望能在晚間新聞看到有關自己出席這場股東會的報導而已。這是我第一次遇到她，但是在我後續的股東會旅程中遇到她時，她也都差不多是這個樣子。看來沒有人知道該如何讓她閉嘴。把會議室溫度調降到冷得像南極，或把倒數計時的時

❷霍華．休斯（Howard Hughes）是美國一九〇〇年代傳奇的富賈。他有潔癖，作者在此是反諷那位股東。（譯注）

間投射在牆上，看來對艾弗琳一樣是沒有用。

管制股東入場似乎也沒有太大的作用。甘尼特寄給股東的通知書上說明，有意出席者必須至少在一週前送交一份入場識別證申請書。這規則對於波克夏．海瑟威這類熱門的股東會而言是滿合理的，而且波克夏的做法比較簡單：公司提供申請卡，股東只要塡妥後寄回就可以了。甘尼特則要求想要入場的人必須事先寫信說明，這個做法似乎是個圈套，誘騙那些沒有看清楚通知書的人（不過，甘尼特在自家公司總部召開股東會，而不是在飯店會議廳，也算是爲股東省了一些錢）。奧馳亞菸草公司（Altria，前身爲菲利浦墨利斯〔Philips Morris〕）也要求股東事先提出要求，我也是過了截止日期後才發現到這一點。我不得不慚愧地承認，我買下菸草公司的股票是出於好奇想參加他們的股東會而已。

一般人認爲股東會蒼蠅在會場上大聲疾呼，只是爲了自己的利益，因爲小股東通常是不會輕易發聲的——當然，除非他們開始擔心自己的投資會化成泡影。我出席的下一場股東會就是這樣的情形。

見聞摘要 甘尼特媒體出版公司

教育性 D 毫無生氣的簡報，沒有足以登上《今日美國》的場面！

娛樂性 B 股東會蒼蠅製造了一些噪音。

贈品 B 免費的報紙、簡報室導覽。

飲食 C 貝果、水果、咖啡、柳橙汁。

觀點 對這些自稱要改善企業經營問題的股東會蒼蠅來說，股東會是個很好的地方。這種在股東會上發表冗長言論的行為，其實已行之有年。一九三〇年代的路易斯和約翰·吉爾伯特兄弟大膽要求企業重視股東的聲音，就是現今股東會蒼蠅的先驅。艾弗琳·戴維斯則是現在最為人所知的股東會蒼蠅。可惜的是，這些股東會蒼蠅現在通常只在乎自己的聲音有沒有被這些公司聽到，而不在乎其他股東的意見。

第6站→→V-One

（可能是）最後一場股東會

背景說明：如果連人稱股神的巴菲特都因為不懂科技公司的營運，而選擇不買進科技股，那麼我想我最好也別碰。我並沒有買V-One的股票，這是一家製造網路安全性裝置的公司，這些裝置可以幫助使用者建立私人線上網路。我有一位朋友是V-One的董事，他邀請我參加他們的股東會，所以我就順便來參觀一下。

當一家公司的股價或交易量未達到一定的標準，交易所可能會讓這檔股票下市，不再接受這檔股票的買賣訂單。一家公司如果發生這種情況，就等於被判了死刑，所以幾乎所有公司都會全力避免股票下市。

V-One在一九九六年上市（首次掛牌交易），到了二〇〇二年六月就出現了下市危機，甚至曾連續好幾天沒有任何一宗交易。此外，最近發行的財務報告中，V-One的外部稽核人員警告，這家公司「持續經營」可能不會維持太久。前一個月已經有兩位資深主管離職，而留下來的也被延期加薪。

面臨破產危機的股東會

V-One 的股東會是在馬里蘭州洛克鎮一棟十九世紀的房屋裡舉行，這棟大宅一般是用來舉辦婚宴和藝術表演。會議室正前方的下拉式窗簾上投射出一句話：「V-One 是既優秀且專注的公司，致力於解決目前人們面臨的難題。」從這句話看得出來，公司的執行長兼總裁瑪格莉特・葛雷森（Margaret Grayson）將現階段稱爲「重建時期」，並努力讓大家知道他們正嘗試解決問題。葛雷森是個嬌小的女人，她盡量提高音量，希望能蓋過外面除草機隆隆作響的聲音。

運動球迷聽到這句話可是會打冷顫，顯然在場有十幾位股東也有同樣的感覺。他們已經損失了不少，而且對公司非常不滿意。其中有一人抱怨：「股價已經下跌了三〇〇%」，理論上這是不可能發生的，這樣誇大的說法顯然是爲了強調他的不滿。他說他受夠了股價「劇烈震盪」，而且非常想知道爲什麼股價就是不能穩定下來。

執行長葛雷森不否認 V-One 的營運目前正遭遇非常大的困難，但是她認爲現在就放棄公司是不智之舉。公司已經接洽了新的客戶，例如美國陸軍、聯邦調查局和西南航空公司，美國國土安全部也極具開發潛力。而且 V-One 等待許久其他政府單位的業務仍有機會獲得最後確認——儘管預算管理局的廠商比較調查還要兩、三年才會完成。她承認，可能是因爲客戶對 V-One 的能力有所質疑，所以訂單遲遲沒有下來。

葛雷森又說，她已經同意擔任直接隸屬布希總統的國家基礎建設顧問委員會委員，她希望能好好利用這個機會爲 V-One 爭取到一些客戶。

同時，葛雷森說，公司正忙著重新定位她所謂的「產品」。V-One的產品無法同時適合小型或大型市場，所以他們正以「大型企業解決方案」這個觀念在推廣產品。我大概是整場會議裡唯一不了解科技用語的人，因為我對她說的東西完全沒有頭緒。企業的規模會是個問題嗎？事實上，V-One所面臨的問題似乎是高科技業近年來普遍揮之不去的陰影：公司花錢的速度比賺錢的速度快得多。儘管葛雷森表示公司營收有些許提高、花費也降低了，但以業界說法「燒錢的速率」來看，狀況似乎不好。

一位沮喪的股東問到：「公司破產之前還能撐多久？V-One為什麼不好好宣傳公司的產品？」

聽到這裡，身材魁梧、陸軍中將退伍、一直保持沉默的董事長威廉・歐登（William Odom）再也忍不住了：「我們已經很賣力宣傳了！我們面對的是許多非常大的公司。我不知道我們能不能做到。過去一年半以來，我們已經做了很大的改變，但是三年前就應該減少一些支出。如今我們已經沒有那麼多資源可以做宣傳，我們試過了。現在只能靠產品的表現和客戶的口碑。我也不知道這些能不能及時挽救公司。」

葛雷森的回答則是：「我們的宣傳愈多，投資人撤回的資金就愈多。」

坐在我前面的一位股東不斷搖頭表達她的不滿：「股票的交易還是不理想。」

她又說：「其實交易量已足以讓一些人賺差價❶。有些人利用公司目前狀況買賣公司的股票。」

她繼續補充：「解決的方法是併購，或找到更多金主的支援。我們正在尋求各種可能的選擇。」

她希望能進行策略結盟，也就是和更大的公司合作，只不過到目前為止還沒找到合作對象。葛雷森覺得，這是因為當時「產品」還不足以吸引大的合作夥伴，但現在已經準備好了。

董事減薪就能力挽狂瀾嗎？

那斯達克前副總裁莫莉．貝理（Molly Bayley）是資深金融服務顧問，過去兩年來擔任 V-One 的董事。她安靜聆聽所有人的問題和答案，她是六位董事之一，但並不是這次會議中競選的兩人之一。

除非公司章程有規定，否則董事並不需要出席股東會。不過在許多情況下，公司都會鼓勵董事們出席股東會，而且時間通常就訂在董事會之前。包括了居家用品零售商家得寶、艾克森石油公司、美國銀行、微軟、英特爾、摩托羅拉、聯邦快遞、美國鋁業公司（Alcoa）和有線電視網路營運商 Comcast 都不要求董事親自出席股東會，但大部分公司都覺得董事出席股東會很重要，可以讓股東們親眼見到他們選出來的代表本人。另一個原因，特別是對貝理和其他「外部」董事而言（和公司沒有直接關聯的董事），就是能夠聽到股東提出的問題和主管們的回答。

其實 V-One 的董事們聽到這些話一定不好受。貝理後來說：「如果我對這些員工沒有信心，我就會擔心公司的狀況。」爲了展現他們對公司的信心，貝理和其他董事都放棄了監督 V-One 管理階層每月所得的一千美元。

其實，一間公司不可能永遠持續經營，有些公司曾創造出極佳的收益，但最終仍因各種因素導致績效下滑：美國甜菜糖品公司、國際鞋業公司和斯都德貝克汽車公司都曾是享譽一時、在道瓊工業指

❶這裡的差價是指「買價」（潛在買方願意出的價格）和「賣價」（潛在賣方願意接受的價格）之間的差價。如果一檔股票的交易量不大（每日沒有多少股票易手），那麼差價可能就很大。如果是廣為持有的股票，則差價通常不會超過每股一美分。

數中舉足輕重的大企業。其他公司則還未嶄露頭角便已慘遭淘汰。看著公司走向衰敗，股東和利害關係人經歷不同階段的否認，到最終接受事實，是相當令人難過的過程。

今天出席這場股東會的股東們大發脾氣，因爲他們擔心自己的投資最後會血本無歸。看得出來在場的每個人都寧可不出席這場股東會，而是去更度假小島。還好，我的下一站剛好就是個度假勝地。

見聞摘要　V-One 股東會

教育性	D	聽不懂的技術用詞。
娛樂性	C	偶爾出現很難看的場面。
贈品	F	沒有。
飲食	C	不錯的早餐。
觀點		股東們咬緊牙關忍耐了幾個月，終於可以在股東會上一吐怨氣。科技股的投資獲利常常都很可觀，但風險也最高。當情勢不樂觀時，投資人往往欲哭無淚。

第7站→夏威夷電力公司
四弦琴的幻想

背景說明：我之所以會買夏威夷電力公司的股票，是在一次前往夏威夷茂宜島旅行時發現，夏威夷唯一一家上市的電力公司擁有絕佳的獨佔市場。除此之外，旗下擁有夏威夷第一大銀行美國儲蓄銀行的夏威夷電力公司，從一九〇一年起便持續發放股利了。

我向來認爲，參加股東會的服裝規定跟搭飛機的服裝規定是差不多的。過去有一段時間，不管是出席股東會或是搭飛機，人們都穿著最體面的服裝，即使現在，穿著體面仍能得到比較好的待遇。不過，擁有公司部分股權的好處之一，就是你可以隨意穿著參加股東會。雖然我看過有些人穿著牛仔褲或更休閒的中短長度的百慕達褲出席股東會，但我想穿著「商務便裝」可能比較適當。極少數的情況下我才會穿西裝，通常我比較喜歡穿白襯衫、卡其休閒長褲，再搭配運動外套。這樣的穿著大概不會有什麼太大的問題。

夏威夷電力公司除外，顯然我沒留意公司的備忘錄。夏威夷電力公司上上下下所有員工身上都穿著夏威夷花襯衫，而花襯衫也是該公司的日常上班服。因爲今天是股東會，每位員工的衣服上多別了一個名牌，以免所有那些穿著鮮豔服裝的人看來沒兩樣。其他股東也穿著類似的裝扮，所以會議室裡到處都是螢光橘、萊姆綠和燦爛藍的花襯衫，我也一直沒把太陽眼鏡拿下來。

一個重視股利的老企業

接待股東的地方是子公司美國儲蓄銀行平常用來訓練員工的會議室。會場已經擠得水洩不通，得花上一點時間才能擠到點心桌前，桌上放著一些鳳梨餅、麵包布丁、甜甜圈、咖啡和橘子汁。我邊吃點心、邊看著佈告欄上的消息，耳裡還聽著其他股東和公司代表閒聊。

接待員禮貌地引導大家通過大廳，進入一間較大的房間，裡面一排排的折疊椅已經安排就緒了。椅子上放了股東會程序表，內容包括今天的議程及董事和高階經理人的姓名。此外，還提供了股東會進行時的規定，看起來都是些滿合理的規定：除非主席准許發言否則禁止說話、發言僅限三分鐘、不能散發文件、禁止使用任何相機功能（我覺得，這些都是一般董事會的標準規定）。

負責簡報者所坐的桌子後方有一排景觀窗，景觀窗的窗簾是拉上的，或許是爲了避免大家分心——畢竟，窗戶外面所呈現的可是度假勝地夏威夷呢（如果只是普通的檀香山市區景色，就不必費心拉上窗簾了）——不過現在外面正下著小雨，所以也可能不是怕大家分心吧。

一位高大、長相頗年輕的六十歲包柏．克拉克（Bob Clarke）先生穿著雅緻的紅色花襯衫，是公司的執行長、董事長兼總裁。他以夏威夷的招呼語「阿囉哈」歡迎大家蒞臨二〇〇三年股東會議，並問有多少人從美國本土遠道而來。約一百二十多位股東之中，有四位來自本土的人舉起了手，我是其中之一。我在弗格斯佛斯市的奧特泰爾電力公司股東會上就注意到這一點了：公用事業的股東通常會是當地居民。

克拉克介紹了公司的董事會，然後說明當大部分其他公司的營運都不怎麼樣時，該公司卻做得非常好。當然，股東之所以會買進夏威夷電力公司的股票，並不是因爲這家公司一夕之間變成值得投資的好公司，而是在經歷了令人聞之心痛的網路公司泡沫化之後，大家對長期以來一直支付股利而且經營穩定的「老」公司，又開始重拾信心與興趣。

克拉克的做法很聰明，他向大家說明最近股價上漲並非常態，而且不太可能會繼續下去。他提出警告，公司的退休金支出負債發展速度超過退休基金投資的成長速度，主要是因爲利率下降和股市低迷的影響所造成的。他暗示，這些因素可能會影響下一個年度的獲利。他眞的是很誠實地說明了一般公司經常會遭遇的問題，其他公司通常會盡力遮掩這些事實不讓股東知道。同時，他還表示利率無可避免的大轉向❶將影響美國儲蓄銀行的獲利。

出席會議的股東們雖然聽到壞消息，但是沒有人皺一下眉。買進公用事業股的投資人比較感興趣的通常是股利（所以這類股票通常是退休銀髮族的最愛），顯然這裡的股東也比較關心股利問題。克拉克很清楚這一點，並向股東們保證，公司在可預見的未來，仍會繼續按照現在的水準發放股利。

❶作者是指二〇〇三年度股東會時，當時美國的利率是位於低點。（譯注）

安全治理、社區回饋是夏威夷電力公司的保證

接下來由五十六歲的公用事業部總裁兼執行長麥克．梅伊（Mike May）接手。他身穿黑底、金色鳳梨圖案的花襯衫，看起來很像一名健身教練。

梅伊說，自從九一一攻擊事件和伊拉克戰爭後，觀光業的用電量顯著下降，但接著強調當地居民的用電需求卻逐步上升。他向當地居民保證，公司會定期舉行緊急演習，又說：「各位大可放心，我們的服務和可靠度絕對不打折扣。」

他除了向股東們報告並提供一連串的保證，也很自豪地指出，夏威夷電力公司榮獲《華爾街日報》評選為前五%的公司治理最佳企業。也就是說，公司謹守這些日子以來尤其受重視的公司治理之道。（例如，多數董事會成員必須是外部人員，不能是公司的主管。）

夏威夷的居民似乎很關切這塊人間天堂，所以梅伊花了一些時間說明公司如何測試燃料電池（利用氫氣獲取能源，而且不會造成污染），以及如何與美國海軍合作建造太陽光電（太陽能電池）基地。他介紹一家新的「不受管制的子公司」，他們很聰明地將公司命名為夏威夷再生能源公司，成立這家公司是為了尋找對新興環保技術有興趣的投資人。他說，公司正在贊助在同一條街上畢曉普博物館的「再生能源」展。

提到公司對社區的回饋，正好讓他有機會大大讚美一下公司的員工對阿囉哈聯合勸募的捐獻，梅伊曾於二〇〇二年擔任該組織的主席，他很認真地讓會議室裡的每個人都知道：公司重視社區。

美國儲蓄銀行執行長劉康妮（Connie Lau）接著報告這家金融子公司連續六年營收達到二位數字

的成長。從她仔細想把「哈威夷」和「阿囉呵」的發音唸對，可以看出她是個非常小心的人。

五十五歲的劉康妮將銀行當年度的表現，一部分歸功於美國儲蓄銀行的變革——多出了投資和保險服務，另一部分則歸功於經濟狀況對銀行業極爲有利。她提醒股東，先前的低利率確實吸引人們和企業貸款，但現在情形可能會有所改變。她指出，利率調升時，有些借款人會傾向提早還錢，以減少必須支付的利息，因而降低銀行潛在的營收。

最後，她也讚美了一下阿囉哈聯合勸募。會議接著再度由克拉克負責主持，他錦上添花感謝大家的慈善捐助。這讓每個離開會議室的人都知道，夏威夷電力公司眞的非常關切夏威夷！

股東會裡的回聲

接著，克拉克開始把現場交給台下，歡迎股東們發言。

整場會議過程中，一位坐在我前面的胖男子粗魯地把紙弄得沙沙作響並低聲抱怨，他忽然對會議室前面的主管們說話，從他自我介紹的方式難以看出這個人是否出身自金融世家的子弟。他大聲抱怨，夏威夷電力公司的股利自從一九九八年起就沒有再提高過了，他又說，公司在中國和菲律賓的投資失利而損失了數百萬、員工薪資提高、主管紅利也很多。他抱怨夏威夷電力公司「讓我想起了安隆那家公司」，接著又說，「總得有人監督一下這些狡猾的人。」最後，他終於說出重點：他願意當這個監督人，擔任「無給職」的董事。

不只是坐在我前面這個人，連坐在我後面的一位女士也忽然以希臘腔、呆板地附和他說的最後幾個字：「無給職」。

克拉克重申投資人最近幾年所享有的成果，並強調員工的薪資層級和紅利完全是由外部董事所決定的。（要是每次聽到這句話都能獲得一百萬美元就好了，那我就發財了！）

聽完這句話，坐在我後面那個希臘人又重複：「外部董事」四個字。

之後的問題就比較輕鬆一點，有時候，主管甚至不需要開口呢。有個女人問，除了股利之外，有沒有其他好的理由再買進更多夏威夷電力公司的股票，另一個女人則插話說，她相信股價遲早一定會上揚：「除非賣掉股票，否則沒有人會因為買股票而虧錢。」我想她或許是忘了，有些人就是因為需要用錢才會賣股票，還有些公司會破產導致股東損失。

一位年長的先生說，他想知道為什麼公司的財務長去年就退休了？是不是因為他早年曾在勤業會計師事務所全球聯盟安達信會計事務所工作過的關係？然後他又問，為什麼公司要重編盈餘？

聽到這裡，坐在我後面的那個聲音又重複：「重編盈餘」四個字。

這時克拉克看起來有一些無力感。他回答，財務長的離職並沒有什麼特殊原因，而且公司也沒有重編盈餘❷。為了加強股東信心，他還重複強調公司在「公司治理」方面做得很好。

後面又響起「公司治理」四個字。我已經開始不耐煩了，盤算著如果把手上的筆往後用力一插，能不能讓她閉嘴。

所幸，股東會到此時已經接近尾聲了。一位坐在前排、年紀很大的菲律賓籍男士站起身來，開始搖搖晃晃地走向公司的主管們，夏威夷電力公司一名員工快速扶著他的手臂引導他回座，問他是不是要提問題。克拉克示意請他發言，於是他轉頭面對股東並問：「大家都滿意了嗎？大家還開心嗎？」大部分的人發出同意的嘀咕聲回答他的問題。然後老人就開始向大家摘要地說明自己的人生，最後來個熱情的結尾：「未來的趨勢是能源，而我們手上握有的正是能源公司的股票呢！」

很難想像有比這更好的結尾了，克拉克把握這個機會宣布散會。我把筆蓋套上，身後那個不斷幫別人合音的希臘人則毫髮無傷地退場了，大概是去別的地方煩其他人了。

股東會有四分之三的熟面孔

搭電梯返回大廳時，我聽到兩位身穿高爾夫球裝的股東交談著美國本土的另一家電力公司：「嘿，這才是經營困難的公用事業公司。好像是轉投資行動電話還是什麼的。」這段話讓我想起許多公司因爲踏入自己不熟悉的領域而蒙受損失，就像很多投資人投資自己不了解的公司而賠本一樣。

隔天早上，我花了一些時間和十幾年來一直負責夏威夷電力公司股東會籌備工作的莫莉・艾格德（Molly Egged）聊天。她的工作就是確保大家都有椅子可坐、有咖啡可喝，並和一群負責股東報到、視開會時機調整燈光的祕書們合作。

艾格德告訴我，今年的股東會其實和往年沒什麼不同。她說，每年幾乎都是那些人在提問題，而且她估計出席的股東之中有四分之三都是熟面孔，她說：「如果沒看到這些人還會覺得奇怪呢！」

這倒是提醒了我，人終有一死，所以應該及時體驗一些新的東西、享受人生。至少，這是我對她這句話的解讀，我因此跑去威基基購物中心上了一堂免費的四弦琴課程。可惜的是，我之前完全沒有任何能拉出美妙旋律的音樂基礎，即使是相對比較簡單、只有四條弦的四弦琴也彈不好。我很快就了

❷ 盈餘重編（restatement of earnings），當一間公司重編盈餘時，就等於是向股東宣布：「還記得我們本來說公司每股獲利X元嗎？我們一定是瘋了才會講這種話，那些數字原來是錯的，那時我們大概正在嗑藥或什麼的！」

解到，巴菲特除了股票之外，連彈奏四弦琴也比我在行，所以我婉拒了買一把四弦琴的提議。

三十六小時後，我在亞歷山大鮑德溫船運公司的股東會上又遇到了艾格德，這家公司擁有許多夏威夷土地。看起來上一份工作的疲勞似乎還沒從她的臉上褪去，她嘆氣並抱怨，爲什麼這些公司要舉辦股東會呢？反正大部分的人都不會參加，而且投票也只不過是一種形式。

我想，她只是吐吐苦水而已，不是認眞的。但是，我在下一站的股東會上遇到的一位投資人關係代表，便認爲股東會根本就應該廢止。

見聞摘要 夏威夷電力公司

教育性 D 值得敬佩的誠實。

娛樂性 C 股東中有些有趣的傢伙。

贈品 F 沒有。

飲食 C 供應鳳梨蛋糕的早餐。

觀點 太多公司的執行長和董事長總是說公司的前景看好，極少人會當面告訴股東可能影響未來獲利的真正問題。存在已久、經營多年的公司通常都會有一些股東是靠著股利過日子的退休銀髮族。如果福利基金成長的速度低於負債的速度，公司就必須另覓財源：也就是說，留給股東的可能就會跟著減少。

第8站→→花花公子

前往兔女郎總部

背景說明：或許有些人買《花花公子》真的是為了看雜誌裡面的文章。不過，我想比較合理的假設是，多數人購買這家公司的股票只為了上頭印製的照片。據我所知，花花公子原始憑證上印製的圖案是一九七一年二月小姐的裸照蝕刻畫。我個人之所以會買這家公司的股票，是因為我有一位投資眼光十分犀利的親戚，他猜想花花公子的股東會應該很有看頭。可惜的是，我是以擬制人名下之股東（street name）❶的方式持有股票的——在證券商的帳戶裡可以看到電子數字——所以我從來沒看過花花公司的股票原始憑證到底長什麼樣子。

到底那些穿著養眼的玩伴女郎到哪裡去了？還有，那個身穿浴袍、手握百事可樂的老傢伙休・海夫納（Hugh Hefner）人呢？

一般人可能會認爲，花花公子的股東會議程可能是不斷飲酒作樂，放眼望去盡是酒、女人和音樂。只不過，早上十點在潮濕又寒冷的芝加哥可不太適合縱情酒色，而且整場股東會只有一位女主角掌控全局：創辦人海夫納五十五歲的女兒克莉絲蒂．海夫納（Christie Hefner），她從一九八八年起就身兼公司執行長與董事長了。

這幾年來，克莉絲蒂一直想把《花花公子》雜誌的形象，定位爲更具意義且流行的雜誌。這個工作可沒有想像中的容易，因爲大部分的人都認爲，這家公司的主要營運目標只是爲了支撐創辦人海夫納相當奢侈豪華的生活。現在仍掛名《花花公子》「總編輯」的創辦人海夫納，幾十年前就離開芝加哥定居洛杉磯，從此極少離開奢華的花花公子莊園。不管任何時候，他都會有三到六位二十多歲的金髮小女友做伴，他也是威而剛的愛用者。他的「功績」會出現在雜誌每月篇幅一至二頁的「海夫納精選」專欄，內容主要是這位上了年紀、卻保養得很好的花花公子和當月金髮女友嬉戲的合照，還有幾位電視／娛樂／成人影片的前女星。從他這種奢侈享樂、縱情女色的做法，我實在是看不出來這份雜誌要如何吸引年輕、時尚的讀者群。

沒有兔女郎只有母獅子

股東會是在距離花花公子企業總部幾條街遠的斯皮亞吉亞會議廳舉行，報到處的人員熱情地接待我。一位兔女郎幫我脫下外套，第二位兔女郎遞給我一杯馬丁尼，第三位幫我按摩肩膀，問我從飯店走到會場累不累……好吧，我承認，兔女郎的情景是我自己想像的。其實，加上我總共只有五個人出席股東會，其他幾位都是以某種形式替這家公司工作的人，而且都不是雜誌裡的艷星或兔女郎。

❶許多美國投資人所購買的股票並未直接登記在本人名下，而是登記在證券商、銀行、或其他擬制人（Nominee）名下，稱為擬制人名下之股東（street name）。（譯注）

花花公子的員工不知道我爲什麼會來參加股東會，他們大概認爲我跟一些小夥子一樣，想在股東會後看有沒有機會被邀請到海夫納的豪宅享樂。他們引導我到非常精心準備的自助早餐區，並介紹其他股東給我認識。

會議應該在九點三十分開始，但是時間到了，大家仍舊在慢慢地享用早餐。我才想起來以前還在上班時，會議也都是在老闆出現後才會正式開始。

九點四十分，克莉絲蒂緩緩進場。她身著亮眼的白色套裝，令人無法忽略她的存在，一副知道自己得隨時準備「上場」的樣子。她一站上講台，台下的五十幾個人便趕緊就座。

她一上台就宣布，股東會後董事們會留在會場幾分鐘，回答大家的問題，隨後才會去開董事會。很多公司會把董事會留在股東會後才召開，但是我感覺克莉絲蒂像是要告訴股東們，董事會才是他們今天的重點。而且，她看來似乎已經準備好了逃亡路線，只要股東一提出任何難題，就可以馬上開溜的樣子。

股東會上確實經常有股東提出令董事很難堪的問題——只要股東不是全由根本不敢提問的員工所組成。今天的議程上有兩項公司提案，希望能提高認股權的股數，以提供給「主要員工」（包括兩位董事）以及「非常務董事」（包括其他六位董事）。

沒有人反對這兩個提案，也沒有人要求投票。

提案輕鬆過關，擔任選舉監委的麥克．瑞姆克斯（Mike Rimkus）減輕了不少工作負擔。瑞姆克斯在芝加哥一家銀行工作，負責計算預先收到的所有票數，再加上會議當天的票數。他一年要出席約十五到二十場股東會。大部分的情況下，股東會上不會出現太多選票，所以他的計算工作其實並不困難。偶爾出現公式比較複雜的情形時，他才需要拿出計算機或筆記型電腦來計算一下。「有一場股東會大概有十五個提案，現場有很多股東出席投票，而且公司要求精準的贊成與反對總票數。他們必須先休會一段時間讓我計算選票。」瑞姆克斯告訴我。

他在花花公子股東會的工作就輕鬆多了，因爲公司有將近七○%的股權仍握在創辦人手中，所以投票的結果其實不難想像。

新總編輯與新方針

接著，克莉絲蒂便開始播放一段投影片，簡單說明二○○二會計年度的財務表現——當年度股價從每股超過十三美元、跌到十美元以下。當她談到最近通過的沙賓法案要求更嚴格的財務報告標準，會使像花花公子這類小公司經營更加困難時，克莉絲蒂就像是在對一群小孩說教似的嘮叨抱怨。另外，在場的股東都贊同公司比較隱晦的成人影片有線電視計畫，其中包含一個新的眞實節目：把情侶或夫妻催眠，看看他們的衝突和性幻想的內容，然後再讓他們正視得出的結果。她說年輕人都認爲花花公子的兔子頭商標是一種時尚品牌，在場沒有人質疑她的說法。她還提到，公司在東京新開設一間服裝店，顧客穿上衣服後，可以站在模擬《花花公子》封面的鏡子前，想像如果自己是花花公子的玩伴女郎會是什麼樣子。在場每個人聽了都頻頻點頭。

克莉絲蒂隨即介紹公司的新總編輯吉姆·肯明斯基（Jim Kaminsky）。肯明斯基才剛從另一本男性雜誌《Maxim》轉戰《花花公子》，《Maxim》是仿英國小報的美國版雜誌，在照片上加上極盡嘲諷的圖說或標題，照片全都是身穿睡衣的火辣女明星艷照，以及愚蠢的男性冒險活動。這種題材的報紙起源於英國，且已蔚爲風潮，花花公子把肯明斯基挖過來，顯然是不要讓他爲競爭愈來愈激烈的對手工作。

不令人意外地，肯明斯基提振公司活力的做法，就是要把《花花公子》變得更像《Maxim》。他要讓「花花公子專訪」（整本雜誌中最不色情的部分）鎖定較年輕的偶像，例如饒舌歌星。他打算減少雜誌裡的插圖，他說年輕人不愛看插圖。他的終極目標是要提供年輕讀者「社交的話題」——和幾名異性一起放鬆喝著馬丁尼、泡澡時能聊的一些話題。我可不覺得這些做法是什麼革命性的創舉，不過他可能會認爲我是太老了，沒有資格評論創新。說到老，肯明斯基卻完全沒提到要如何處理雜誌中的「海夫納精選」專區。

事實上，整場股東會幾乎沒有提到創辦人的名字。一開始我還覺得奇怪，然後我才想到，就是因爲他的缺席，股東會才會這麼乏味。我猜，海夫納和其他股東（除了出席的這幾個之外）此時全都在他的比佛利山莊豪宅裡大享艷福。

會後我和負責投資人關係的瑪莎．琳德曼聊了幾分鐘，有點奢望她能證實我的想法，說不定還能給我豪宅的邀請函。

我問她：「其他股東都到哪裡去了？爲什麼出席的人這麼少？」

她說：「現在已經不流行股東會了，以前大家都覺得出席股東會是了解公司營運概況最好的方法。當然，公司也可以利用股東會來做行銷公關，但這對我們並沒有太大的幫助。」

不流行？最好的方法？嗯，雖然我不這麼認爲，但至少我同意她的這項說法：股東會可以是實用的行銷管道之一。事實上，有許多共同基金集團其實並沒有開股東會的義務，但它們還是選擇召開股東會，善加利用這個機會做宣傳、行銷。

一個星期前，我剛參加過一場這類的股東會。管理長葉合夥基金（Longleaf Partners Funds）的東南資產管理公司在龍捲風正肆虐曼菲斯植物園附近郊區的一個夜晚，仍吸引三百多位投資人前往出席股東會。與會者都收到紅酒、起司以及眞誠的感激：「我們擁有基金界最好的投資人，」東南資產管理公司一位皮膚曬得黝黑、精力旺盛的主管曼森．霍金斯（Mason Hawkins）這麼說。

股東會上提供的食物、飲料和誠意都不錯，但重頭戲則是類似波克夏的問答時間。連開場的方式、說的話都很類似：「我們會一直待在這裡，直到所有的問題都問完爲止。」這句話在晚上六點三十分說顯然是比在早上九點說要來得安全點，以免大家眞的問得沒完沒了，不過至少已經誠意十足了。基金經理人毫不遲疑地承認他們在投資決策上所犯的錯誤時所展現的謙遜態度，也非常令我欣賞。霍金斯多次引述巴菲特的名字和他秉持的原則，甚至一度說出：「我們不會浪費時間購買一些我們不了解公司競爭優勢的股票。」所以當我和他直接對談時，我很訝異他從來沒有去過奧瑪哈參加波克夏的股東會。

把一般投資人當成麻煩

管理FAM基金的范尼穆爾資產管理公司，每年十月會在紐約科博斯基爾市舉辦類似的聚會。十月的紐約非常美麗，葉子都染滿秋意盎然的色彩，不遠的庫伯斯鎮也因爲各種運動季後賽和世界盃，而顯得熱鬧非凡。我參加FAM的股東會時，董事長戴著一頂安全帽上台，看得出來是爲了強調當天的會議主題——安全。他對安全的定義是：了解自己所投資的標的。我非常同意他的說法。可惜的是，

ＦＡＭ把安全扯得太遠，還事先預備好絕大多數問題，其中許多問題甚至是預先錄製的聲音。最後一個罐頭問題大概是打算活到西元二五二五年的人才會想知道的問題：「您怎麼看未來一、兩百年的發展？」公司的回答當然是：「公司會成長、股價會上漲」。離開時，股東們收到的紀念品是ＦＡＭ急救工具包，顯然是要再次強調安全的重要性。

當然，我出席過的幾場義務性的股東會，公司都非常小心的處理，因為他們認為這是和投資人建立良好關係的機會，也是做公關的好機會。但是，在花花公子的股東會上，琳德曼女士認為，股東可以透過公司管理階層與投資分析師的電話會議內容來獲取任何他們想要的資訊。（這類電話會議從二〇〇〇年開始就已經開放給散戶股東利用，因為證交會的「公平揭露規定」規範公司必須同時向所有股東揭露重大資訊。）

只不過，我想任何曾經嘗試透過電話會議發言的投資人都會告訴她，這類通常都由華爾街分析師獨佔的電話會議與親自出席股東會絕對是兩碼子事，而且會後也拿不到裡面裝滿了杯墊、精選爵士樂ＣＤ、或當月份《花花公子》雜誌的福袋啊！

離開芝加哥回到家後，我以相當於買進時的價位賣出了花花公子的股票，這是我第一次根據在股東會上的感受而做出的投資決策。股票雖然賣了，但是花花公子把一般投資人當成是麻煩，且公司只是為了少數幾位經營者而存在的惡劣態度，仍在我腦中揮之不去。我的下一家公司也認為經營階層比股東重要，但原因卻完全不同。

見聞摘要 花花公子

教育性 C 詳盡說明公司的規畫。

娛樂性 F 不難想像我有多失望了吧！

贈品 A 爵士樂CD、杯墊和最新的《花花公子》雜誌。

飲食 B^+ 豐盛的自助早餐。

觀點 如果一家公司認為股東會沒有意義，股東會最後就會真的變得沒有意義、虛應故事。就算公司是以美酒、女郎和音樂享有盛名，無聊的股東會也會令股東失去出席的意願。如果公司是由某一個人或一群人把持大部分股票，管理者就能為所欲為。有時候順應公司管理人的意志可以得到豐富的報酬，有時則否。但是，如果公司的經營者直接了當告訴股東，舉辦股東會向你報告根本就是在浪費他的時間，恐怕很難令投資人覺得自己是公司的合夥人。

第9站→→沃爾瑪

這是奧運開幕典禮嗎？

背景說明：我家附近並沒有沃爾瑪超市，我也很少去沃爾瑪採購日常用品。但它是全球最大的零售商，就像是一頭大象站在滿是小動物的房間裡，是不可能被忽略的。沃爾瑪的定價和營運實務可說是業界的標準，如果附近的小商店無法和大鯨魚競爭時，結局可想而知。每當沃爾瑪在一個地區開設新分店時，附近就會有許多小店面臨歇業的命運。當地的居民經常對這種巨型零售商場提出抱怨，卻沒有意識到自己上沃爾瑪超市購物的同時，也是在助長它們的成長。二〇〇二年時，我懷著複雜的心情買了幾張沃爾瑪的股票，主要是因為我覺得非參加它的股東會不可。

阿肯色州西北部，早晨六點四十分，天都還沒亮，巴德沃爾頓體育館裡就傳來陣陣搖滾樂，基度和沃爾瑪樂團正在演奏老歌。他們其實演奏得不錯，但是我對大清早就聽到大放克樂團重金屬音樂的第一個反應，通常會非常樂意把收音機鬧鐘按掉。

現年四十八歲的喬．基度．威爾許（Joe Guido Welsh）是團長，他的樂團每年都要爲沃爾瑪舉辦二十五場表演活動，他認爲自己和團員們是「拿著吉他的啦啦隊員」。對於一大早就要上場表演，他也只是聳聳肩說：「樂團表演就是這樣，沒什麼太大的困難。」他承認，一大清早就要扯開嗓子嘶吼確實有點累，但是他覺得如何把「溝通」、「提高標準」和「團隊合作」等企業用語編寫成歌詞，而且唱起來還要像滾石合唱團高唱〈滿意〉一樣地發自內心，才眞正令他頭痛。

我不敢相信自己竟然能這麼早就起床。我一直以爲股東會都是在中午前開始的，所以當我看到股東會通知書上寫著八點四十五分開始時，有點措手不及。後來我才發現，這只是與業務相關的部分，還不包含其他公開活動。昨天晚上，我在《班頓郡每日記事報》看到更完整的股東會行程，隨報並附上九十六頁全彩的沃爾瑪股東會增刊。上面刊登許多與沃爾瑪合作、或打算與沃爾瑪合作的廠商廣告，此舉大大矮化了《記事報》，該報每天的頁數也不過才十到十六頁。我看過不少報紙會保留一、兩頁，或甚至整落篇幅報導在當地舉辦的股東會，但是《記事報》爲沃爾瑪如此大肆宣傳也眞是夠驚人的。

活力十足的沃爾瑪員工

出席沃爾瑪二〇〇三年股東會的其他一萬五千人看起來目光炯炯有神、有用不完的精力和好心情。原因不難理解：這些人幾乎都是沃爾瑪的員工。他們身穿代表不同國家或部門的不同顏色T恤，成群坐著、手搖旗幟，彷彿參加的是奧運開幕典禮。

一位高大、面帶微笑的女士，身穿上頭印著「您需要幫助嗎？」的罩衫，引導我到爲非員工的股東座位區。我才剛坐下，樂團就開始演奏另一首歌——初次演奏的股東會主題曲〈我的沃爾瑪〉，節目於是正式展開。

這幾個字在接下來的六小時裡，大概被重複吶喊了……我想想……大約三、四百次吧。每次只要有人上台抓起麥克風問：「沃爾瑪是誰的？」（幾乎每個上台的人都會這麼做）每名沃爾瑪員工每一次都像是剛喝完能量飲料、活力充沛地回答。

顯然他們一大早就補充太多感官刺激產品了，這時才早上七點，我就決定今天肯定需要補充一點咖啡飲品。攤位上提供甜甜圈、鬆糕、洋芋片、汽水和咖啡——提供這麼多高糖、高熱量的食物讓我忽然明白，爲什麼沃爾瑪的走道距離這麼寬敞。

雖然如此，我還是裝滿了一盤子的點心。就在燈光暗下來的時候，我聽到一陣強烈刺耳的聲音，兩名風笛手分別從人群中走進來。他們到達講台時，鼓聲大作、燈光閃爍、乾冰霧氣瀰漫，兩人忽然開始月球漫步，並演奏著震耳欲聾、節奏類似美國創作吉他手吉米漢卓克斯（Jimi Hendrix）般的音樂片段。雖然整個感覺很奇怪，音樂卻還滿好聽的。

台下的群眾不停地熱情歡呼，台上則已經開始播放影片。畫面上流星一掃而過，在沃爾瑪商店上空灑下片片亮麗的粉塵，並接著播放沃爾瑪在全球各地經營的一些片段。一如我的猜測，當螢幕上出現沃爾瑪（或子公司「山姆俱樂部」所在國家時，來自該國的員工就會瘋狂地歡呼。影片播放到最後一段員工微笑畫面集錦時，全場的氣氛達到最高潮。

大概是爲了確保大家都還沒睡著，當公司的三位高階主管上台時，台上又是爆破聲、又是閃光燈，聲光特效十足。台上沒有椅子、沒有講台——幾乎無處可躲。公司主管會議採取「站姿」（這個點子是沃爾瑪英國聯盟公司ＡＳＤＡ提供的），以提醒大家工作時要謹愼小心，顯然這個政策奏效了。

台上的三個人——執行長兼總裁李．史考特（Lee Scott）、執行副總湯姆．克林（Tom Coughlin），以及董事長羅伯．華頓（Rob Walton）（傳奇性的創辦人山姆的兒子）——在台上走動，一副超級巨星的模樣。華頓比較低調，另外兩個人精力旺盛，彷佛剛喝完五、六罐超濃的爪哇咖啡。

他們一開口就說：「董事長先生、偉大的阿肯色州、偉大的山姆．華頓的家鄉……」這段開場白聽起來好像過去政黨在各州黨代表大會上，爲炒熱氣氛用的台詞。他們用帶有鼻音的聲調輪流奉承台下的股東們，彷佛鄉村音樂的頒獎典禮：

「台下有沃爾瑪的員工嗎？」（群眾大聲歡呼。）

「沃爾瑪是誰的？」（群眾扯動固定在地上的椅子，屋頂都快被掀開了！）

「誰是第一？」（此時群眾更瘋狂地大喊，我快被吵死了。）

又像身在搖滾演唱會

有時候，他們會一再重複這三個問題，而台下的反應永遠都是一樣的。讓我覺得好像在看搖滾演唱會台上的歌手，不斷地對台下群眾喊話、鼓動他們。

台下的員工在整場股東會中不斷地起立鼓掌，感覺好像永無止盡的歡呼聲一波波橫掃整棟建築。穿紅色T恤的人要喊得比穿藍色T恤的人更大聲，穿藍色T恤的人又要喊得比穿橘色T恤的人更大聲，員工群之間就這樣不斷地比賽誰的呼聲比較大，好像夏令營裡興奮過頭的小孩一樣。

執行長兼總裁史考特讓我想起年輕的李・艾科卡（Lee Iacocca，前克萊斯勒總裁），他炒熱現場氣氛的功力比起後者有過之而無不及，不斷地說沃爾瑪是個多麼好的工作場所、如何持續改善服務等等。接著他介紹兩位墨西哥沃爾瑪的員工上台，其中一個人還帶領大家大喊公司的正式歡呼詞，精神抖擻地喊出公司的名稱。一九九二年時，沃爾瑪的 Wal 和 Mart 兩個字還是用連字號分開的，現在則是把連字號改成了一個星星，但是爲了方便歡呼，他們會把星星喊成「squiggly」（扭曲的意思），並配合著扭動屁股。

「給我一個『W』，給我一個『A』，給我一個『L』，給我一個『squiggly』，給我一個『M』，給我一個『A』，給我一個『R』，給我一個『T』，這是什麼字？這是什麼字？」不知道是不是在場大部分的人連睡覺都會這麼喊（他們的另一半眞可憐）。台上的墨西哥員工引導同樣從墨西哥來的員工用西班牙文大喊時，台下許多人大概都聽得一頭霧水。當他們喊完下台時，台上的主管們還開玩笑的說：「沒錯！我同意！」

然後史考特介紹，現場大約有一千一百位沃爾瑪員工是從國外來的，「其中有七〇％不會說英文，所以他們是透過耳機聽取同步口譯。我們來看看效果如何？」然後他馬上大喊：「沃爾瑪是誰的？」沒想到回應的速度比任何翻譯員的翻譯速度還快，於是他志得意滿地說：「看來這句話不論用哪一種語言都能了解！」

每一次只要介紹某個沃爾瑪部門的主管上台，沃爾瑪的喊話就會再上演一次。一個主管大喊：「有沒有資訊系統部門的同仁？」坐在燈光較暗的二樓上，有一群人揮舞著用螢光棒圈成的項鍊，大聲的呼喊。

我問你答的遊戲只失靈過一次。當台上的人大喊：「有沒有收銀台的同仁？」時，台下幾乎鴉雀無聲。或許當他們寄出股東會的通知郵件時，忘了也要寄給公司裡地位和薪水最低的同仁們吧！

出席股東會的五大承諾

輪到各個部門的發言人上台時，他們就會向現場擊掌問好，並介紹部門的「五大承諾」。每個部門都有五項，不多也不少。「物流部門」負責在指定的時間內，將指定的商品送到指定的地點，他們的承諾是：服務、準確、效率、準時及同仁發展。就連「同仁部門」（也就是其他公司的「人力資源」或「人事」部門）也有自己的五大承諾。

聽了這麼多「五大」承諾後，我也決定列出自己出席股東會的「五大承諾」：

1. 更小心留意股東會的開始時間。
2. 離開飯店前先吃一頓有益健康的早餐。
3. 自備耳塞以免被風笛震破耳膜。
4. 準備並高喊自己撰寫的歡呼詞，而且內容要有「squiggly」。
5. 以沃爾瑪爲典範，將我的收入提升至少數幾個國家國民生產毛額的水平以上。

沃爾瑪的員工還有另外五誡必須遵守：「備足存貨、清楚標價、展現產品價值、拿顧客的錢和讓顧客了解」。「拿顧客的錢？」嗯，我想應該是提醒員工不要忘了向顧客收錢，而不是拿顧客的錢。

經過這麼多人上台說話後，我開始漸漸熟悉沃爾瑪的語言了。他們不僅非得每隔幾分鐘就上台吼一吼沃爾瑪的歡呼詞，還要營造出一股讓大家覺得無論你說什麼，都是世界上最有意思的話的感覺。你還得在句子裡加上一些只有內部人員才懂的縮寫字，例如CSM和VPI等等。最重要的是，你還需要經常隨機提及人名，我猜他們大概希望最終能向台下所有人一一打過招呼吧。（這樣說話的方式聽起來眞的很奇怪，因爲你會聽到一些句子像是「我們所學到的，凱文，是把事情做對，愛莉絲，而且快速執行，湯姆，是關鍵，艾倫女士。」我猜台下眾多的凱文、愛莉絲、湯姆和艾倫可能不知道爲什麼，但大概會很高興自己的名字被提到。所以當我發現自己的名字始終沒出現時，我覺得自己非常不受重視。）

唯一有大明星出席的股東會

部門與部門的報告中間，會穿插一些沃爾瑪員工版的《美國偶像》❶才藝表演。在維吉尼亞州山姆俱樂部工作的茱兒．莫斯利（Drew Mosley）上台演唱福音歌曲，獲得台下的聽眾起立喝采。沃夫茲堡的副店長伊扎爾．克拉克（Ezell Clark）即興改編〈我永遠愛你〉，高唱「沃爾瑪，我永遠愛你！」眾人報以熱烈的迴響。

除了員工才藝表演之外，也有專業級的娛樂活動。福音歌手艾美葛蘭特（Amy Grant）一上台就獲得全場起立鼓掌，她唱了幾首歌並告訴大家，「沃爾瑪是我生活的一部分。」葛蘭特是今天出場的明星之中名氣最大的，但是聽說這個星期公司還曾邀請鄉村歌手布魯克斯與唐（Brooks & Dunn）爲員工獻唱。當葛蘭特唱完〈簡單的事〉（Simple Things，整曲不斷地重複強調這兩個英文字）時說：「大家腦袋裡深深烙印了這首歌了吧？行銷就是這麼簡單啊！我知道你們都同意我的話。」（台下又是一陣起立歡呼。）

明星出席沃爾瑪股東會並不是新鮮事，而且公司一定會保密到家直到最後一刻。一年前邀請的嘉賓有名模辛蒂克勞馥、青春偶像瑪莉凱（Mary-Kate）和艾希莉歐森姐妹，以及美式足球明星喬蒙大拿（Joe Montana）、強尼優尼塔（Johnny Unitas）、丹馬利諾（Dan Marino）和約翰艾爾威（John Elway）。過去幾年出席過的還有演員歌手潔西卡辛普森、奧斯卡影后荷莉貝瑞、搖滾歌手邦喬飛及鄉村歌手葛斯・布魯克斯。

沃爾瑪大概是唯一讓員工期待能在股東會上看到大明星的公司。另外有一家公司的做法則是完全相反——世界摔角娛樂股東會議通知中表示：「請注意，本股東會是單純的業務會議，不是娛樂活動。股東會上不會出現大明星。」不過，我還是覺得這場股東會值得去看看，說不定運氣好還能看到幾位主管火爆地舉起椅子互砸，而董事長還會假裝沒看到，彷彿上演另一場摔角秀。

股東會？不，是員工大會

雖然抵達會場已超過兩小時了，我還沒有完全進入狀況，總有一種錯覺，好像我出席的可能是沃爾瑪的員工大會，而股東會舉辦場所應該是在大廳的另一端。接下來的國旗展示更讓人分不清楚，這到底是員工大會還是股東大會。現場每位來自不同國家的員工揮舞著自己國家的旗子上台，我很高興

❶ 美國福斯廣播公司自二〇〇二年起主辦的美國大眾歌手選秀賽。（譯注）

看到他們不像星巴克，連夏威夷是不是美國領土都分不清楚，至少沃爾瑪的地理概念還算不錯。

爲了避免一大堆旗幟讓大家分不清自己究竟身在哪一個國家，鄉村歌手喬尼克斯（Joe Nichols）上台讓大家聚焦美國國旗，並熱情獻唱美國國歌。我忽然想到，他的表演大概暗示接下來登場的是正式的業務會議——果然，正如股東會通知書上的議程，大約八點四十五分開始業務會議。有那麼幾秒鐘的時間，我眞希望自己一進場就睡著直到現在才醒來，就不用浪費時間觀賞剛才的好戲。

接著上場的是羅伯．華頓。他看起來像是還沒準備好的樣子，頻頻說：「嗯，我看看……」。如果說他手足無措的模樣只是在裝傻，我一點也不會感到意外。（我曾經和一位名叫馬克．費里曼（Mark Freeman）的共同基金業務主管一同工作許多年，他說故事的技巧簡直令我嘆爲觀止。他通常一開始會先笨拙、緊張地翻找眼鏡或筆記，然後慢慢轉移話題，開始訴說他在大聯盟短暫的投手生涯。故事最精采的部分是一九五九年的一場賽事，當時他和堪薩斯市運動家隊的幾位投手光是在一局裡，只不過被對手芝加哥白襪隊擊中了一球，竟然就送出了十一分。無論如何，這個故事最終總能轉爲非常具有說服力的賣點吸引客戶，只不過，他每次的賣點都不一樣。）

華頓接著介紹他的家人（此時他的母親海倫還沒到場），然後大概是爲了轉移焦點，不讓大家注意到他們家族持有近四〇%股票（持有這麼多的股票，使他的家族登上世界十大首富榜），便趕快問大家：「沃爾瑪是誰的？」

「沃爾瑪是我的！」群眾回答他。

「我聽不到！」他又再說了一次。

「沃爾瑪是我的！」群眾又回答，這次更大聲了。

他開始介紹公司的董事會，包括思科執行長兼總裁約翰·錢伯斯（John Chambers）。幾年前，思科是全球最大的網際網路路由器製造商，但是科技股泡沫化時，公司受到不小的打擊。因爲時間的限制，這場股東會後，錢伯斯將離開沃爾瑪的董事會。

介紹完大股東，接下來的議程則是股東提案。想要改變企業經營模式的人通常都會先嘗試從大企業的股東提案著手，他們希望透過股東會提案，敦促企業重視他們所重視的議題，或甚至影響公司的經營方針。由於沃爾瑪的知名度實在太高了，所以許多有志之士不會放過這個機會。今天的股東提案選票上共有七個項目。通常，主持人會在投票前做最後說明——這是投票前最後一次說明公司立場的機會（並點出另一個立場的缺點或特色）——沃爾頓的表現十分有風度，他宣佈「因爲時間的關係，公司只能回答已經印在股東會說明書上的提案」。

發言的前三位股東都先表明自己的宗教立場，其中還包括一位修女。其實，企業股東會上常常會看到有些教會藉著持有股票，在股東會上表達對該公司經營方針的意見。有一位代表基督使徒會的女士反對使用基因改造食物，她說：「這是破壞自然的做法」。一位當地自由派教會牧師代表「跨教會企業責任監控中心」，希望公司能和採取較高勞工標準的供應商合作。而該中心理事會的芭芭拉·艾里絲（Barbara Aires）修女則要求沃爾瑪應更明確表達對女性員工角色的立場。

第四項提案要求公司董事會應該要設置更多獨立董事。（十四位董事中有六位是華頓家族成員，或現任或前任沃爾瑪主管。）

第五項提案敦促沃爾瑪董事會允許股東投票決定緩課主管津貼的利息。（這個名詞實在有點複雜，大概讓在場很多祖父母級的股東們一頭霧水。一九九三年時，美國國會取消企業部分免稅額，也就是主管超過一百萬美元的薪資將不能免稅，除非超出的部分是根據績效而定。因此，包括沃爾瑪在內的許多公司便利用這條法律漏洞，讓主管得以將超過一百萬美元的薪資部分延至退休後才支領。公司會支付延期請領的薪資一筆利息，據說這個利率相當優厚。）

第六項提案也與主管薪資有關。提案要求將股票選擇權的授予計入企業的獲利中，也就是按績效獎勵？而不是只要來上班就能領獎金。

第七個提案要求沃爾瑪雇用不同公司稽核財務報表和會計作業。

整個股東提案的過程中，羅伯．華頓只打斷了兩次——一次是解釋董事會正計劃將三分之二的董事席次交由公司以外的人來擔任，另一次則是爲了介紹他母親，創辦人的遺霜海倫．華頓（Helen Walton）剛到現場，兩旁有人把她扶上台。她的臉上僵硬的笑容，好像這是她唯一能展現出來的表情。她的出場是完美的一刻：所有人給她最熱情的歡呼，看起來她似乎眞的是一位很受歡迎的人。

墊檔表演：主管說故事

提案結束後，爲了塡補計算現場股東投票票數的空檔，又是一場主管的說故事表演。

約翰．曼澤（John Menzer）是沃爾瑪國際事務負責人，他負責介紹英國的自有品牌「喬治服飾」，並請四位模特兒在台上昂首闊步地展示這個服飾品牌有多時尚。

大衛．葛雷斯（David Glass）是前任執行長兼總裁，一上台就彷彿忘了自己已經卸任了，得意地說：「我覺得這場股東大會眞的很特別。公司所有人都歡迎各位股東的蒞臨，我們的工作都是爲了你們。我還在唸商學院的時候，學校告訴我們，企業通常都選擇在人煙罕至的偏遠地帶舉辦股東會，這樣才不會有太多人參加。但是我們從一開始就不這麼做。」

關於這一點，我覺得舉辦股東會的法葉鎮並不比公司總部所在地班頓鎮附近更偏遠。不過，想要證明到這裡來的交通有多便利，恐怕也沒那麼容易。

接下來一群經理人上台，試飲分公司山姆俱樂部正在促銷含咖啡因的紅牛能量飲料。從他們的表情看來，罐子裡裝的如果不是蠍毒，就是他們的表演太過火了。

基度和沃爾瑪樂團先表演另一首曲目〈管理公司〉，再由財務長湯姆．修伊（Tom Schoewe）介紹令人振奮的最新發展。

李．史考特介紹演員凱倫達菲（Karen Duffy，曾演出《四個畢業生》、《阿呆與阿瓜》）和美式足球明星杰諾瓦克（Jay Novacek），最後是他的妻子。每當他介紹一個人，就會有歡呼聲。這段介紹拖得有點長，其中有一段「公司回顧片段」還重複播放史考特幾小時前已經放過的投影片！最後，沃爾頓宣佈所有股東提案都沒有通過，但他也承認，其中有幾個提案的支持率超過二〇%。

最後他宣佈股東會散會，並將現場交給名叫黛安娜．蒂加莫（Diana DeGarmo）的年輕金髮女郎，她是二〇〇二年的喬治亞州妙齡小姐。她高聲大唱小甜甜布蘭妮的歌〈瘋狂〉，有些音拉長得足以讓席琳迪翁汗顏，然後又唱了正常版的《綠野仙蹤》主題曲〈彩虹曲〉。結束歐茲王國的音樂之旅後，蒂加莫也在樂團的伴奏下唱起〈戀愛法則〉，並邀請克林、史考特和另一位主管和她一起跳舞。台下的群眾也起立、跟著節奏拍手，一邊嘲笑這些大老闆的節奏感。

過午後，非員工人士獲邀和主管們聊天、問問題，其中有幾百人把握這個機會。我則是對沃爾瑪的大老闆們，面對各種大小問題都能以體貼的態度解決，感到十分的敬佩。一位抱怨住家附近的沃爾瑪購物車不牢固的德州農夫所獲得的注意，不會亞於另一個人抱怨沃爾瑪因爲販售太多中國製產品而使許多美國人失業。

我和密蘇里州的退休老人吉恩·德弗（Gene Devaux）聊了幾分鐘，他說他的女婿本來是沃爾瑪的員工，他有一天忽然發現，沃爾瑪的外聘顧問和他做一樣的工作，薪資卻比他更好，他索性離職當起外聘顧問。德弗說，他每年都會出席並在股東會上提出一、兩個問題，他認爲股東會是很好的討論場所：「當然也可以打電話問公司，不過面對面得到的反應更直接。」我很高興聽到他這麼說，因爲我一直希望能在股東會上聽到股東親口說出這些話。我就告訴他我正在寫一本有關股東會的書。

他一聽，便堅持要讓我見見董事長羅伯·華頓，然後馬上把我引薦給這位億萬富翁。華頓告訴我公司股東會的發展歷程，並承認今天的這場股東會其實是爲員工所舉辦的：「我們的第一場股東會（一九七〇年上市後）是在小岩城一家小飯店舉行的，那次股東會完全沒有人參加。因爲我們需要投資銀行的資金和華爾街分析師的好評，於是我們開始規畫如何招待他們度過愉快的週末。我們招待他們打高爾夫球、舉辦網球比賽，還有一些非固定的行程，我們到現在都還是會舉辦這些活動。那時候的重點是這些人。而過去幾年來，股東會的焦點逐漸變成了公司的員工。我們平時好好的經營公司，然後讓員工聚會、好好休息玩樂一天。」

熱鬧的沃爾瑪園遊會

股東會結束時才剛過中午，我本來還在煩惱接下來該到哪裡去晃晃，後來想到可以去附近的沃爾瑪看一看。等我找到最近的沃爾瑪時，根本找不到地方停車，因爲停車場已經完全被充氣式的吉祥物佔滿了。整個停車場看起來好像梅西百貨感恩節遊行的集結準備區。停車場上有家樂氏餅乾公司（Keebler）高二十英尺的卡通吉祥物小精靈、一隻大得嚇人的勁量電池粉紅兔被栓在地上、還有一個超大型的乳牛乳房盤旋在我的頭上，它是柔順乳牛美容霜（Udderly SMooth?Udder Cream）的吉祥物。

在這些吉祥物汽球下方是許多提供免費食物的攤位——提供洋蔥圈、薯條、鯰魚及各式汽水，看來都是些熱量過高的食物。園遊會中央停著一輛賽車，有人故意把引擎弄得震耳欲聾，吸引遊客加入已經大排長龍的隊伍後面，等著體驗全國賽車聯合會的跑道模擬器。園遊會的周邊站滿了許多位產品代表，發送免費的試用品，其中一個是引擎潤滑油，試用品包裝得像是速食店的蕃茄和芥茉醬包。

沃爾瑪股東會的表演把我給累壞了，我決定提早離開園遊會場。雖然我知道行李已經快塞滿了，我還是忍不住隨手抓了一罐汽水，還有幾個貓罐頭給家裡的貓咪當紀念品，畢竟這年頭能拿到免費產品的機會已經愈來愈少了——我的下一站、全球最有錢的公司股東會就沒有提供贈品。

見聞摘要　沃爾瑪

教育性	B	清楚的介紹全球最大的零售商。
娛樂性	A	搖滾樂、明星、影片、汽球吉祥物。
贈品	D	當地沃爾瑪超市提供免費的汽水和貓食。
飲食	C	免費的咖啡和甜甜圈。
觀點		究竟是員工大會？是政治集會？是搖滾演唱會？還是宗教復興？全都是吧！

第10站→→微軟

昂貴的蝴蝶

背景說明：我的第一部電腦是蘋果電腦的麥金塔，直到一九九七年以前，我都沒有買過其他公司的電腦產品。那一年我對蘋果的忠誠終於瓦解了，因為我買了一部PC還有微軟的股票。但是，後來我實在是受夠了沒完沒了的垃圾郵件和病毒，所以在二〇〇四年時又重新回到蘋果的懷抱，但是我並沒有賣掉微軟的股票，我想這麼大的一間公司，不會因為我一個使用者的叛逃股價就受到影響。可惜的是，如果我早知道蘋果即將推出魅力橫掃全球的iPod就好了……

「他們一定會準備很多免費的電腦贈送給出席者，還會談到認股權和反托拉斯法案的和解金。」我是這麼對我朋友說的，所以他特地向位在西雅圖附近的公司請了一天假，陪我出席微軟的二〇〇三年度股東會。

當然，我是騙他的。但是等我們到了會場，大廳裡還是有提供免費的贈品，只不過都是些不值得一看的東西。其中一個是紅、白、藍相間的大鈕扣，上面寫著「支持創新」，這是由一個遊說組織所贈送的贈品，其實它就是微軟的遊說組織。其他免費贈品還有MSN網路服務的登入光碟，和一片「大驚奇」（Amazing Things）光碟，指導使用者如何使用Windows XP中特殊、有趣的功能（如果你的電腦和我的一樣老舊，就沒辦法執行這片光碟）。

綜觀這些實在不怎麼吸引人的贈品，我歸納出的結論就是，雖然比爾·蓋茲是世界上最有錢的人，但是說到要歡迎微軟的股東時，他的手頭似乎就變得不太寬裕了。股東會的會場很枯燥無趣，講台上幾乎是空盪盪的，而咖啡和丹麥式的自助餐也不是非常豐盛。

最令人感到無力的是「公司產品專賣店」，裡面專門販賣標示著MSN蝴蝶和其他微軟商標的產品。這家專賣店的目的看起來，大概是讓股東買些東西回去，送給對科技狂熱的朋友當禮物。銷售量看起來不錯的是，兒童玩具公司豆豆公仔（Beanie Babies）的蝴蝶形狀幼兒玩具，而標示微軟商標、看起來賣相不佳的襯衫則沒那麼受歡迎。其他商品還有午餐盒、高爾夫球衫，甚至還有手機充電器，分別標示一些其他比較不常見的微軟商標。

雖然在波克夏·海瑟威的股東會，也會看到一些攤位販售自家的產品，但至少不像微軟那麼令我倒胃口，因為波克夏的作風比較樸實而低調。巴菲特自從一九五八年以三萬一千美元買下位在奧瑪哈的普通平房後，一直都住在那裡，現在房子的市價已經高達七十萬美元。比爾·蓋茲的房子則是在華盛頓州，距離股東會所在地不遠的麥迪那市，他的住家可是一點也不普通：佔地五萬平方英尺、外加車庫以及附屬建築物，光是財產稅每年就高達上百萬美元。不過，蓋茲確實比巴菲特有錢，而且他已經透過自己的基金會捐款數百萬，從事教育以及與全球健康相關的活動（特別是瘧疾的根治）❶。

在這一堆莫名其妙的產品中，最奇怪的一項要算是一個叫做「有求必應球」的東西。這個產品是模仿數十年來，深受許多迷信的兒童喜愛的神奇許願八號球（Magic 8-Ball）❷玩具。有趣的是，只要是微軟賣的東西，就算只是玩具也帶有微軟特有的缺點——螢幕經常一片空白，而且就算出現回覆訊息（例如「跡象顯示可行」、「不太可能」和「那是一定要的」）也模糊不清。雖然有種種缺點，我想這個球還是有一些不可思議的地方。因為當時我正在想：「微軟的人該不會就是用這個東西，來制定重大決策吧！」沒想到旁邊有一位股東剛好也拿起有求必應球，竟然馬上跟我心有靈犀，他瞧了一眼之後，竟然說出了我心裡正在想的事！

我想，大概連微軟自己也已經觀察到股東們的不耐煩了，所以原本播放的古典鋼琴忽然結束，傳來廣播的聲音：「各位女士、先生，請就座。我們已經準備開始了。」

所有股東的目光焦點——比爾・蓋茲

會場的正前方，四位微軟的高階主管坐在空盪、沒有任何擺設的桌子前，分別是：約翰・康納斯（財務長）、布萊德・史密斯（公司的首席律師）、史蒂夫・博墨（執行長）以及比爾・蓋茲（董事會主席暨首席軟體工程師），全都是西裝筆挺的中年白種人，出席的一千五百名股東，大部分也都跟他們一樣。

股東會通常都是由董事會主席或執行長（通常是同一個人）所主持，但是微軟股東會卻是由康納

---

❶巴菲特自二〇〇六年開始，每年捐錢給蓋茲的基金會。
❷許願八號球（Magic 8-Ball），黑色八號撞球樣式的兒童玩具，可對玩具提問題並可看到回應。（譯注）

斯負責開場。他談到經濟有多麼不好，但是微軟仍能維持二位數字的營收。除此之外，他還談到「公司的訴訟案也有很好的進展」。他說的當然是指各項針對微軟的反托拉斯法案的訴訟，其中包括一場在歐洲非常受到矚目的訴訟案，首席律師史密斯在股東會後，就要馬上前往布魯塞爾處理相關事務。

至於列席者中知名度最高的蓋茲，沒想到他本人看起來其實個子不大，而且他的身體不自在地前後晃個不停，一副恨不得自己不必出席股東會的樣子，看來他只是來報告一項新的技術資訊而已。雖然蓋茲不是今天的主角，但是他卻是所有股東的目光焦點。所以不難理解，爲什麼「人口研究學會」的股東代表史考特，溫伯格（Scott Weinberg）上台說明股東提案時，會一副旁若無人、彷彿只爲蓋茲一人提案似的，一開場就說：「蓋茲先生，很榮幸能出席今天的股東會。」（提案的內容是要軟微公司停止慈善捐款，因爲捐款的金額會分散給某些研究機構，而他並不認同這些機構的某些立場，例如墮胎、複製以及使用胚胎從事研究等。但他只得到不到二%的贊成票。）

蓋茲上台時則是向股東們報告，他認爲微軟將在接下來的一年如何改變世界，報告的內容充滿了技術人員的專業用詞。他指出，公司過去的一年裡花了約六十八億美元進行研發。但是，錢都到哪裡去了呢？

他接著說明，其中一項研發的成果是 .Net，蓋茲在二〇〇二年將這項產品定義爲「能連結資訊、人、系統和服務的軟體」。蓋茲說：「相信我們的標準能普及化，而且互通性有助於業界解決問題。」但事實上，沒有人能信任微軟能安全有效的保存信用卡資訊，更不用說其他的服務了。

然後他又說，大部分的時間都在持續研發一個市場期待已久、名稱叫做「長角」❸的全新作業系統，預期將能大幅改善 Windows 的效能。蓋茲忍不住自誇地說這是「有史以來最偉大的發明。」聽到這句話，我還眞希望自己能回到過去，親耳聽聽發明汽車、槓桿原理和火的人，當初是如何毫不懷疑地向大眾吹噓自己的偉大發明。

這時我注意到，和我一起來的那位朋友已經開始呼呼大睡。微軟長期以來販賣的產品，雖然能提高工作效率，但同時也產生各種會降低生產力的問題，所以不難理解，爲什麼我朋友對蓋茲的重大宣誓會有這樣的反應。儘管蓋茲的介紹令有些人呼呼大睡，但至少其中一位股東是摒息期待的：有人昏倒了。當康納斯接回主持棒時，他宣布已經叫了救護車，昏倒的病患本人則是「意識清醒、生命跡象正常」。（雖然會出席股東會的人，通常平均年齡至少有六十五歲，但是參與過這麼多場股東會以來，我還是第一次遇到需要緊急醫療的情形。）

接下來報告的是執行長博墨，他是個精壯、微禿、一副士官教育班長模樣的傢伙，全身散發一種誰敢質疑微軟就是不愛國的態度。博墨說話幾乎都是用吼的：「我們必須讓大家知道，一片小小的光碟能有多麼重大的價值！」話是沒錯，如果微軟營運狀況良好股東們也能受惠，問題是，博墨說話的口吻彷彿是在對員工訓話，彷彿忘了我們是股東，不是員工。

博墨是蓋茲的哈佛室友，二〇〇〇年時才成爲微軟的執行長，當時蓋茲決定退出公司的管理工作，專心從事技術開發。（博墨是史上第一位不是創辦人或與創辦人有血緣關係，而是因爲員工認股權而成爲億萬富豪的人，但是他和蓋茲早在微軟二〇〇三年停止提供員工認股權之前很多年，就已經不再收到微軟的認股權了。當然，這是因爲他們的錢都已經多到不虞匱乏了：《財星》雜誌二〇〇六年

❸長角（Longhorn），是微軟的產品開發代號。已於二〇〇七年上市，產品名稱為Windows Vista。（譯注）

的全球富豪榜上，博墨的排名只比蓋茲低二十二名。）

股利是問答時間的重點

到了問答時間，一個持有微軟股份的退休基金代表，提出一些剛才股東已投票通過的公司認股權方案的問題。他想知道，微軟如何以及爲什麼會以高達五千萬股作爲員工獎勵，而且其中的兩千萬股竟然全部只給一個人？博墨回答：「我們並不打算把五千萬股全部發出去，只是希望能更靈活的運用一些沒有發出去的股份。雖然每股二十六美元的兩千萬股發給同一個人聽起來確實是很多，」說到這裡他敲了敲桌子，然後繼續說：「但是股價會不斷地波動，在發出股份前我們都會考量到股價的波動。」

一位已離職的微軟員工宣稱，自己因爲大量使用滑鼠而造成重複性壓力傷害，他想知道有多少人和他發生一樣的情形。首席律師史密斯很快的接手，馬上提出制式的企業律師標準回答：「不清楚這個問題是不是很普遍」以及「微軟的（安全）原則比華盛頓州的規定更嚴格。」蓋茲又說：「由於語音辨識功能愈來愈強大，將有助於減少一般人使用滑鼠的機會。」（我對語音辨識系統實在是非常的頭痛，因爲我最近花了非常長的時間說服一家航空公司的語音訂位系統，我的目的地是「奧斯汀」不是「波士頓」。）

當天比較重要的問題是，微軟是否會將五百多億美元的現金發還給股東。微軟從二〇〇三年開始配發一點點股息，但仍無法滿足股東的胃口。畢竟微軟在一九八〇和一九九〇年代讓很多人致富，但股價從二〇〇一年起，就一直沒有出色的表現。康納斯以仍在進行中的反托拉斯訴訟爲藉口，他說：「我們有很嚴重的問題要先解決，才能變更公司的股利政策。」顯然這是早就已經準備好的答案。大部分的人都認爲，就算微軟支付好幾筆大額的和解金，也應該不至於缺少現金。

但是，股東對於獲得的現金不夠豐富所提出的抱怨，是絕對不能忽視的，而且博墨很清楚這一點。所以他在最後總結時宣佈，出席今天股東會的股東可以免費停車：只要車子是停在這棟大樓的地下停車場（我就不是）。我很訝異，一家獨佔企業因爲什麼都要收錢而官司纏身，竟然會願意提供免費停車。

網路視訊股東會是未來趨勢嗎？

離開會場時，沒有幾個人有興趣到會場的後面，看看產品示範資訊台的試用產品。一群負責管理資訊台的年輕人，丟出一大堆我永遠也聽不懂的科技辭彙，還有一堆不太可靠的資訊。例如，「清除垃圾郵件」攤位上的年輕人告訴我們，可以透過當地法律有效的控制國外來的垃圾郵件。

XBox 的攤位上正在強力促銷微軟的電玩系統，只吸引了幾個好奇心強的十來歲孩子，在模擬的巴賽隆納街道上高速「試乘」保時捷。等他們熟悉了 XBox 長相怪異還有十幾個不同按鈕的搖桿後，就一副意興闌珊的樣子。

我在投資人關係攤位上，問負責人這場股東會是不是會在網路上播放，他們告訴我聲音是即時的，但是影像則是延遲一個小時，因爲即時影像所費不貲的關係。但我還是給微軟掌聲，至少他們有心要這麼做。之前我還在考慮要不要出席這場股東會時，我有點訝異公司的網站上竟然提供前一年股東會的文字紀錄。但我還是只能看到畫面上的文字，而且播放音效也只是錄音的內容。股東還是得看到實際的視訊畫面，才能知道這群人在被股東問到比較困難的問題時會如何反應（就算有視訊，攝影機也得在對的時間捕捉到對的畫面才有用）。

不過這類技術的費用不斷的降低，思科系統二〇〇五年時就提供即時的股東會音效及視訊。

當然，我相信有很多公司會願意更進一步，直接在網路上以視訊方式進行股東會。在達拉威州註冊的公司，就可以合法進行網路視訊股東會，只不過這個構想尚未普及。軟體製造商希柏系統軟體（Siebel Systems）二〇〇三年提議以視訊方式召開股東會，但憤怒的股東們仍堅持以面對面方式召開。

如果像微軟這麼大的科技領袖級公司，都不能在股東會上好好利用網際網路，那麼一間規模小、股票交易量不大、技術又不先進的公司，又會如何善用網際網路呢？爲了找出這個答案，我得花點時間在保齡球走道上研究。

見聞摘要　微軟

教育性　C　一大堆科技辭彙，不提供簡單易懂的口譯服務。

娛樂性　D　無趣，害我的朋友睡著了。

贈　品　F　MSN註冊光碟、免費停車——問題是，我不知道停車場在哪裡。

飲　食　D　非常吝嗇的自助早餐。

觀　察　就算一家公司非常有錢，並不表示他們一定會端出上好的瓷器來招待股東。我太太則是認為，微軟一定是瘋了，才會做一大堆印有公司商標的T恤，誰會想要花錢去買那種東西，這些東西不就是公司花錢作宣傳用的嗎？我倒沒那麼討厭微軟的衣服，而且還買了幾件佈告欄的T恤和類似的產品，我覺得穿起來很舒服。我不懂的是，怎麼會有人這麼喜歡這間無趣的公司，讓他們的紀念品商店的收銀台不停地進帳。

第11站→→美國保齡球運動公司

少數人持股的小公司

背景說明：幾年前，我的保齡球打得還不錯。雖然是打得不錯，但還不至於對事業有所幫助，不過我非常滿意在保齡球道上能讓我展現一點自信心（因為我對其他運動完全不在行）。我甚至有一次成功擊倒了保齡球最困難的技術瓶。擲出第一球時，只剩下後排左右兩側各一支球瓶未倒的技術瓶（7-10 split）❶，可想而知第二球要同時打倒距離這麼遠的兩支球瓶有多難。所以我只瞄準一側的球瓶，球一丟出去我就轉身得意起來，相信自己一定能打到瞄準的那一支球瓶，這一球至少能得九分。沒想到，就在我轉身之後，被擊中的十號球瓶彈開來擊中了另一邊的七號球瓶。從此以後，我一定會等到親眼看到所有球瓶都倒下才會轉身。雖然這些年來，保齡球的熱潮起起伏伏，我卻完全不必擔心美國保齡球運動公司（Bowl America）的股票——這家小公司共經營十八間保齡球館，分佈在華盛頓特區、大都會區以及佛羅里達州各地，而且三十多年來不斷提高每季所發配的股利。

出席美國保齡球運動公司二〇〇三年股東會的十幾位股東，都是身手俐落的人，他們都穿著舒適的上衣、背著繡上姓名的背包和兩種顏色的鞋子。我也差不多就是這副打扮。約莫早上十點，維吉尼亞州亞歷山卓亞市的公司總部大門旁邊的球道上，已經有人在享受保齡球的樂趣了，不過我們這些股東還得等一等。

輕鬆活潑的股東會

這家小型連鎖保齡球公司，在維吉尼亞、馬里蘭和佛羅里達州都有球館，而它的股東會實際狀況，很符合我的想像。股東會是由公司的董事會主席萊斯利．葛博格（Leslie Goldberg）所召集，其他股東和公司的經理人閒聊著在佛州棕櫚灘的生活。我填完抽獎券後，在一個超大的盤子上隨手抓了一個沾滿糖粉的甜甜圈，看到休息室擺放了二十張折疊椅，便找了一張坐了下來。

葛博格身材高瘦、年過七十，顯然是個好開玩笑的人。他看到一位女性董事戴著一條畫滿了保齡球瓶的絲巾，讚美了幾回，然後開始按照法律規定必須執行的程序主持整場股東會，期間還穿插了不少公司早期的趣事，讓大家輕鬆地度過這場股東會。

他的雙親名叫艾迪和艾達（Eddie and Ida），他們在經濟蕭條的年代愛上了保齡球這項運動，所以

❶這在股市也不是好現象！以股票的術語來說，十比七分割（seven-ten split）是指，公司會取回股東所持有的十張股票，再還給你七張。這是一種「反向分割」，當公司窮途末路、亟欲迅速提高股價時所使用的手段。大部分的情況下，公司分割股票的比例是十比一，所以股東每持有十張股票只能拿回一張，但是這一張的股價等於原本十張的價值。套一句卡通《鹿兄鼠弟》裡飛鼠洛基常講的一句話：「嘿，這招根本不管用。」使用反向分割股票的公司，到最後幾乎都是走上破產一途。

就在一九五八年時和一群朋友一同成立了這間公司。其中一位早期的員工達比太太（Mrs. Darby）嚴格控管支出，她的勤儉節約爲公司立下了良好的標準，有些甚至沿用至今。

葛博格告訴大家一件趣事，就是達比太太節約最好的事證：「曾經有一位廠商問達比太太，加法計算機[2]的計算紙既然已經使用過，丟掉就好了，爲什麼還要再捲起來？結果達比太太抬起頭來看著那個人，一副對方腦袋壞掉的樣子，然後回答：『另一面還可以用啊！』」故事說完，台下的股東們發出心領神會的笑聲，我發現這是因爲出席的股東平均年齡都夠大，大家都經歷過那個電子計算機還沒發明的年代，每個人都使用過加法計算機。

所以，我想在場的每位股東大概都不需要電腦，就能直接計算保齡球的分數——說不定有些人還眞的會自己計算得分呢。葛博格又說，在會計系統還是在紙上作業並收藏在雪茄盒裡的年代，舊式的計分表都會加以編號並作爲收據。

他還補充說：「公司記帳的工作做得非常詳細清楚，除了有一年報稅季快結束時，帳面上的金額比現金多出一毛錢。會計師不斷地重新計算，但結果總是少了這一毛錢。我提議這一毛就由我來出好了，但是他們不接受我的提議，堅持一定要找到問題到底出在哪裡，大約經過了四個小時，他們終於找到了這個一毛錢硬幣！」雖然這不是有效率的企業經營模式，但這個故事卻充分展現了公司和員工的誠信價值。在現今充斥著作假帳、浮報獲利、掏空企業資產的惡質商業文化中，美國保齡球運動公司員工高度的清廉正直，實在值得人敬佩。

故事聽完，坐在我正前方兩位西裝筆挺的人笑了出來，他們是勤業眾信會計師事務所派來的會計師代表。這間會計師事務所是美國保齡球運動公司的獨立稽核機構，負責檢查及確認公司的財務紀錄，以及出席股東會以回答股東有關會計的問題。葛博格的故事清楚地闡述了美國保齡球運動公司多麼重視每一分錢（至少他們連一毛錢也不輕易放過），讓稽核員的工作相對輕鬆許多。

葛博格不是唯一分享趣事的人，在場還有一位股東回想起一九四〇年代，他在芝加哥的保齡球館當球僮時，球友如果打了一場好球，就會把一個兩毛五的硬幣順著球道丟進去給球僮，當作小費。

我最喜歡的股東紀念品——保齡球現金禮券

故事分享完後，葛博格開啓一部筆記型電腦向我們展示，公司雖然不是使用尖端科技的產業，但也會善用網際網路爲球館促銷。公司有兩個網站，其中一個是俱樂部成員的交流網站，另一個則是互動式保齡球活動計畫表。葛博格帶著笑容自豪地說，這個活動計畫表連續好幾個星期爲球館帶來了相當可觀的業務，其中一個球館的經理甚至要求是否能暫停活動一陣子。

葛博格接著談到公司的「保齡卡車」（裡面有眞正的球道和自動球瓶擺放裝置）會到地區的學校去宣傳球館的活動，並以學生只要成績單上有一個A，就可以免費打一局保齡球的活動爲促銷。然後他又介紹了公司新推出的現金禮券，並宣佈今天出席的其中一位股東可以帶走這張禮券，這是今天抽獎的獎品。沒想到最後竟然是我抽中了！看來，我已經知道我最喜歡的股東會最佳紀念品是什麼了。

其他公司的股東會上，董事通常都是和一般股東坐在一起，也就是面對著講台，這樣當主席請他們起立向股東們打招呼時，其他股東就可以看得到他們。但是美國保齡球運動公司的主管們——一群頭

❷加法計算機是在電子計算機發明以前所使用的機械設備。外形狀似一般打字機，需要放入特殊的計算用紙把數字打在紙上。（譯注）

髮斑白卻充滿活力的中老年人，包括葛博格的妹妹，全部都坐在桌子前，面對著所有股東。我覺得這個做法很好，讓人覺得他們是會對股東負責任的人。

只不過，他們要負責的對象是自己，因爲董事會的成員持有公司約七〇%的股份。（如果想要進入公司的董事會，其中一個方法就是買下一大堆公司股票。）

對於一間只有少數人持股的小公司而言，公開上市股票其實不太常見。而要規模這麼小的公司遵循沙賓法案❸的規定，提供更詳細的財務報告而不抱怨連連更是少見，但是美國保齡球運動公司卻完全沒有一句怨言。

每一筆交易都可能對股價造成影響

股東會結束前，其中一位公司的經理人宣佈，今天是葛博格的七十四歲生日，並請大家合唱生日快樂歌，歡迎大家多吃幾塊蛋糕。

我邊吃蛋糕邊和葛博格聊了幾分鐘，我告訴他我很喜歡今天的股東會，沒想到他的反應非常的直率坦誠：「當然啦，昨天我們的股價才衝上歷史新高，我想不會有人有什麼意見吧。」

他明白地說出自己的擔憂，他認爲股票看起來可能比實際上更有吸引力，因爲股價的本益比（股價除以每股盈餘）低得不太符合實際情形，公司最近賣了一塊土地，根據會計原則，這筆交易要計算爲獲利。「我看到有些人花了一點點錢買了一大堆股票，我希望他們不會挑錯時間進場才好。」葛博格的誠懇，完全沒有任何防備。因爲公司上市的股數實在太少了——每天的平均交易量幾只有幾乎百股——所以就算只有一筆交易都可能對股價造成非常大的影響。

當我穿上外套準備離開時，正好聽到一位女士告訴葛博格，她朋友的女兒最近選擇在美國保齡球運動公司的店舉辦婚宴，而且「婚宴當天眞是太美了。」葛博格馬上就回答：「明年的主題就是婚禮！」

當我離開會場時，心裡想這大概是除了波克夏．海瑟威以外，最富有教育性的股東會了。一路上我覺得精神振奮，等不及要看看我的下一站股東會將會呈現什麼樣的面貌，沒想到看到的簡直是一場暴民的私刑。

❸沙賓法案於二〇〇二年制訂，規定企業必須以文件記錄各項財務政策與流程，以改善財務報告的權責制度，提高製作財務報告的效率。法案的主要目的是要加強企業管理，恢復投資人的信心。（譯注）

見聞摘要 **美國保齡球運動公司**

教育性 A 清楚了解公司的營運狀況。

娛樂性 B 充滿娛樂性的歷史故事，讓股東會不冷場。

贈品 A 二十五美元的現金禮券（我抽到的獎品）。

飲食 C 咖啡、甜甜圈、生日蛋糕（什麼？沒有啤酒？）

觀察 小而美的公司比大而富的企業更難找，但確實有。股票交易量不大而且主要由內部人員持股的公司，可能會把個別投資人當成自己的合夥人一樣來對待。這樣的公司股東會可以讓股東們更接近公司的經理人員，而問答時間更會是雙方真誠的對談。

第12站→→迪士尼 米奇，不太好

背景說明：小時候，我幾乎每年都會去一趟佛羅里達州奧蘭多市的迪士尼樂園。成年後我住在洛杉磯，就更常去加州的迪士尼神奇樂園。我一直都很佩服迪士尼的主題公園採取這麼高標準的管理模式，更佩服的是，它能讓人願意掏出這麼多錢來消費。但是，真正令我覺得應該要買一張迪士尼的股票是在二〇〇三年，因為我想那一年的股東會應該有機會可以看到一場精采的攤牌對決。

賓州和大老鼠有什麼關聯？在賀喜糖果公司的股東會上，不小心看到工會故意放的肥老鼠，一直盤旋在我的腦海揮之不去。

二〇〇四年，我在費城準備參加迪士尼的股東會，到處都可以看得到大老鼠。我住宿的飯店房間就在會議中心的轉角，前一天晚上，就在實在不怎麼舒適的飯店房間準備熄燈睡覺前，我從窗戶望出去看到三層樓下的小巷子裡，有很多營養過剩的老鼠，就在我住宿的飯店周圍跑來跑去。

當天早上，我穿過會議中心的大廳時，又看到了一大堆老鼠。只不過這一次看到的都是米老鼠的雕像——總共有七十五個，而且每一個都裝扮成名人的樣子。

會場外可以看到的不只是米奇，外面還有好幾個人穿著各種童話或卡通人物的服裝，其中還包括灰姑娘，穿梭在早晨尖峰時刻的塞車陣中。至於這些人是不是迪士尼的員工，誰也不知道。

如果這些人只是愛表演，那他們就來對地方了。幾個月以來，兩位迪士尼的前董事——洛伊·迪士尼（Roy Disney，創辦人華德·迪士尼的侄子）和史丹利·高德（Stanley Gold，三葉草資本顧問公司〔Shamrock Capital Advisors〕的總裁暨執行長，也是洛伊的投資公司）——主導一場備受矚目的造反行動，打算拉下擔任迪士尼執行長暨董事會主席已久的麥克·艾斯納（Michael Eisner），媒體大篇幅報導這項消息。當天早上，我一醒來就打開電視，發現CNBC新聞台已經在費城安排好記者，準備報導這場股東會。

迪士尼早就預期會有一大票好奇的媒體，所以事先在股東會通知書上告知投資人，只能邀請一位來賓進場，入場手續是先到先進場，並從早上八點開放進場，比正式的會議要早兩個小時！為了確定有位子可坐，所以我乾脆就不吃早餐直接去排隊。其實是因為我認定迪士尼一定會和其他公司一樣，會在股東會上提供食物。但是我錯了，進場之後，我只看到咖啡和柳橙汁，卻沒有看到早餐。到目前為止，我的股東會經驗告訴我，股東會通常不會超過一、兩個小時（波克夏·海瑟威除外），所以我想我可以撐到午餐時間。

因為迪士尼公司總是愛吹捧自己管理群眾的能力非常好，我也真的很佩服迪士尼樂園的遊客管理技巧，總是能讓這麼多遊客心甘情願地大排長龍。因此我很訝異地發現，迪士尼的股東會隊伍竟然這麼凌亂，公司竟然沒有派人前來管理，大概是因爲股東不是來消費的，所以股東最好失去耐性而放棄，迪士尼一點也不在乎吧！

不過，看起來沒有人打算離開。現場的三千多位股東都想看一看，麥克．艾斯納會如何對付這個（對他來說）「世界上最不歡樂的地方」。因爲根據已預先收到的選票顯示，至少三分之一的股東並不贊成艾斯納再度擔任董事。通常公司的董事都會獲得絕大多數的贊成票，所以這樣的票選結果顯然是對艾斯納的管理發出再明確不過的訊息。

諷刺的是，等我終於進入會議室時，廣播系統正在播放的卻是輕鬆愉快的兒童歌曲〈只要一湯匙糖，幫助我吞下苦藥〉。

腹背受敵的迪士尼執行長

講台非常大，而且電視工作小組的人打的燈光，把整個講台襯托得像是犯罪現場似的。我在一大群巨型米奇之間穿梭，終於找到座位坐了下來。我身旁坐的是某位基金分析師，他會出席這場股東會，是因爲美國有線電視巨擘Comcast打算收購迪士尼，而這家基金公司從這場收購行動中找出一些獲利的契機，看來艾斯納不僅面臨內憂，同時還有外患。

出席的股東比我在其他股東會上常看到的年齡層低，這裡的股東平均大約四十歲左右。大部分的人眼睛都盯著正前方的三個螢幕，正在播放的是迪士尼舊卡通，內容是米奇在狂風暴雨中指揮著樂隊，所有演奏者在風雨中都已經東倒西歪了。我忍不住想，播放這部卡通難道是在暗示，這就是艾斯納的現況，即使面臨多方挑戰他還是堅決不願放棄。當卡通結束時，大家都以爲艾斯納要上台了，結果不是，廣播接著莫名其妙地播放了英國童謠〈狼人出沒注意〉。

當腹背受敵的執行長上台時，很明顯就可以知道他的親信在哪裡，因爲只有會議室左側傳出鼓掌的聲音。

艾斯納以沙啞的聲音一開始就說，迪士尼的股價在最近一年內上漲了六〇%。但他沒有提到，這波漲幅只是漲回兩年前的股價，三年前投資的股東到現在還損失達五成。他接著承認，迪士尼的兩個子公司ＡＢＣ頻道和迪士尼商店表現並不好。然後解釋，迪士尼還沒和負責製作《海底總動員》等動畫巨片的動畫公司皮克斯續約，是因爲「目前合作所創造的經濟效益，並不符合股東的最大利益。」

艾斯納接著開始爲自己辯護，他表示迪士尼的董事會在「現代企業經營上，扮演主導者的角色」，並介紹目前是主要董事的前參議員喬治．米契爾（George Mitchell）。

米契爾花了很多時間表達「我們既坦誠又無所不知」的立場，然後才介紹洛伊．迪士尼和史丹利．高德並給他們十五分鐘的時間。這時燈光打向距離舞台幾百英尺的右邊，他們就在舞台下的講台上。台下的群眾高聲歡呼，甚至許多人站了起來，光是歡呼就佔掉一分鐘的時間。

大股東的重擊

高德年約六十出頭，臉色不太友善的抱怨董事會，對艾斯納所作的失敗且代價高昂的決策，還沒有作出任何懲處。他指出：「當股東們因爲他的錯誤決策而虧錢時，麥克．艾斯納卻年年坐享高薪。」他還說，不贊成他續任董事的選票「將是美國企業史無前例的不信任投票。」他還堅持地說：「麥克．艾斯納必須立刻離職」而且他誓言「如果董事會沒有任何作爲，我們還會再回來。」

洛伊．迪士尼長得很像他的叔叔——名氣遠播的創辦人華德．迪士尼。高德有一張生意人的臉，但七十多歲的洛伊則是長得有點頑皮的感覺。但是他不久就展現出智慧的一面，爲了預防被其他人限制發言時間，洛伊先發制人地說：「如果我們講得有點久，希望他們不會關了我的麥克風。」

接著，洛伊展現他對公司的熱忱，他表示：「公司對我而言不只是一個事業，而是眞正的美國象徵。意義深遠，而且對全球數百萬人都有重大意義。」他非常失望地看到公司最近提出的幾個專案，不僅品質低劣又沒有創意，他認爲艾斯納必須負起責任。「我認爲藝術和藝術家不是商品」，他還強調，他喜歡的是迪士尼這個名字，不是迪士尼這個品牌。他表示：「牛才需要烙印（brand，有烙印與品牌兩個意思），因爲牛隻是農場主人的收入來源。只有沒有創意的產品，才需要靠品牌。」

艾斯納回到舞台，只有一些支持者和反對者給予零星的掌聲，一上台他就說：「他們伶牙俐齒批判了一堆，但是對我們的員工和股東一點也沒有鼓舞的作用。」艾斯納眞的很不懂說話的技巧，這句話正好顯示了艾斯納的風格，以及他的人緣有多麼不好。

執行長的最後反擊

當艾斯納問股東有沒有任何問題，或對公司董事會提名人——包括他的職位——有沒有任何建議時，我聽到群眾中發出一個熟悉的聲音。艾弗琳．戴維斯逗弄的說：「只要我是女王，你就是國王！」她繼續以自己獨有的方式漫無目的講了幾分鐘，並說她支持艾斯納。雖然這句話幫她多爭取了三十秒的發言時間，但最後艾斯納還是受夠了她的獨角戲，不耐煩地說：「雖然我不想打斷妳的話，因爲妳投我一票，但是還是請妳快點總結好嗎？」

艾弗琳還是滔滔不絕地說個不停：「我還有一個問題！」台下的股東幾乎眾口同聲地說：「夠了！」但她還是不斷地吼著。艾斯納說：「我還以爲史丹利已經很難纏了。」有那麼一小段時間，我覺得艾斯納還滿可憐的，不過後來我才發現他對艾弗琳譁眾取寵的表演大概還頗爲滿意，因爲她的表演分散了大家對他的注意力。

在場有一位迪士尼的員工發言，不過我強烈懷疑她這麼做是爲了討好上級、希望加薪。她說，雖然她只是ABC頻道的初級製作人，但她還是可以把創意和想法直接以電子郵件寄給艾斯納，意在強調艾斯納是個廣納建言的好總裁。艾斯納則回應：「這個產業的競爭很激烈，我們需要的是一個強悍的領袖。」看得出來這段對話是艾斯納事先安排的。

我眞不敢相信，艾斯納還在爲自己拉票，因爲到這個時候，我很難想像還有誰會投贊成票給他。事實上，股東是不可能投「反對」票給艾斯納或任何董事提名人，因爲選票上只有「贊成」或「保留」兩個選項，而獲得最多「贊成」票的人就贏得董事的位子。當然，董事的席位通常和提名的人數一樣多（董事提名人通常是持有公司大量股份，或是可以和公司重要人物一起打高爾夫球的人），所以只要有一張「贊成」票就可以順利當選董事（有些公司規定大部分必須是贊成票才能當選爲董事）❶，基本上，跟共產黨的作風沒什麼兩樣。

至於股東是否同意董事會建議的外部監事，答案幾乎千篇一律，原因也都一樣：沒有其他競爭者。外部監事選完，艾弗琳還是有話要說：「公司賺錢的部門是哪些？」只不過，她要用大約幾百個字來說這句簡單的話。其實股東會提出這個問題當然不奇怪，只不過稍後就會討論到這個問題，但艾弗琳還是要問。艾斯納向她保證：「我們等一下就會說了。」顯然這個答案她並不滿意，她說：「不要叫會計師不要回答我！」艾斯納不耐煩地向稽核人員說：「如果你聽得懂她的問題，那你就回答她吧。」

會計師毫無畏懼地回答了她的問題，令人意外的是，艾弗琳似乎很滿意他的回答，至少暫時是。艾斯納宣佈，還沒有將選票寄回的股東，現在是投票的最後機會，他會在股東會結束前宣佈結果。

群眾中還有不少人有話要說，我心想，拜託早點結束吧。艾弗琳還有幾個問題要問，而且她並不是真的有話要說，她似乎只是希望會後能在CNBC新聞上看到有關自己出席的報導。一位收集迪士尼產品的女士天真爛漫地說，這些產品帶給她的生活多大的意義。另外則有一位女士抗議迪士尼的產品都是中國製造的，說到此時艾斯納卻轉過身背對著股東，於是她生氣地吼著：「我在跟你說話，不是跟你的後腦勺說話！」

接下來的四個小時，由一群中階主管上台報告迪士尼世界裡愈來愈隱祕的部門。

漫長的股東會、一堆餓壞的股東

愈接近中午，我的肚子就愈努力吸引我的注意力。一點三十分時，它的抱怨聲變得更大。曾經站上台的每一個人分別在不同時間下台，消失的時間長得足以偷吃一、兩口東西充饑，不過他們顯然不打算提供股東食物。或者，他們的計畫正是不提供食物，這樣說不定股東就會連票都不投就離開了。

❶如果買進許多股份還是不能進入董事會，還是有其他辦法。二〇〇二年時，一位基金經理人買下了披薩小館（Pizza Inn）將近三分之一的股份，卻拒絕出席股東會或投票。但是因為他持有的股份實在太多了，如果他不出席或投票就無法達到法定最低人數，逼得董事會別無選擇，只好請他成為董事。但是想要提名自己的個別股東，絕對不會想加入所費不貲的「委託書爭奪戰」。畢竟，董事會可以花公司的錢來避免外人介入公司運作，而獨立股東卻得掏出自己的每一分錢來打這場沒有勝算的仗。

到了下午兩點，半數的股東已經向空盪盪的腸胃（或是疲勞的身心）投降，離開了股東會場。到了三點，整個會場看起來就像是第七局之後的道奇棒球場，大部分洛杉磯的居民匆忙地離開以避開車陣。這時候我真的餓了，但又不想錯過今天的重頭戲。

三點二十分，艾斯納才準備結束會議，不過，他好像忘了還有一件重要的事還沒處理，此時一位股東大喊想要知道投票結果。艾斯納裝出一副忘了這件事的樣子，然後說：「差一點就過關了。」然後才報告初步計算的結果是，四三%的人投「保留」票❷，所以艾斯納的未來將由董事會來決定。

終於，我和其他餓壞了的股東可以去覓食了。

迪士尼的董事會後幾個小時，艾斯納暫時卸下主席的位子，但仍保留執行長的頭銜。他之所以惹下眾怒，部分要歸咎於他頤指氣使、不可一世的態度，恐怕想當企業主管的人，都得好好記取這個教訓。我的下一場股東會，執行長則是盡可能的做好親善工作。

見聞摘要 迪士尼

教育性 A 沒完沒了的迪士尼公司現況——實在是太多了。

娛樂性 A 真人表演、電視/電影片段。

贈品 F 從一九九七年開始，就不再贈送樂園的免費入場券。

飲食 F 一整天的會議，沒有餐點。存心要把股東餓死！

觀察 股東民主是個很好的想法，但有時候只是個假象。董事選舉幾乎永遠都沒有競爭——提名的人數和席次幾乎都一樣，而且股東也不可能投「反對」票。就算不喜歡某位董事候選人，股東也只能投「保留」票。如果很多股東都投「保留」票，就能顯示某候選人有多麼不受歡迎。

❷ 最後公佈的票數為超過四五%。

第13站↓↓杜邦

爭執場面，一波又一波

背景說明：以生產火藥起家的杜邦成立於一八〇二年。一百年後，該公司成了專門生產炸藥的公司。聽說杜邦早期流傳至今的一項傳統是：每一場會議，不論規模大小，都一定要先檢討公司的疏散程序是否有瑕疵，以免發生任何意外。聽起來很有趣，但是真正讓我決定買杜邦的股票，是因為我想去看看股東會的場地——傳說中華麗的杜邦飯店裡的杜邦戲院。許多公司舉辦股東會的場地都很大，但都是在單調、無趣的會議室裡放滿了一張張暗灰色的金屬摺疊椅。但是杜邦飯店可一點也不單調。

達拉瓦州眞的很小，小到在州際公路上一眨眼就可能錯過交流道而不自覺。那麼，爲什麼在紐約證券交易所掛牌上市的公司中，有過半數的公司會選擇在這個一百英里長、三十英里寬的小州註冊呢？有人認爲，這是因爲達拉瓦州對企業很友善，有人則認爲，因爲達拉瓦州的州法院嫻熟企業相關法規，這兩種說法其實是同一個意思。總而言之，他們多半認爲，達拉瓦州的公司註冊費用比其他州來得低，是這些公司在此註冊的主因。

不過，並不是每一個在達拉瓦註冊的公司都會在這裡辦股東會，只有那些歷史最悠久、規模最大的公司會這麼做，而且這些公司幾乎都會選在位於威明頓那間奢華、老式、帶有都會宮殿風格的杜邦飯店舉辦股東會，這可說是威明頓唯一有趣的景點。

參加其他股東會時，我通常會住在股東會場地附近的旅館，以節省花費。但是，我覺得這一次值得破個例，去體驗一下這間曾招待過甘迺迪總統、洋基球員喬・迪馬吉歐、演員凱薩琳赫本和眾多名人的飯店。

豪華又昂貴的股東會之旅

我說服內人南茜放一天假，和我一起享受這趟豪華的歷史之旅。在飯店櫃檯登記入住時，內人對於花三百一十九美元（含稅共三百五十多美元）卻只能在飯店的標準雙人房住上一晚，感到非常不滿意。當櫃檯人員告訴我們，如果早上不要飯店的《今日美國》送報服務，還可以再折扣五十美分，我們覺得有點好笑。

幾分鐘後，我們打開位於十樓角落的房門，窗外望出去沒有什麼怡人的風景，只有威明頓市區。房間大約是一般飯店客房的兩、三倍大，光從我們的住宿費用來看，這也是應該的。天花板挑高、走廊是拱形結構、牆壁很厚，只不過仍然擋不住樓下傳來的車陣聲。浴室裡舖設的是大理石，洗臉檯旁邊還有一部電話，床大到可以停放一架直升機。大得能走進去的衣櫥裡放著印有飯店標誌的豪華浴袍和拖鞋。此外，還有放了許多糖果、餅乾和可樂的迷你吧台。

客廳的桌上有一大本《達拉瓦終極指南》，我忍不住想，這麼小的州（面積只比羅德島州大）觀光景點有多到可以出版這麼大一本指南嗎？我很快就發現，指南裡面以廣告頁居多。其他排列整齊的刊物還包括一些非常高級的雜誌，當然還有專門介紹杜邦產品的《杜邦》雜誌。正因爲如此，杜邦絕不可能去借用別人的飯店辦股東會。

我們還在研究房間的每一個細節時，忽然聽到外面有人敲門，我一開門就看到一位衣著整齊的服務生手上拿著一個信封問我：「請問您是拉茲洛醫生嗎？」我忽然有種身在《北非諜影》場景的感覺……嗯，從來沒有人把我當成醫生，莫非我成了間諜？對方當然是敲錯門，我結束了短暫的幻想。

但是，電影場景的感覺一直在我腦海中縈繞不去。飯店裡的每個人都穿著正式服裝——員工的制服全都上過漿，房客甚至會覺得，在這麼高級的地方穿牛仔褲似乎不太禮貌。大家連說話都很小聲，而且用字也非常正式。不管我走到哪裡，服務生總是用「閣下」稱呼我，讓我感覺好像不知不覺中被封官晉爵似的。

隔天早上我們下樓，想碰碰運氣看能不能在附近找到比較便宜的早餐，沒想到竟然不小心走到大廳旁一間氣派、鍍金的「綠室」，裡面正提供免費的自助早餐。我們更意外地發現，這裡就是杜邦股東會接待處。會場裡，銀製托盤上放滿了各種迷你鬆糕，但人氣似乎不高，我每一種都拿了一個——有蔓越莓、巧克力片、香蕉和藍莓四種口味。咬了一口後我才發現：這些都是用杜邦新推出、正在極力推廣的大豆產品製成的，口感很奇特。

站在我旁邊一對六十歲出頭的夫妻似乎也這麼覺得。聊了幾句才知道，他們和我有相同的興趣，這幾年來，他們也出席過不少公司的股東會，想要進一步了解這些公司，而且他們也想瞧瞧杜邦如何辦理股東會。

那位太太雪莉．派恩開玩笑地說：「我們退休了，哪裡有免費的咖啡和丹麥早餐，我們就往哪裡去。」她的先生喬則有其他理由，他告訴我：「我本來是一家大公司的司機，每次只要公司舉辦股東會，高層都會叫我們不要跟執行長說話。我不知道股東會這一天有什麼特別的，但是我想主持會議的這些大人物壓力一定很大。」

當我們穿過大廳的安全檢查、要前往股東會會場杜邦戲院時，看得出來安全人員確實很緊張。首先，我必須先出示身分證明文件和券商的聲明文件，以證明我就是股東（只不過我持有的股份非常少，如果我沒算錯，我所持有的一百股，只佔上市近十億股份中的百萬分之一而已）。接著是金屬探測器和包包檢查。在經過另一道身分驗證後，我終於進入會場了。

握個手價值三百四十萬美元

禮堂看起來非常的高貴典雅，任何講究派頭的人絕對會愛上這裡——紅色的絲絨繩形裝飾、鍍金的牆面、閃耀的吊燈、約莫六百張舒適的座椅。大廳的標牌上說，這個戲院每天晚上都會表演〈大河之舞〉。今天會議的主持人，也就是杜邦公司的執行長暨董事長查德．荷利德（Chad Holliday），和那些愛爾蘭舞者一樣精神奕奕。他還有一個大河之舞的舞者都沒有的優勢：他還揮舞雙臂。會議正式開始前，他在走道上前前後後忙碌地奔波，盡可能和每位出席的股東握手致意，展現近乎柯林頓式的政治手腕。就算他壓力重重，表面上絕對看不出來。

我對他這麼親切的態度本來很欣賞，不過坐在我旁邊的雪莉．派恩講了一句話倒也頗值得玩味，她說：「如果握個手就能像他一樣賺這麼多錢，我也願意。」（荷利德二〇〇四年的薪資總額爲三百四十萬美元，位居《富比士》全美五百大公司執行長的第兩百四十八名。相較之下，巴菲特十萬美元的薪資只能位居第四百八十八名。金德摩根運輸能源公司的理察・金德（Richard Kinder）則是薪資最低的執行長：年薪只有一美元。執行長的薪資越低，代表他更必須用心管理公司，他的股票才能得到豐厚的股利、並拉高股價。）

荷利德的親善動作必須告一個段落，因爲現在開始播放一段大聲、節奏超快的影片。杜邦的產品有數百種，接下來的三分鐘，影片迅速帶過令人眼花撩亂的多數產品——從廚房流理台到太空工具，應有盡有。接著，影片忽然停止，一個小孩的聲音說著：「科學的奇蹟！」

影片很炫目，但是我更想知道影片會不會介紹到，如果有人不小心把點燃的雪茄丟進炸藥儲藏室時，應該執行什麼標準程序。只不過，我異想天開的念頭恐怕只能用動畫或卡通來介紹吧。可惜，他們並沒有準備相關的影片。只有廣播傳出一句音調既冷靜且嚴肅的話：「請各位留意身邊最近的出口，以便緊急疏散時迅速離開。」

螢幕很快又播放另一部影片，這部影片節奏沒那麼快，此較像史匹柏式的風格。影片中壯麗的場景描繪一幅「天降神蹟」：乾淨的水和救命的藥物，影片搭配雄偉的音樂，樂聲漸強的同時，畫面上出現大大的「杜邦人大躍進」。影片的內容非常精采，我也跟著大家一起鼓掌。

公司報告像脫口秀

執行長荷利德像脫口秀主持人般精神抖擻地跳上舞台，邊走還邊鼓掌。他非常大聲地向大家說了聲「早安！」，並開始告訴大家杜邦的近況。

他的舉止讓我想到傳教士還有沃爾瑪的主管。他一邊在台上走來走去、一邊以明確的字眼和南方口音告訴大家，杜邦是世界上最具活力的科學研究公司。他像是盡義務般地談到公司長久的歷史，然後提到時下非常流行的管理概念「六個標準差」（真是諷刺）。這是利用量測標準差試圖達到近乎完美的境地。（聽起來像是根據怪人的標準來衡量正常人的行爲，或是以正常人的標準來衡量怪人的行爲之類的方法。）

荷利德解釋，六個標準差是「員工在工作場所執行流程改善工作。」我聽過不下數十家不同公司的不同主管爲六個標準差下定義，但是每個人的解釋都不一樣，所以我將這個詞歸類爲「可疑的鬼話」，並避免投資任何把這個詞奉爲圭臬的公司。不過，我想原則總是有調整的時候。

顯然，六個標準差的成效是不夠的，因爲荷利德接者承認：「我們對目前的股價並不滿意。」事實上，公司的表現沒有什麼值得滿意之處。二〇〇四年四月股價跟六年前差不多。

「我們的目標是零」荷利德說。如果他是指股價的話，那可就糟糕了。所幸，他指的是公司的「核心價值」——諸如徹底排除污染和避免工作傷害等概念。

荷利德接著表揚杜邦幾個員工團隊的成就，例如「乙烯共聚合物的創紀錄成長」。我這才發現，我根本就不知道乙烯共聚合物是什麼——顯然是違反了我自己定下的投資原則：投資自己了解的產業，看來我得好好遵守這項規定了。但往另一方面想，世界上沒有人無所不知的。喔，或許荷利德做得到，因爲他讚揚另一群員工協助確保某家連鎖便利商店的安全，他說：「WaWa 連鎖便利商店成功避免了兩千三百件可能發生的傷害。」問題是，誰知道這數字是打哪裡來的？（看到飲料區的那位女士了嗎？她安全地打開、關上冰箱，完全沒有受傷。趕快把這件事記錄下來！哦，趕快看，她安全走出店門沒有滑倒，這是第二件！）

激烈且憤怒的股東

議程上列出三項股東提案，每一項似乎都會引起一些激烈的辯論。這可能就是爲什麼在門口發送的會議議程上寫著，每個人只有兩分鐘發言時間，而且「個人事務、申訴或訴訟，以及特定集體談判權問題，不在今天的會議討論範圍。」

這項規定差一點就失敗了，看來荷利德今天的運氣不錯，因爲議程上原本排定由股東會麻煩人物艾弗琳．戴維斯提案，要求公司每年提供一份所有過去五年內曾在政府單位工作、且可能影響杜邦合約的相關人士。荷利德說艾弗琳今天沒有出席，他答應會親自代她提案，於是請大家看代理授權書中的文字說明，如此便算完成他的任務了。艾弗琳實在是太有名了，出席的股東之中，有些人慶幸她沒有出席，有些人則很失望錯過了一場好戲。

第二項提案是希望改變公司的人權政策，允許所有員工加入工會。稍早時，我曾特別留意場外是否有任何抗議者（或是像AK鋼鐵公司二〇〇二年的股東會一樣，環保人士在會場門口倒了一百五十磅的「污染物」）。場外確實有十幾名工會成員在走道上來回散發傳單，宣稱杜邦和全球各地許多政府官員的良好關係會傷害員工權益。在場內，他們的提案是由在杜邦待了二十年的工會發言人負責提案。只不過，他唸起提案來顯得非常不熟悉，好像是第一次看到這篇提案文。我認爲，不管一個人的目的有多麼崇高，如果想要獲得眾人的支持，內容最好生動有趣一點，沉悶的內容只會令人昏昏欲睡，結果導致提案曲高和寡。

所幸，下一個提案是由另一位說話比較生動的杜邦工會代表提案。他表示，過去六年來的每一次股東會，荷利德都高談公司如何「改變現狀」，但是六年來股價卻持續下跌。值此同時，執行長卻能得到三百萬股認股權。「如果股價跌回到荷利德上任時（一九九八年二月）的價位，他的認股權的價值將高達九千萬美元，但是股東卻完全沒有獲利，」這位工會代表愈說愈激動，用詞也開始變得激烈：「績效不佳的人不應該獲得獎勵！公司要求員工要有優異的表現，就應該以同樣的標準要求執行長。不要再隨便亂給錢了，眞是太離譜了！」

他憤怒的言辭爲後面激烈的問答時間開場，因爲之後所有的問題幾乎都是「會議程序」裡規定不能談的話題。首先站在麥克風前的是一群杜邦的退休員工，每個人的發言都是針對荷利德。有好幾個人都批評杜邦一九八一年時併購油品巨擘康納和（Conoco，併購金額高達七十四億美元，是當時有史以來金額最高的合併案），又於十八年後讓該公司獨立出去之舉。還有一個人也質疑康納和併購案，以及一項當天才宣佈的交易，也就是杜邦以四十二億美元出售纖維部門的決定。這位股東表示：「我聽你說過，你的收購決定有時候不一定適當，但是我必須告訴你，你的決定有時候讓我很頭痛！我可不想看到這四十二億變成你的紅利。」

律師擬好的答案也難息衆怒

一位退休員工的遺孀站起來說，她從一九八六年開始請領遺眷津貼，但這筆津貼逐年減少。目前她一個月只領一百一十六美元，她生氣說：「公司如此對待退休員工及員工遺眷，眞是太可恥了。」

直到現在爲止，荷利德都客氣地感謝對方的發言，但面對這個問題他則提出反駁：「大部分的公司都不會提供員工遺眷任何福利，而且我們也在努力提高遺眷的健康福利。」

一位工會代表聽了之後起身反駁：「看來你並不清楚遺眷福利是怎麼一回事，那就讓我來告訴你！其他大公司也提供這項福利，你不出去看看，怎會知道別人是怎麼做的。公司的態度好像是一副『我們知道我們可能會害你得癌症，但一旦你眞的得到癌症了，我們還是得盡可能規避義務』。」

荷利德的答案肯定是由公司律師事先草擬的，他說：「我們從來沒有蓄意使用任何可能會傷害員工身心安全的程序或產品。」

那位工會代表聽到這裡再也克制不住，他大吼：「我們的工作環境都是曝露在化學物質裡！難不成你以爲這是餅乾工廠嗎？」

今天的股東會眞是刺激，整天不斷上演爭執場面，一波未平一波又起。一位坐在前排的老年人開口說，他不喜歡代理授權書上提到杜邦其中一位董事也是「生育計畫協會」的董事。他說這是「鼓勵墮胎的組織」，他建議授權書上應該刪除這句話，因爲這句話暗示杜邦也認同墮胎。另一位股東則認爲，董事「利用私人時間做自己的事情，不會干擾到杜邦的目標和生產力」。原來那位股東則不滿地回應：「他自己私下做的事和杜邦的業務沒有關係？你以爲生命是何時開始的？」

在我還搞不清楚這兩句話到底有什麼關係時，坐在包廂裡的另一位股東轉移了話題。他很遺憾荷利德把許多工作外移到其他國家，他問：「杜邦對美國的承諾該怎麼辦？」而荷利德避重就輕地回答這類員工雇用的問題，並表示公司著重於全球競爭力。

當荷利德表示時間只夠再接受一個問題時，氣氛變得友善得多。原本反對墮胎那位股東站起來感謝員工和荷利德的善意，然後說：「我只是希望能說服你，讓你相信我是對的。」雖然他講這句話態度很好，但是他竟然利用「董事從事慈善活動」這件事做爲藉口，大刺刺地宣揚自己的理念，實在挺令人不屑。我不禁好奇地想像，如果有一個和他持相反看法的人出現在股東會上，兩個人相遇會是什麼樣的場景。

股東會最後播放一部介紹公司歷史的影片，合成音樂聲漸強、畫面拉近停留在幾張照片上，股東會就結束了。股東離開會場前往大廳的速度非常緩慢，讓我開始擔心萬一眞的發生意外需要緊急疏散時，這可怎麼得了。我忍不住頑皮的猜想，公司大概在門口發送杜邦製造的可麗耐人造石板（Corian），讓大家當紀念品帶回家裝潢廚房，大概是因爲太重了，所以大家都擠在出口處緩慢移動。結果，隊伍移動緩慢是因爲執行長站在出口處和每一個人握手，有些人甚至握了兩、三次。

終於走出會場後，我在大廳向雪莉和喬．派恩道別。他們告訴我，接下來的目的地是前往亞特蘭大市參觀幾間賭場，看看吃角子老虎機的投資報酬率會不會比杜邦股票這幾年的報酬率還高。而我則是準備前往賭城拉斯維加斯，我的目的也和他們差不多。

見聞摘要 **杜邦**

教育性 A 清楚詳盡的公司介紹。

娛樂性 A 幾部短片、親和力十足的執行長。

贈品 F 沒有。

飲食 C 公司的大豆製品自助早餐！

觀點 歷史悠久的杜邦飯店是許多古老、信譽卓著的公司舉辦股東會的絕佳場所。一般認為，這家飯店十分適合企業聚會，而且非常懂得如何迎合老一輩富豪。

第14站→→米高梅娛樂集團

賭性堅強

背景說明：我不是個賭性堅強的人。不過，一九八五年某天凌晨兩點半，我在拉斯維加斯某賭場玩吃角子老虎時，贏了一千六百美元。我算了算，這筆錢差不多打平了我這輩子到目前為止輸掉的賭金。我想，買幾張「博奕」公司（華爾街用這個詞以避免出現「賭博」的字眼）的股票應該滿有意思的，而米高梅娛樂集團似乎是其中最具吸引力的一家公司，原因絕不單只是這家公司擁有拉斯維加斯賭場街上一流的房地產。

某種程度上來說，所有的投資都是一種賭博，所以投資賭場的股票似乎是個不錯的避險工具。至少我是這麼告訴自己的。此時，我正穿梭在拉斯維加斯紐約紐約賭場的吃角子老虎機之間，準備出席米高梅娛樂集團二〇〇四年的股東會。時間還早，但是玩家早已就座。燈光閃爍不停，機器的背景聲音聽起來像是掉出來的錢幣比丟進去的還多很多——吃角子老虎機故意製造的錯覺。

路上有一大群招待人員協助股東找到人類動物園劇院，這間劇院是專供「太陽馬戲團」表演所與建的❶。我早就知道我的目的地，因為我前一晚上已經事先找好了。在探查地形時，我非常驚訝地發現，這間賭場的設計師竟然能捕捉到曼哈頓的小細節，連賭場裡「街道」上的人孔蓋都還冒著蒸汽。

劇院外的售票亭已經開張了，正在販售今晚八點和十一點在人類動物園劇院的兩場表演。我敢打賭，表演內容絕對和今天早上這場股東會完全不同。我想，股東會和太陽馬戲團的演出應該都會有一些歌舞表演，但大概僅止於這個共同點吧。要確認我的想法是對是錯只有一個方法：我買了一張八點的票。天哪，股東竟然沒有折扣！

經過報到處，一張很大的桌上放了許多早餐餐點。我隨手拿了一些酥皮點心和一杯星巴克咖啡（我本來是不喝咖啡的，看來我的意志已經開始軟化了！），然後走進劇院裡。劇院呈現出和杜邦飯店很雷同的華麗感，但不是那種老式的富麗堂皇。大型舞台被充滿戲劇效果的紅色照明燈打亮，左右兩側各一個螺旋樓梯。我一步入劇院，除了發現會場裡一片寂靜無聲，還看到天花板上緩緩飄下零星的玫瑰花瓣。我心想：這樣歡迎股東就對了！我猜，這些花瓣大概是昨晚馬戲團表演留下來的。

一場有效率且人數極少的股東會

劇場中間有一個很奇怪的小舞台，肯定是馬戲團表演時使用的表演區。小舞台上面放了一張桌子，桌子後面有五張椅子，公司的標誌就投影在劇院前面的大螢幕上。十點整，螢幕開始播放音樂和視訊簡報，介紹公司在內華達州（米高梅在本州共有十間賭場，而且是該州員工人數最多的公司）和大西洋城、底特律和比克勞斯市的資產。

我計算了一下出席的人數，有點訝異為什麼出席的股東這麼少——大約只有五十幾人，許多人都穿著輕鬆的百慕達短褲。這時側門忽然打開了，好幾十位穿著深色西裝的人魚貫進入會場，並坐在前排座位，其中有張臉孔看起來很眼熟，但我一時想不起來究竟是誰。

米高梅執行長泰瑞・藍尼（Terry Lanni）接著上台。他長得有點像美國前副總統胡伯特・韓弗瑞（Hubert Humphrey），一開場就先代寇克・科克瑞恩（Kirk Kerkorian，公司最大的股東暨董事，是一名年過八十的億萬富翁）向大家道歉，他說科克瑞恩沒辦法親自出席，因爲他正忙著修繕西班牙的寓所。我忽然想起來，剛才看起來很眼熟的那位董事原來就是亞歷山大・海格將軍。海格將軍曾擔任雷根總統任內的國務卿，並在雷根遇刺時對外宣佈由他代理總統執掌白宮事務。我又忍不住幻想，如果藍尼忽然昏倒，海格也會馬上跳起來繼續主持股東會。

幸好藍尼一切正常。他是那種講話充滿自信，但較缺乏鬥志的人，看來他很自豪自己不是一般人印象中那種財大氣粗的賭場大亨。事實上，他住在加州的帕沙地那市，距離賭城西邊兩百英里遠，而且一星期只會在賭城停留三天。

他毫不浪費時間地簡要說明去年一年公司的經營概況。總而言之，他很「專注」地主持這場會議，巧的是，他背後的大螢幕和二○○四年度財報的封面上都印著「專注」這兩個大字。

他告訴大家，米高梅的長期目標是「盡可能擴大未開發地區的獲利潛力」，他還指出，公司在拉斯維加斯賭城和大西洋賭城所擁有的精華地段比任何其他公司都來得多。接下來，他播放一部短片介紹公司位於大西洋城的波哥大酒店，影片拍得讓大家誤以爲每個人像是騎著偉士牌機車來到波哥大

❶《人類動物園》是太陽馬戲團首齣以成人為主題的戲碼，是該馬戲團與米高梅娛樂集團合作的四齣戲碼之一，米高梅特地為此戲碼在其紐約紐約酒店打造一座專屬戲院。（譯注）

的。(不太可能吧?)他還提到米高梅可能在英國、中國澳門和新加坡聖淘沙(這裡有世界知名的水舞表演和許願池,遊客喜歡把零錢丟進許願池裡,然後祈求獲得更大的回報)開設賭場,但沒有提供詳細資訊。他談到,員工團隊中廣納不同背景的人才能爲公司帶來哪些好處,並說《財星》雜誌報導公司在吸納不同專業人才方面的成就。最後,藍尼詢問投票的初步結果,看看「我們明年是不是站在這裡」,並在股東會開始半個小時後,以非常有效率的方式結束業務說明。

餘興節目表演空中雜技

他以同樣有效率的方式主持接下來的問答時間。藍尼最令我佩服的一點是,他和巴菲特很像,他們都記憶力過人,不需要翻找檔案就能引述各項數據與資料。有一位股東問藍尼,公司是否可能和紐約一家賽馬場合作,他的問題內容既不完整,也沒有提到明確的數據,但是藍尼卻能精確記得這個案子的金額,以及有助於促成這項合作案的相關法案細節。

另一位股東想知道,建立一條從洛杉磯到拉斯維加斯的高速火車計畫目前發展如何,他說,鐵軌一旦開通,將有助於讓更多加州人把錢帶到內華達州來。藍尼表示,政府目前尚未撥出實現這個計畫的預算,但是他認爲這班火車終究有開通的一天。第三位股東提出的是股東會上一定會出現的問題:公司爲什麼不配發股利?藍尼的回答也是股東會上常聽到的標準答案:董事會定期討論過這個問題,但還是認爲盈餘再投資是比較理想的做法。

問答時間結束時,我發誓聽到零星的音樂聲從後台傳出。結果,眞的是公司準備的股東會餘興節目。兩位人類動物園表演者奧加和艾倫連袂出場。舞台上方的狹窄通道上,樂隊演奏的是紐奧良式的藍調。隨著厚重的喇叭聲，高大、白皙的奧加和肌肉發達的愛慕者侏儒艾倫，用一條非常粗大、像是格林童話裡長髮姑娘的頭髮般的絲巾在舞台上飛來飛去。這段空中雜技表演的內容只是一般男女的追求和性愛。

股東會後約莫十個小時，我用早上買的太陽馬戲團的票，又看了一次一模一樣的表演，只不過這次我手上拿的不是咖啡，而是酒精飲料。我注意到這兩次表演的最大差異：在股東會裡，你無法看到奧加的上空表演。我想，在股東會上演出帶有性暗示的表演或許無傷大雅，但是如果要滿足花了六十五元買票進場看表演的觀眾，就得給他們一點甜頭：露點恐怕是賭城表演必要的橋段。這次的表演一開始是由一位「清教徒」大喊：「有人想要看『好東西』的嗎？」結束時則是演員和幾位觀眾疊在一起，在有變裝癖的節目主持人慫恿下假裝性高潮。同樣的表演，在股東會和在劇場竟然有天壤之別！

吃角子老虎的投資報酬率

股東會後，我決定放鬆一下。來到賭城，不玩玩拉霸（有些機器是按鈕）試試手氣，就不算來過賭城。所以，我和內人南茜以實驗爲藉口（不顧沙塵暴的吹襲），遊走於米高梅旗下的七家賭場，隨意挑選幾部機器，各花十美元試手氣。（一半換成兩毛五、一半換成一美元的硬幣）心想，不知道我在賭城還能不能走好運。

我們首先選的百樂宮（Bellagio）是一家非常高級的賭場，外面有一個非常壯觀、八英尺半大的湖，（內華達州可是滴水不生的沙漠！）周圍裝置了近五千盞燈和兩百多支喇叭，每隔幾分鐘就會隨著水舞啓動，高達兩百五十英尺的噴泉搭配人人耳熟能詳的音樂。進入場內，大廳充滿了怡人的花香，而不是一般賭場難聞的雪茄味，這得感謝裡頭一座裝飾優美、種滿玫瑰的大型溫室。除此之外，還有一個專門展出莫內眞跡的藝廊，以及值回票價的二十五美元自助午餐區。我想，就算一般賭客在吃角子老虎機贏了錢，這些錢恐怕最後還是會回到賭場的口袋裡，因爲這裡吸引觀光客花錢的東西實在太多了。但是等到我把十美元的硬幣全都投進吃角子老虎後，我很高興還能回本九．八五美元。十五美分便能從百樂宮獲得樂趣？沒錯！

我們的下一站是打著詭異綠色燈光、以「綠野仙蹤」爲主題的米高梅大酒店，也是我們住宿的飯店。飯店房間共有五千多間，從櫃檯走到我們的房間著實花了一點時間，彷彿從內華達州走到堪薩斯州了。這間旗艦級飯店的裝潢主題眞是應有盡有：雨林咖啡廳裡到處都是尖聲大叫的小孩、玻璃圍起來的區域像是綠野仙蹤膽小獅子的家、五四俱樂部（Studio 54）夜店是精力旺盛的年輕人的好去處。這裡甚至還有「試片區」播放電視台即將推出的新影集。我們花一個小時觀看一部無趣的影片（希望我們對這部片的反應，能讓電視台決定不播放這個無聊的節目，替觀眾省省時間），只得到一張二十美元禮券，而且只能在電視節目主題商店兌換，店裡販售的商品標價看來都比實際價値貴上二十美元。在飯店櫃檯登記住房時，我們收到一本可以在飯店內使用的買一送一折價券。可惜這折價券起了反向作用，我在米高梅大酒店玩吃角子老虎的十美元，輸掉了一半。

我們的第三站是幻象大酒店，酒店外的火山每十五分鐘噴發一次。十多年前，幻象大酒店是賭城最熱門的賭場之一。雖然這家酒店現在依舊很不錯，豪華的大廳還有一座長約一百英尺的熱帶魚缸，但是過往的精神已不復存在了。馴獸師齊格飛與洛伊的白老虎原本住的地方現在已經空蕩蕩，且一片漆黑，因爲其中一隻白老虎咬了洛伊一口，不到幾個月，這項持續上演很長一段時間的表演就此走入歷史。我在這裡的手氣倒是不錯，十美元賭金幫我賺了一．二五美元。到目前為止，我已經「投資」了三十美元，損失三．九美元。

TI酒店就在隔壁與幻象大酒店分庭抗禮。TI原名「金銀島酒店」（Treasure Island），就在飯店外、面對拉斯維加斯大道的水池裡，過去會定時展開海盜船戰役，現在則推出新的表演。顯然海盜船有了新的成員：叫做女海妖的舞者，飯店紀念品店販售的月曆、滑鼠墊或T恤等商品上頭都可以看得到這些海妖的照片。我沒有買紀念品，甚至連表演都沒看，因為我有任務在身，而TI的任務則和我相反，所以我的十美元賭金很快就只剩下七十五美分，眞是心痛。

接下來，我們回到舉辦股東會和太陽馬戲團的紐約紐約酒店。我想，如果我在這裡手氣好轉，說不定就眞的轉運了。但是在實際生活裡，幾乎每次離開消費驚人的紐約市時，我口袋裡的錢都已經所剩無幾。所以，當我帶著十三美元離開紐約紐約酒店時，著實令人感到訝異。

僥倖獲利不如實在投資

我列出的清單中，只剩下木板道（Boardwalk）和蒙地卡羅兩間酒店還沒造訪。這兩間酒店在拉斯維加斯大道上，價位算是較為中等的，現在大概只是先佔住地盤，等待米高梅主管們想出更宏偉、更有獲利空間的計畫。我在木板道的手氣實在不好，我丟入吃角子老虎的十美元零錢全部留在機器裡。到目前為止，我總共兌換了六十美元的賭金，只回本三十九．八五美元，投資損失已經超過三分之一了。如果這筆投資的標的是股市，而我至今也還未認賠出場，那麼便表示我非常清楚接下來市場的方向究竟是多頭或空頭。

接下來發生的事的確令人十分驚喜。我在蒙地卡羅幾乎每轉一次吃角子老虎，就會出現一整排相同的水果圖案，機器下面的零錢區就會掉下一大堆零錢。短短幾分鐘，我的十美元竟然變成了三十三美元——所以，到目前爲止我所投資的七十美元，已經變成了七十二．八五美元了。好吧，四個小時獲利二．八五美元確實不多，但是如果維持這個投資報酬率，一天就可以賺到十七．一美元、一年就有六千兩百一十四．五美元。當然，這樣的投資報酬率只是僥倖，想要抱持僥倖的心態投資實在不太可靠。所以，我還是繼續持有米高梅的股票，靠別人造訪賭場來賺錢吧。

我的小小獲利就快派上用場了。因爲我的下一站股東會必須支付門票才能入場。

見聞摘要 米高梅娛樂集團

教育性 B 在賭場裡走動可以觀察到很多實際狀況。

娛樂性 A 太陽馬戲團萬歲！

贈　品 F 沒有。

飲　食 B 咖啡、很多酥皮點心。

觀　點 有些股東會的場地可以讓股東親自參觀公司賺錢的部門。當然，正式的公司參觀行程通常只會讓股東看到公司想讓人看到的部分。能自行參觀的機會通常很少，而且缺乏熟悉門路的人在一旁講解，但自己參觀就能更深入認識投資的公司。

第15站→夏隆葡萄酒集團

紅酒人生

背景說明：建議我買花花公子股票、出席花花公子股東會應該會很有趣的同一個親戚，也建議我買夏隆葡萄酒集團（Chalone Wine Group）的股票。他選股的邏輯沒變——夏隆的股東會應該很好玩！為了參加他們的股東會，我分別買了這兩家公司各一百股的股份。（這麼做其實有其風險，因為股東必須在「最後過戶日」前持有股票才能出席股東會，公司不會事先宣佈這到底是哪一天。保險的做法是，在上一次股東會後九個月內買進股票，或許就能受邀出席股東會。）

如果有一家公司選擇在加州偏遠的山區（距離舊金山一百四十英里、洛杉磯兩百七十七英里）舉辦股東會，而且日期訂在星期六，並向每位出席的股東收取九十美元的出席費，會不會令許多股東打退堂鼓？如果再加上離北加州蒙特瑞市或卡默市有段距離的飯店住宿費，那麼，這就算是場非常昂貴的股東會了。

然而，在這場股東會上卻幾乎找不到任何股東抱怨交通不便利，或是不滿必須支付出席費。事實上，一千三百多位出席的股東多半會毫不猶豫地承認，他們買進夏隆的股票是爲了受邀出席這場股東會。很少有公司最吸引股東的地方不是爲了股票本身的獲利，而是爲了出席公司的股東會，對多數買進夏隆股票的股東們而言，卻眞的一點也不在乎股價的漲跌。

山頂上的盛宴

基本上，這場聚會不能算是正式的股東會，而是二〇〇四年度「股東慶祝會」——一場非常高級的夏隆產品戶外饗宴。幾年前，夏隆就將慶祝會和正式的業務會議分開舉辦。身爲股東，我可以兩個會議都出席。直覺告訴我，這一場聚會比較有趣，或許也較具教育意義，此外，內人南茜對於出席「慶祝會」的意願遠高於出席正式的業務會議，所以我們只選擇這場慶祝會。

我們沿著五號州際公路往南行，經過沙利那斯市——一個慵懶、步調緩慢的鄉村，村中還有紀念在當地出生的諾貝爾文學獎得主約翰．史坦貝克（John Steinbeck）的博物館。就在我們準備下交流道前往酒莊前，還經過戒備高度森嚴的索德監獄。這個景象顯然是清楚地提醒我和內人，其中一人絕對要保持清醒，不要喝太多酒。

下了交流道，還得沿著顚簸的單線道山路蜿蜒而上好長一段路，才會到達葡萄園。到了山頂，我們將車停在一大片剛剛除過草的停車場，草地上遍佈著一個個小坑洞，數量之多不亞於春分時節水牛遷徒所經過的路徑。一位態度親切的年輕人駕著一部高爾夫球車過來，準備接我們到葡萄園的入口。他穿著十分隨興的夏威夷花襯衫，我想他的服裝代表了兩個含意：我帶來的衣服剛好適合這個場合；

要不然就是，當穿著正式的股東們一一抵達時，恐怕有人會誤以爲我是其中一位開著高爾夫球車的服務生。我問他是不是股東會的臨時工作人員，他笑了笑說，他是公司的主計人員——負責平衡公司的帳冊收支。他說：「我是今天的指定代理人。」車子開過一個凹洞晃動了一下，他告訴我們這些洞是獾挖出來的。「山上有很多獾，」他解釋著。他沒有說獾喜歡吃囓齒類動物，所以這裡可能有很多囓齒類——而且，有囓齒類動物的地方通常就有蛇。幸好，獾也會吃蛇。

野生動物立即出現在我們的眼前。在我們抵達葡萄園大門前，遠遠就已經可以看到一隻大猩猩了。這是一隻充氣的大金剛，是爲了凸顯今天晚會的主題——「好萊塢與美酒」。

品嘗美酒、買美酒，愛酒人士的天堂

我們一完成報到，馬上就有人遞上斟滿香檳的紀念酒杯和精緻的點心盤，盤上有一個香檳杯的凹槽，只要把杯子嵌入凹槽中，就可以單手拿著杯子和盤子。這是我見過最頂級的股東會接待方式。

會場搭起一個佔地約一座美式足球場大小的白色帳篷，裡面排滿了一張張的桌椅，舞台位於中央，馬丁尼兄弟（Martini Brothers）樂隊的歌手正在上頭模仿美國男歌手法蘭克辛納屈（Frank Sinatra）。會場四周散佈著餐點桌，桌上有各式起士、麵包和牡蠣，許多股東的點心盤上堆著滿滿的點心，好像想挑戰點心盤的容量極限。會場還可以看到一台爆米花車，以及一張擺滿動物形狀餅乾的桌子，股東們可以隨手抓一把、沾著巧克力醬享用。

夏隆共有十幾個葡萄酒品牌：Acacia、Canoe、Ridge、Chateau Duhar-Milon、Dynamite、Echelon、Edna Valley、Hewitt、Jade Mountain、Moon Mountain、Orogeny、Provenance 和 Sagelands、

每個品牌都有自己的專區，面帶微笑的服務生非常樂意讓股東們品嚐美酒。心情愉快的內人好心提醒我，我們是來做研究的，所以我應該盡情地做好份內的工作。也就是說，她會負責把我們安全地載回蒙特瑞市。

許多試飲區都有雜耍遊戲，就算比賽者已經幾杯黃湯下肚，還是能贏得獎品。在月山（Moon Mountain）專區，我的飛鏢不小心射中了標靶的邊緣，因而贏得二選一的獎品：又醜又大的護目鏡，或是又醜又閃閃發亮的領結。我選擇了領結，並驕傲地戴上我的戰利品。一整天下來，我不斷和身旁與我戴著同樣領結的人點頭致意。後來，我的紀念品又多了一套飛機模型、一組杯墊，還有一個裝在五英寸木盒裡的 Provenance 卡本內蘇維濃迷你瓶。

最擁擠的是那些能讓股東（以及當天隨股東一起出席的朋友）以非常優惠的價格訂購葡萄酒，且訂購金額超過兩百五十美元即可免運費的專區。長長的隊伍中，有些人少則花八美元買一瓶夏多內葡萄酒，多則花將近五百美元訂購六公升二〇〇一年的 Hewitt 卡本內蘇維濃葡萄酒。

同樣人滿爲患的是紙上競標區，競標的項目除了葡萄酒和食宿，還包括許多其他項目。得標的金額將捐給伍沃得/葛拉夫葡萄酒基金會（Woodward/Graff Wine Foundaton），這是夏隆創辦人成立的非營利組織，提供獎學金給「研究葡萄酒、美食與款待之藝術與科學的優秀學生」。也就是說，這讓在場的每個人都覺得這個錢花得很值得。

正當表演者在模仿喜劇演員葛洛裘和瑪麗蓮夢露娛樂股東時，擴音器裡傳來廣播，請大家到大帳篷裡就座。我和內人是同桌中唯一第一次出席的人，其他經驗豐富的股東馬上利用這項優勢。十幾位服務生一再向我們保證，每桌的八個人都可以享用至少四瓶葡萄酒；等到服務生到了我們這一桌時，那幾位經驗豐富的朋友居然成功說服他們應該要多給我們這桌兩瓶。

坐在我旁邊的是一位年約五十幾歲的先生，他正以專注的神情和緊張的態度塡寫葡萄酒訂單，彷彿是一位數學家即將解開一個複雜的公式。當他終於寫完時，向大家介紹坐在他身旁的女士是「DD」，我本來以爲這是她名字的縮寫，結果，他停頓了幾秒才解釋她是「指定駕駛員」（Designated Driver）。他叫包伯．賈維斯，是住在聖塔克魯茲的政治學教授。我們這一桌所有人都住在加州，除了我們夫妻之外。

讓人垂涎的股東會、業務報告成多餘

夏隆的總裁湯姆．瑟弗瑞吉（Tom Selfridge）向大家問好，並說明今天出席的不只有加州居民，還包括來自四十一個州、七個國家的代表。他說，這已經是公司第三十五次舉辦這個活動了，第一次是在一個廚房裡舉辦的，出席人數只有六人，而且十分鐘就結束了，這當然不包括結束後還花了幾個小時品酒。耳語傳遞得非常快，因爲兩年後出席的人數已經有五十人，到了一九八六年，更有多達五百名股東與來賓出席。瑟弗瑞吉指出，參加這場聚會的人數比許多財星五百大企業的股東會出席人數還要多。

他一邊說著，台下的服務生一邊端上前菜，盤子裡裝滿了佛卡夏麵包、洋薊、香腸、義式蒜味香腸和燒烤蘆荀等佳餚。

爲了帶動會場「人人有獎」的士氣，瑟弗瑞吉將「金像獎」交給夏隆各個品牌的代表。慶祝會繼續進行，我卻發現我們這一桌葡萄酒消耗的速度非常快，包伯也注意到了，他指向坐在另一端一位叫做艾德的捲髮男子，顯然是他將我們的酒拿給其他桌的三十幾個人分享。艾德感到有點不好意思，但保證會使盡各種伎倆補足剛才分給別人的酒，後來他也真的做到了。

瑟弗瑞吉最後請大家伸手摸摸自己的座位底下，因爲每一桌都會有一張椅子底下貼著一張裝有葡萄酒免費兌換劵的信封。我們這一桌的「DD」忽然發出優勝者的尖叫聲，看來我的好運幾天前已經在拉斯維加斯用完了。

只要一想到外燴人員要把這一大堆的食材，沿著我們剛才上山的途徑一路運送上來，眼前的自助餐點就更加不可思議了。前菜包括了檸檬雞、蒸肉丸蓋上烤鮭魚、以及佐以蒜頭、醬油、薑的牛排。還有嫩菠菜沙拉、育空馬鈴薯沙拉、燒烤甜菜根沙拉、龍蝦白豆沙拉，以及松露油醋醬豆沙拉。麵包和起士桌上也擺滿了無花果、葡萄、杏仁和薄殼胡桃。就算和我一樣是素食者，也可以在這裡找到適合的食物大快朵頤，點心搭配精緻的草莓水果酥餅，最後再多來幾杯葡萄酒。

這場盛宴眞是值回票價。股東會上的免費飲食很少會令人印象深刻，除了奧特泰爾和夏隆之外，我只遇過兩次餐點這麼豐盛的股東會。

我以前沒有聽過富頓金融公司，這是一家賓州中部的地區性銀行，但是每當我問別人他們最喜歡哪一家公司的股東會時，卻不斷聽到這個名字，而且他們都流露出一副口水直流的模樣。每對夫妻或情侶會以殷切期盼的眼神對望，然後說：「還記得那個巧克力蛋糕嗎？」二〇〇三年四月，我和數千名富頓股東會愛好者一起出席該公司在賀喜工廠暨會議中心大廳舉辦的股東會時，所有人都已經準備好一嚐免費餐點了。餐點本身並不差，巧克力蛋糕的確非常好吃。除此之外，我個人覺得富頓的股東會其實也沒什麼特別的。

總部位於堪薩斯市的美國義大利麵食公司邀請股東在二〇〇四年股東會後，一起參加一場義大利麵美食盛宴，約有三百名股東出席，其中有許多人是公司員工。和我同桌的是一群婦女，她們的工作是開發低醣的義大利麵。我們耐心的等待投票結果、聽取報告和一些色彩豐富的簡報。一名做簡報的員工出了點小狀況，並說：「很抱歉，圖片似乎不大恰當！」這名員工因為提出一項一年能為公司省下二十五萬美元的點子，而獲得一趟義大利之旅做為獎勵。經過漫長的等待，終於到了午餐時間，我本來以為他們應該多少會為素食者準備一些義大利麵。可惜的是，他們準備的五種醬料——香腸、鮭魚、蝦、牛肉和雞肉中，並沒有一樣是素食。直到幾個小時後，我才在機場飽食一頓墨西哥玉米餅。正當我在葡萄酒莊津津有味地品嚐佳餚時，隔壁桌有一群無聊的商人正愁找不到撲克牌，其中一人異想天開，請服務生提供五十二張餐巾紙和一支筆。

待價而沽的夏隆，以後沒有慶祝會了嗎？

夏隆慶祝會逐漸走向尾聲，幾位股東正隨著樂團演奏的最後一曲〈夏日和風〉起舞，還有好幾個人顯然是在音樂和美酒的共同作用下打起瞌睡來了！（不過比起我參加過的其他股東會，這裡打瞌睡的人數是少了一點。）大部分的人則是慢慢地走向停車場，順手拿走幾瓶夏隆集團放在出口處冰桶裡供股東取用的瓶裝水，這個小動作充分展現了夏隆集團的貼心。

對愛酒人而言，今天眞是再美好不過了，許多人甚至已經開始討論明年主題訂為「拉斯維加斯酒鄉」的慶祝會。

只不過當時沒有人料到，兩天後就傳出新聞說，這將是公司最後一次舉辦這樣的慶祝會。夏隆長期和羅特切爾德葡萄酒集團合作，由這家法國公司負責生產夏隆最高級的品牌之一「Chateau Duhart-Milon」。除此之外，羅特切爾德還擁有近半數夏隆的股份，現在它正設法和另兩家合作夥伴買下夏隆的所有股份。這類新聞其實對大部分的股東而言是好消息，因爲買方提出的溢價通常比目前股價高出許多。有時候，收購行動甚至會吸引其他有意願的出價者提出更高的價格。

果不其然，夏隆集團的股價應聲翻漲，我則謹慎以對。羅特切爾德的其中一個合作夥伴是全球最大釀酒業者星宿品牌公司，該公司以生產「愛爾蘭野玫瑰」聞名世界。這家集團現在以販售低價產品爲主，並努力提高產品的品質等級，收編夏隆集團肯定能提高該公司的聲望。

正巧，我出席過星宿品牌公司二〇〇二年七月在紐約羅徹斯特市舉辦的股東會，結果並沒有留下太深刻的印象（但尚不至於出售手中的持股）。該公司執行長、董事長暨總裁理察·山茲（Richard Sands）堅稱，葡萄酒產能過剩的問題被過度渲染了，這個問題並不存在，就算有，也不至於影響公司，因爲生產過剩的都是些低價葡萄酒。（我心想，你們公司的「愛爾蘭野玫瑰」不就是低價葡萄酒嗎？）接著沒完沒了地播放鋼琴搖滾歌手比利喬的〈不是我們放的火〉，只不過歌詞被改編成「火眞的是我們放的」，歌詞不斷地提到綜效和股票分割。更糟糕的是，股東會上播放一連串非常奇怪的投影片，完全沒有詳細說明。有些投影片是星宿品牌公司在中間，有個箭頭指向左邊的「策略」，一個箭頭指向右邊的「最大化股東價值」，一個箭頭指向下方的「聯繫」，從「聯繫」這裡左右又各有一個箭頭分別指向「部門」和「規畫」。從這些投影片，我完全看不出來集團的領導者到底在哪裡。不過，至少星宿品牌公司給每位股東一瓶不錯的葡萄酒，所以也就沒有什麼好抱怨的。

世界最大的烈酒經銷商帝亞吉歐美國子公司（總部在英國）對夏隆的出價比羅特切爾德集團出價

更高。過去幾年以九美元左右的價位買進夏隆股票的股東，非常滿意帝亞吉歐提出的十四・二五美元的溢價，以及提供股東每股一美元的「葡萄酒折扣」。不過，最令股東心動的是：帝亞吉歐承諾未來十五年將持續舉辦年度股東慶祝會。

知名度不是很高的夏隆挑選這麼偏僻的場所舉辦股東會、設定高額的入場費，還能吸引這麼多人出席股東會，那麼你或許會認爲，位於加州渡假勝地一間較知名的公司（有數萬名熱情支持者）一定能吸引爲數不少的人前往參加股東會吧。我的下一站股東會告訴我，我猜錯了。

見聞摘要 **夏隆葡萄酒集團**

教育性 C 了解紅酒的基本概念。

娛樂性 A 宴會遊戲、頂尖的樂團、紙上競標等等。

贈　品 B 紀念酒杯、酒盤、遊戲獎品。

飲　食 A^+ 頂級佳餚、美酒。

觀　點 從公司提供什麼福利給股東，可以了解它們對股東有什麼樣的感覺。有些公司會提供產品折扣，有些是在股東會上發送福袋，有些則會提供免費午餐。只有極少數公司會邀請股東把酒言歡，共度一個美好的夜晚。

第16站→→eBay
不希望股東出席？

背景說明：好幾年來，我透過全球最大拍賣網站 eBay 買了許多「一比八十七」比例（HO-scale）的模型火車，卻常常在買了之後才發現玩具店裡賣的比我的得標價更便宜。這就是我沒有事先做功課、設定合理價位的結果，不過，在網路競標世界學到這個教訓，總比買股票時才學到這個教訓要好得多！我會持有 eBay 的股票（總共不過五個股份，少到我都懶得賣），是多年前透過有限合夥方式由一家創投公司投資的，幸運的是，這家創投做了功課。

有時候，有些公司舉辦股東會像是在玩捉迷藏。例如，有些人會認爲迪士尼的股東會應該是在公司所在地的加州安納漢市、或佛羅里達州的奧蘭多市舉辦，但是，迪士尼二〇〇二到二〇〇五年的股東會卻分別在康乃迪克州哈特福市、柯羅拉多州丹佛市、賓州費城和明尼蘇達州明尼亞波里市舉辦，二〇〇六年才又回到所在地的安納漢市。

總部位在亞歷桑納州鳳凰城的派斯瑪寵物用品公司，在二〇〇四年和二〇〇五年的股東會，卻選擇在波士頓的四季飯店舉辦。對公司幾位董事而言，這當然是個非常舒適的地點，但出席的股東人數卻很少，包括我在內，我是出席二〇〇五年那一場股東會。十年來，派斯瑪的股東會選擇了德州達拉斯市、伊利諾州芝加哥市和紐約，就是不曾在公司所在地鳳凰城舉辦。

從二〇〇三年以來，連鎖店遍及美國東南部的折扣零售商佛瑞德公司每年都在喬治亞州的杜伯林市舉辦股東會，距離亞特蘭大市約一百四十英里，距離公司總部所在的田納西州孟菲斯市則更遠。佛瑞德公司的配送中心於二〇〇三年在杜伯林市開幕，所以有很好的理由在此召開股東會。公司其實是在孟菲斯配送中心的員工投票表決要組織工會後，才在杜伯林市開設新的配送中心，所以工會發言人從此諷刺公司都在晚上開會，因爲「他們做的都是些見不得光的事」。這麼說其實不太正確，因爲佛瑞德公司都是在六月中開股東會，而喬治亞州的六月中，就算到了晚餐時間天都還很亮。

有些公司不僅在全國各地舉辦股東會，它們乾脆把股東會搬到國外去。摩根史坦利二〇〇二年的股東會就選擇在倫敦舉辦，泰科國際有限公司（Tyco International）二〇〇二年的股東會則是到了百慕達。當然，也有公司反其道而行，選擇在美國舉辦股東會。加拿大國家鐵路公司的總部在蒙特婁，二〇〇六年的股東會卻選擇在美國孟菲斯市舉行。該公司指出，孟菲斯市是「加拿大國鐵北美鐵路網的重要營運中心，也是貨物運輸的重要集散地。」該公司的執行長暨總裁也是在孟菲斯市出生的。

充滿魅力的逍遙城—紐奧良

那麼，總部設在加州聖荷西市的eBay，二〇〇四年選擇在紐奧良密西西比河畔某飯店舉辦股東會，又是什麼道理呢？

令人不解的還有，股東會開始的時間是早上八點！來到紐奧良的遊客幾乎沒有人會在凌晨兩點以前就寢。我的理論是：如果一家公司不打算看到太多股東出席股東會，最好的方法之一就是選擇一大清早在紐奧良這類地方舉辦（尤其是在夏季，一天二十四小時又濕又熱，令人難以忍受）。沒到過「大逍遙城」❶的人肯定難以抗拒這裡熱鬧的夜生活，而且隔天一早肯定沒什麼意願（或是因爲睡眠不足）從事一連串嚴肅的活動。

很幸運地，打從一九九〇年至今，我每一年都至少會造訪這個城市一次，而且第一次就留下了好印象。那時，我告訴辦公室一名同事我要去紐奧良出差，她非常自豪地告訴我她是當地人，答應要找以前的同窗好友帶我四處逛逛。因此，我一抵達紐奧良，就有一位美麗年輕的女子接待我，帶我玩得很開心。她說：「你可以自己去探索『法國區』，所以我要帶你去其他地方。」我們坐在圓柱飯店（電影《艷娃傳》拍攝妓院的場景）的門廊上啜飲飲料，在聖查爾斯大道中間的草皮地帶搭乘搖晃不穩、卻很好玩的老街車，在兩旁有棒極了的樂隊演奏的搖滾保齡館裡玩球，這是家獨一無二的搖滾保齡館，集保齡球場、酒吧、舞池和舞台於一身。我們也看到許多藝人（像是奈維爾兄弟）在廣納三教九流的知名夜總會蒂皮蒂娜裡表演。最後道別的地方是一個叫做 F&M 露台酒吧，這是許多酒客下班後出沒的場所，他們甚至會在夜半三更醉醺醺地爬上撞球檯跳起舞來。

隔天開會時，我根本無法集中精神，環顧四周的人也都和我差不多。

在接下來的幾次出差行程，我試著善盡自己到此地造訪的目的，但是非常掙扎。紐奧良這個地方到處都聽得到好音樂，冰啤酒也無所不在，因爲任何人都可以合法地拿著塑膠杯遊走於各酒館喝酒。此外，紐奧良的美食也很令人嚮往（紐奧良是美國知名主廚保羅．普魯德霍姆和艾蜜瑞兒．拉吉斯的家），無怪乎當地人的體重會位居全美榜首。

昨晚，我非常自制地只在旅館轉角的勃本街夜總會喝了一點小酒，聆聽藍調女歌手瑪瓦·萊特美妙的歌聲，就回旅館休息了，而此時，才正是其他旅客開始一天活動的時候呢。儘管如此，隔天我仍得痛苦地說服自己朝股東會場走去，而不是和其他人一樣悠閒地坐下來喝杯咖啡，吃點剛出爐、沾了糖粉的法式甜甜圈（肯定要花兩個月才消化得完）。除了很難自我克制外，沒想到要找到 eBay 股東會會場也很不容易。等我終於在希爾頓飯店某個小角落找到會場時，實在很難相信 eBay 眞的對我伸出歡迎之手！

股東會地點標示不清的確令人困惑，因爲這個地方到處都是 eBay 使用者。股東會後幾個小時，爲期三天的 eBay Live! 活動（eBay 的年度會員大會）即將要在會議中心拉開序幕。這場活動有多場針對買家和賣家的專題課程、兩場提供餐飲的接待會、一大堆參展廠商提供的免費贈品，甚至還有兩位 eBay 社群成員的婚宴，活動總計吸引超過一萬人參加。

在這個相較之下空間狹窄、沒有窗戶、離會議中心半英里的房間裡，只有不到十個人出席股東會。爲了對股東找不到會場表示歉意，公司贈送每位股東印有 eBay 標誌的帽子、T 恤和筆記本等紀念品，稍後我發現在 eBay Live! 商店裡，這些東西只賣一分錢。

❶紐奧良的暱稱之一，指充滿悠閒、緩慢、輕鬆氣氛之意。（譯注）

eBay 目前還是在發展的最初階段？

eBay 的創辦人皮耶．歐米迪亞（Pierre Omidyar）坐在一張非常小的主桌前，他是在一九九五年成立 eBay 這家公司。現年三十六歲的他看起來比實際年齡年輕一點，蓄著修整過的落腮鬍。他的天才創意——全球性車庫二手貨大拍賣——讓他成爲億萬富翁。他如今專心從事慈善事業，不過仍擔任 eBay 的董事長，並負責主持這場股東會。他看起來有點緊張，彷彿希望所有必須公開露面的行程都能找別人代理，而代理他公開行程的人就是梅格．惠特曼（Meg Whitman）。四十七歲的惠特曼是公司的總裁，她身穿海軍藍色褲裝，就站在歐米迪亞的旁邊。

歐米迪亞快速通過議程。他問股東們是否有任何意見，眼睛從左掃描到右看看有沒有人舉手，當他發現沒有人舉手時，便如釋重負地說了聲：「太好了！」很高興地趕快結束董事的投票過程，並將接下來的工作交給惠特曼。

惠特曼則是非常高興能出席這場股東會，她告訴大家 eBay 的願景是「提供一個全球性的線上交易平台，任何人都可以在這裡交易幾乎任何東西」。她提供了很多統計數據，包括：

- 如果將 eBay 視爲一個國家，而使用者即是這個國家的人民，那麼 eBay 將是全球人數第九大的國家（有多達一億零五百萬人）。
- eBay 有超過四十萬名全職的專業賣家和買家。

●流量尖峰時間是星期日早上、星期日晚上和星期一晚上，這些時段每秒有多達三千到六千筆新品刊登上網。

我們當然沒有理由懷疑她提供的數據，但是如果這些數據是眞的，那麼便表示她接下來說的話有點靠不住了，她說：「公司目前還是在發展的最初階段」。關於這一點，早期從事金融業的經驗告訴我，最好要小心那種看似永無止境成長的公司。畢竟，一棵樹長得再高也無法到達天際。

滿腦子只想到估價的股東

惠特曼接著播放了三支 eBay 最近的電視廣告影片。第一段是一個男子想在 eBay 上賣出一些流行實用的汽車零件，他說使用 eBay 的好處是，買方「都能找得到他」。結尾是他那位看起來很失望的妻子說：「眞糟糕，這下子他會一直待在家裡。」

第二段影片敘述一位香港玩具車收集達人賣家，他一開始是在自己的房間做生意，如今則擁有四千平方英尺大的廠房。這全歸功於 eBay，讓他可以以二十九元港幣（約三．七七美元）買進玩具車，再以二十九美元賣出，從中賺取差價。

第三段廣告是在阿肯色州經營藝術品仲介的一對夫妻。先生發現「在阿肯色州，對當地人沒有用的東西，在別的地方卻有很大的用處。」影片的結尾和第一段廣告一樣，是以逗趣的方式表現使用 eBay 後，就得花更多時間和另一半相處。

播放最後一段廣告時，一個衣著隨性、年約三十的男子慌慌張張地走進會場，在我旁邊的空位坐了下來。他和在場幾個人一樣，身穿 eBay 的免費T恤，全身散發一股活力四射的感覺。

問答時間一到，他就快速舉手介紹自己是一個全職的 eBay 網拍賣家，接著就問歐米迪亞：「成立 eBay 背後眞正的原因到底是什麼？當初眞的只是爲了販售貝茲糖果的玩偶盒，還是爲了創造一個有效率的市集？」歐米迪亞回答，創造一個有效率的市集對公司很重要，但是他一開始眞的只是爲了幫他的妻子（當時還是未婚妻）在線上出售她所蒐集的公仔糖果盒，而且他只花了一個週末就寫好原始程式。

另一位全職賣家說，她非常期待參加 eBay Live! 活動，而且建議公司明年應該在華府舉辦活動，讓議員們了解爲什麼不應該對線上拍賣課稅。惠特曼聽完馬上說：「太好了！」語氣和剛才歐米迪亞詢問大家投票之前還有沒有意見要討論時如釋重負的語氣沒兩樣。

會場上沒有人提出任何刁難問題，確切地說，提問的人其實並不多，整場會議於是就在九點結束。在走廊上，惠特曼和其他人聊到她的女兒，說她在線上出售豆豆娃而學會了經濟學的概念。

我問惠特曼，爲什麼出席會議的股東人數這麼少，惠特曼聳聳肩說：「出席股東會的人數向來都不多。」我又問，鎭上有很多 eBay 使用者，至少有一小部分可能會是股東吧，難道她不覺得這是個可以好好宣傳公司理念的機會嗎？她則興奮地回答：「對啊，所以我們才會在這裡舉辦 eBay Live! 活動。你可以邀請親朋好友來參加。」

我還是很難相信惠特曼想要多點人出席股東會。如果眞的有心，她大可以選擇晚一點再開始，也可以找一個交通比較方便的地點。但說眞的，我想大老遠跑來紐奧良了解 eBay 的股東們可能會覺得，參加 eBay Live! 可能比出席股東會更能深入認識這家公司，娛樂性也比股東會更高。

我在寬闊舒適、加裝空調的「水岸步道」購物中心裡散步，整個購物中心從飯店一直延伸到佔地寬廣的厄尼斯莫里爾會議中心（超過一百萬平方英尺）。裡面擠滿了人生被 eBay 改變的使用者——一群自滿、蓄鬍的在家自由工作者，還有求知若渴、腰際上掛著無數行動電話的年輕企業家。在報到處，我不小心聽到旁邊的人說：「你覺得這盞水晶吊燈值多少錢？」這一句話幾乎是這一群人的縮影：滿腦子只想到估價。

史上最忙碌的貿易展

eBay 的規畫人員顯然事先作過功課，每一個隊伍的移動都十分流暢，而且活動也非常成功。所以課程的講義都已經收錄在光碟片中，並發給登記出席的人了。這裡的「貿易展」是我見過最忙碌的展覽，託運公司、競標服務以及金融公司都極盡所能吸引全職賣家來玩他們準備的遊戲。例如，怪物網站（Monster.com）舉辦的是「製造怪物」比賽，參賽者要用一個個方塊堆出一個紙板小人。這些都是人人有獎的比賽，獎品則是印有該公司標誌的填充玩偶、球或是小酒杯。

其中最醒目的當然是 eBay 的標誌。公司在入口處設立了一個超大的商店，販賣的產品不難想像，都是外套、T恤、馬克杯、帽子、背包和水壺。其他還包括比較少見的商品，像是印上 eBay 標誌的雪景水晶球、聖誕樹裝飾品、夾腳拖鞋、包裝紙、數位相機、紀念幣，甚至還有販售汽車號碼牌寫著 CUONEBAY（意指 eBay 見）。總而言之，跟這間 eBay 商店比起來，微軟的紀念品店簡直不值一提，既沒有創意又沒有膽識。

會場中最受歡迎的商品似乎是標示著網際網路服務供應商 Earthlink 標誌的超厚塑膠杯，因爲隨杯附贈的是當地知名的冰涼飲料——颶風，這是混合水果汁和烈酒（通常使用蘭姆酒）的調酒，因爲加了一點石榴糖漿，所以略帶紅色黏稠感。在炎熱的紐奧良，來上一杯「颶風」肯定是一大享受。

喝颶風時最好搭配一點食物，幸好，會場裡並不缺食物。開幕夜接待會場所提供的自助餐點絕對讓與會者繳交的入場會費值回票價（每張票五十到七十美元不等，視註冊參加的時間而定）。餐點有迷你橄欖沙拉三明治、沾了奇尊香料的洋芋片、蔬菜沙拉，甚至還有迷你胡桃派。我一邊吃，一邊看著一群穿著色彩鮮艷農村服裝的年輕南方女孩走過我的面前，咯咯地嘻笑、並和身邊的人打招呼。幾分鐘後，一個年輕小丑和一群穿著紐奧良嘉年華會服裝的人嘻鬧地走過，一邊耍弄著成串的塑膠小珠子。這些珠子今晚肯定會出現在勃本街夜總會，女孩們爲了從男孩們手中換取這些廉價首飾，而願意大膽地袒胸露乳——至少，我聽說是這樣的。

胡亂吞了兩、三個點心後，我不小心闖入展覽廳中間一個看起來像是藝術創作區的地方。一張張桌子上散佈著美工用紙、剪刀、膠水、亮片和蠟筆。有幾個人各拉了一張椅子坐在桌前，有些人正努力完成今天的任務：爲過兩天要在這裡完成終身大事的新人，製作一張超大型的賀卡。有些人則只是想在喝了幾杯颶風後找個地方休息一下，他們看起來十分不解，爲什麼有人要製作婚禮賀卡給素昧平生的人？

研討會上指導拍賣技巧

接下來的時間，我很訝異自己身處世界上最悠閒的城市，竟然花這麼多時間在會議中心參與研討會，而沒有參加其他當地的休閒活動，因爲 eBay 舉辦的活動實在很難拒絕。

我對一個討論「如何撰寫產品說明」的研討會很感興趣。講師是一名叫做葛瑞夫的蓄鬍矮胖男子，他活力十足、一副夏令營主任的樣子，戴著棒球帽、身穿T恤和卡其褲。他是 eBay 第一位客服代表，他非常熟悉在 eBay 拍賣時，哪些是吸引人的刊登內容、哪些則需要改進。他說，賣方要強調產品的特殊性，不要使用形容詞做爲刊登的標題，買方不會用形容詞來搜尋產品。同樣的道理，標題中也不要用「看！」，因爲你會搜尋出成千上萬筆使用這個字的產品。另外，如果產品有任何瑕疵，記得在產品描述中強調出來，最好再附上瑕疵部位的照片。還有，幽默的內容可以提高點閱率。曾經有一位拍賣婚紗的賣家提供的是男方穿著新娘婚紗的照片，自己一個人站在教堂裡被新娘放鴿子，吸引了高達一千七百萬的點閱人次。

我最喜歡的研討會「eBay 的軼事趣聞」也是由葛瑞夫所主持。在一小時的時間裡，他提供了許多關於 eBay 的有趣小故事，包括：

● 網站原本的名稱是「拍賣會」（AuctionWeb），網站裡還有一個說明伊波拉病毒的索引標籤連結，因爲歐米迪亞非常喜歡研究伊波拉病毒。伊波拉病毒是一種不明且致命的病毒，會定期在非洲爆發大流行。一九九〇年時，該病毒曾引起維吉尼亞州瑞斯登市的恐慌，因爲從當地實驗室動物身上發現病毒的變異體。

● 公司名稱叫做 eBay，因爲歐米迪亞本來想在加州把新公司註冊爲 Echo Bay，卻發現這個名稱已經被捷足先登了。

● 一九九六至一九九八年間，eBay 網站每小時就會當機一次。

● 葛瑞夫很早就發現這個網站，並爲自己創造了一個虛擬的角色「葛瑞夫大叔」，他是一位五十幾歲、有變裝癖的酪農，和已過世三十年的老媽住在一起，非常喜歡封箱膠帶。他的角色是幫助使用者更有效地使用 eBay，後來，他的虛擬身分被公司發現，並聘請他爲公司工作。使用者在線上註冊的身分在 eBay Live! 活動非常重要，因爲其他使用者只認識彼此的註冊身分。所以在問答階段，常常會看到有人站起來，自我介紹：「大家好，我是堪薩斯來的大猩猩 327（gorilla327）」，然後就會有認識這個識別身分的人給予鼓掌！

● 網站刊登過最貴的商品是一架灣流噴射機，定價四百九十萬美元。

● 有人曾經以一百萬美元的價格，刊登出售「網際網路」。

● eBay 禁止刊登活體動物、人體器官或災難事件的殘骸，例如發射失敗的太空梭殘骸。

●一位名叫約翰．佛雷爾的人在eBay上出售他所有的資產，然後再一一拜訪六百多位買家，爲他的書《拍賣人生》（*All My Life for Sale*）蒐集寫作的題材。

●有個賣方原本只是要賣掉前女友留下來的一箱豆豆娃，但是瘋狂蒐集這類玩偶的買方問了一大堆問題令他不勝其擾，所以他不斷地更新產品描述，甚至留下非常憤怒的文字，叫有興趣的買方不要再沉迷了。

●有一項刊登商品賣的是「罐子裡的鬼！」還附上一些玩笑性的照片，甚至還有「車子裡的鬼！」圖片則是十幾年前的電腦遊戲小精靈坐在駕駛座上。

●有一則商品本來賣的是銀製茶壺，但賣家提供的商品照片卻將自己的裸體反射在茶壺上。他是第一個利用eBay刊登裸照的曝露狂，這個舉動後來引起許多人效法，變成所謂的「反射曝露狂」（Reflectoporn，不相信眞有這個字嗎？你可以去Google查查看。）

●可能是eBay成立以來最怪異的一筆刊登：「靈魂！請在被惡魔取走前帶回家！」

除了有專爲興趣不同的使用者所設計的研討會，還有一場適合所有人的大型聚會。內容主要是惠特曼在股東會上已經提過的事情，只不過這次是在一個大房間對數千人說，而且會場裡精心佈置的舞台包括一個超大型彈簧，頂端上寫著一個字：「跳躍！」。

另一個不同點是，股東會是在大家意興闌珊的情況下結束的，但這場活動卻有特別的結尾秀。當惠特曼及其他簡報者結束時，講台旁一群福音合唱團走上台，他們的白袍微微反射著光線，並唱著〈愛比山高〉。他們的歌聲充滿了感染力，就連朝會場出口走去要打電話、或上洗手間的人，都忍不住跟著哼了起來。接著唱的是〈河畔〉，然後是當地的經典福音歌〈聖者進城來〉。在唱〈聖者進城來〉時，合唱團分成兩列沿著走道朝向大廳離開，一邊唱歌一邊搖著鈴鼓。

我稍後離開會議中心時，腦袋還迴盪著那些福音歌曲，手上的袋子裝著多到數不清、我不需要也不想要的東西，天知道我在想些什麼，竟然會拿這些沒有用的贈品。最後我終於想到該如何處理掉這些東西：上 eBay 去賣掉！

見聞摘要 eBay

教育性 B 明確、清楚的公司說明。

娛樂性 A eBay Live! 的活動非常精采。

贈品 A T恤、筆記本、筆（股東會提供的）。

飲食 B 股東會場提供自助早餐、eBay Live! 則另外提供餐點接待。

觀點 公司在選擇股東會地點時，有很大的彈性。有些公司只選擇在營運所在地附近舉辦，有些則喜歡四處更換地點，並宣稱這麼做可以讓更多股東有機會參與股東會。或許這個解釋還算合理，但如果公司選擇在令人意想不到的城市、一大清早、而且是在很難找到的小房間裡舉辦股東會，恐怕會給人一種不想被發現、不希望股東出席的印象。

第17站→→安全衛生公司、必和必拓公司

勇闖澳洲大陸

背景說明：我一九九二年第一次造訪澳洲時，我非常高興地發現，這個國家距離美國這麼遠，卻和美國這麼相似。但是，澳洲和美國之間的差異卻也非常吸引我。我喜歡在澳洲的地標雪梨歌劇院外慢跑、在每家餐廳的菜單上尋找南瓜湯的蹤跡，以及在野外看到袋鼠。我很幸運，自從第一次造訪後仍有很多機會回到這裡，和許多當地人合作一些針對澳洲投資人的專案。

我對澳洲的喜愛讓我開始留意澳洲的股票，美國投資人可以購買的澳洲股票也不少。二〇〇四年初，引起我注意的是位於墨爾本的乳膠手套和保險套製造商安全衛生塑膠產品公司（Ansell）。這家公司幾年前才歷經大幅的企業重整，考慮過申請破產、退出曾一度是該公司核心事業的汽車輪胎製造。等到我出手時，安全衛生公司已經恢復常軌，而且開始配發股利。

澳洲的地理面積跟美國差不多大，我那時著了魔似地很想體驗橫貫澳洲東西部的火車——「印度洋太平洋號」。所以當安全衛生公司一宣佈股東會日期，我就馬上訂了機票和火車票。

一到澳洲，我便遇到當地最令人頭大的股東會擾亂者，他還邀請我和他一起出席另一家公司的股東會，看他在股東會上的表現。

從我開始參與股東會以來，就知道股東在股東會上投票其實沒有多大作用。但我還是像個好公民一樣，只要有機會，就抓住每個機會表達我的立場。當然，一個國家的公民只能在自己的國家投票。但我沒想到，住在哪居然也決定了股東能不能在美國以外的外國公司股東會上，投下神聖的一票。

如果你持有外國企業的股份，可能就可以出席他們的股東會——美國以外的地區稱此會議爲「股東週年大會」。不過不要期望這類股東會和在自己國家的股東會一樣。風土民情不同、股東的權益不同，可能連說的語言也不同。

我大老遠飛了半個地球，部分原因是爲了看地球另一端的人如何舉辦股東會（其中一個不同點就是，大部分的公司是在「秋季」舉辦股東會，但是南半球四季剛好和北半球相反）。

我所持有的是安全衛生公司的股票。實際上，我不是眞的持有它的股票，而是美國存託憑證，這是一種用來代表美國銀行持有股票的收據憑證。只要在紐約證券交易所、美國證券交易所或那斯達克掛牌交易，就有存託憑證，方便美國居民投資數百家外國企業❶。

❶至二〇〇六年中為止，美國共有超過四百五十檔存託憑證。外國企業在美國掛牌存託憑證的十大國家有英國、中國、巴西、法國、日本、墨西哥、德國、荷蘭、澳洲和智利。這些國家佔美國存託憑證總數的三分之二。（加拿大企業不需要存託憑證，約有兩百家加拿大企業直接於紐約證券交易所、美國證券交易所或那斯達克掛牌交易。）

基本上，持有存託憑證和持有股票並沒有太大的差別，但是規定公司必須邀請股東出席股東會的相關法規比較少（有時候甚至根本沒有規定），至於規定必須以英文或必須及時通知股東，股東會相關資訊的法規就更少了。我甚至曾經在公司已經舉辦過股東會後，才收到股東會通知。不過說實在的，外國公司多半都絞盡腦汁要討好美國投資人。

就算你很早就已經收到代理授權書（我收到安全衛生公司的通知時就是這樣），也很早就把代理授權書寄回給券商，請券商回信授權你獨立投票（我就是這麼做），到了股東會當天報到時，還是可能會發生令你意想不到的事情。

南半球的企業比較坦誠？

我向安全衛生公司的股東會報到時，工作人員完全不知道該拿我怎麼辦。他們說我需要股票保管銀行（Bank of New York）的授權也就是紐約銀行，才能親自投票或在股東會上發言。我早在幾個月前就已經和安全衛生公司的股東關係部門人員聯絡過相關問題了，但是沒有人提到可能會發生這種情形。最後，終於有人靈機一動，給我一張訪客證明，讓我能夠以不發言的觀察員身分入場，除此之外，我不能行使任何股東權利。

當我正在記錄這個意外的插曲時，忽然聽到某個人操著北美口音的英語，聽得出來是公司內部人員在和其他同事開玩笑。他開玩笑地說：「其他罪人都回到這裡了，」他手指著舞台的門、並邀請同事們加入他。幾分鐘後我再度看到他，這時我才發現原來他是公司的執行長道格．特夫（Doug Tough），他是加拿大人。由於美國剛發生過安隆案，所以美國可沒有哪間公司的執行長敢拿犯罪這種事來開玩笑，看來企業舞弊在澳洲並不盛行。

禮堂裡面有四百多個舒適的黑色座椅，出席人數卻不到一百人。正前方的桌子大到可以坐很多人，比一般股東會上常見的大得多。所有董事一起進入會場，他們入場時的背景音樂是雷鬼天王巴布馬利（Bob Marley）的〈出埃及記〉❷，感覺眞的很奇怪。接著董事面對所有股東坐下，和美國保齡球運動公司的方式一樣。

董事長艾德・特維德博士（Ed Tweddell）氣色紅潤，聽得出來是個澳洲人。他開始介紹跟他一起出席的與會人士，包括幾位角逐董事席位的候選人。我出席過很多股東會，介紹完董事提名人後，他們通常會起立向股東點頭。

但是，這裡可不一樣！

特維德說：「各位可不可以向大家自我介紹一下？」結果大家都非常配合地起立自我介紹，並發表競選演說，即使他們並沒有競爭對手。我覺得這個做法其實很棒，讓董事會和公司更有人性的感覺，不再是個遙不可及的組織。其中一位候選人介紹自己是「自己出資的退休族」，他還是澳洲葡萄酒商協會的主席。愛品酒的我不禁想：這一定是份好工作。另一位提名人是位年近四十歲的美國人，他語帶暗示地開玩笑說：「我有四個孩子，可見我不是安全衛生公司某項產品的愛用者。」博得全場大笑。他的名字是麥克・麥坎諾（Michael McConnell），他是三葉草資金公司（洛伊・迪士尼的金融管理

❷巴布馬利為牙買加雷鬼音樂之父，〈出埃及記〉歌詞內容探討牙買加同胞應何去何從。

公司）的代表。會後，我和他聊了兩句，他告訴我並不是所有澳洲企業的股東會都會請董事們自我介紹，這點子是他建議的。

競選演說不是唯一令人大開眼界的事。特維德說，幾年前安全衛生公司（當時叫做太平洋鄧祿普〔Pacific Dunlop〕）經營陷入危機，所幸已退休的執行長哈利・布恩（Harry Boon）力挽狂瀾，才讓公司步上正軌。布恩看出公司的「營運潛力」，於是決定完全退出輪胎產業，並於二〇〇二年以旗下一家子公司的名稱做爲公司的新名稱，就是安全衛生公司，以符合新的營運方向。「我們眞的花了很大的心血才讓公司的營運上軌道，並重新開始配發股利，」特維德說著。

幾分鐘後，他準確地說明股東可以在年報的哪一頁找到布恩和接班人道格・特夫的薪資資訊。這些通常是美國企業會盡力隱匿的資訊，但是在南半球，企業卻對股東完全坦誠。

有趣的是，布恩以前在美國紐澤西州紅河堤市的辦公室工作——離總公司有半個地球遠，現在特夫也在同一個地方辦公。而且整場股東會下來，我聽到的金額竟都是「美元」，而不是「澳幣」。

早上的主題幾乎都圍繞在兩個提案：現在澳洲企業非常風行的股份購回計畫。這個概念是，當公司股價低時，公司會支付溢價給有興趣出售持股的股東，以提高公司的庫藏股、減少公司在外流通的股份，進而提高股價。只可惜，有時候公司雖然買回了股份，卻沒有把它變成庫藏股，而是做爲主管們的認股權，因而稀釋了原本應該提高的股價，沒有出售持股的股東獲利也跟著被稀釋。

安全衛生公司的股份購回計畫聽起來很吸引人，不過我喜歡這間公司，所以暫時不打算出售持股。沒想到後來特維德竟然開始高談「六個標準差」！好吧，是該賣股票的時候了。

進行董事和提案投票時，股東們必須舉起標示顏色的牌子。既然我是以觀察員身分出席，就算我舉起代表觀察員的紅牌也沒有用（不過沒關係，我在美國已經先把我的選票郵寄出來了）。公司很快地計算現場的票數，和事先收到的代理授權書選票後，馬上就公佈結果了。感覺好像不太可能這麼快，但事實就是如此，因爲只要有「明確多數」就算通過。

最後總結時，特維德告訴大家：「希望各位能留下來，和董事們一起喝杯早茶。」所以我留下來喝了茶，公司和股東之間的氣氛很融洽。只不過，喝早茶的大廳裡到處都是鋁製品和佈滿霧氣的玻璃，讓我覺得好像坐在冰箱裡面喝茶。等到我終於要離開時，才發現公司免費贈送給股東的乳膠手套和保險套快要被索取一空了！

拜會澳洲企業終結者

隔天早上我到了雪梨，一邊看報紙、一邊也尋找安全衛生公司的股東會報導。在出發來澳洲前，我就找到一個叫做Crikey的澳洲網站，實況報導各企業股東會的精彩內容並加註評論，看來澳洲人比美國人更注意企業的股東會。今天早上的報紙驗證了我的猜測。報上有好幾則有關股東會的報導，傑克·提伯恩（Jack Tilburn）這個名字也不斷出現。他是澳洲最有名的股東會擾亂者，他是住在雪梨北部的老人，並自封爲「企業終結者」，他的自傳就叫做《企業終結者》。

幾個月前我就聽一位澳洲朋友提過這個人了，在飛機上也讀完了他的自傳。顯然提伯恩和艾弗琳·戴維斯是同一類型的人，對任何事情都有很多意見、有很多話要說。提伯恩的自傳裡寫到，他從一九七〇年代就開始在股東會上鬧場：「我出席股東會都一定會發言。我見識過各種冷淡的態度、傲慢和鄙視股東的董事長。」他自稱，曾在股東會上大罵公司沒有準備點心給股東，並因爲他，澳洲企業取消了股東只有三到五分鐘發言時間的限制。他說，他的舉動是被蕭伯納的一句話所啓發：世界因不理性的人而進步❸。

出發前幾週，我就事先打過電話給提伯恩，他要我到了雪梨打通電話給他。所以，在我搭上橫越澳洲大陸的火車，享受計畫已久的旅程之前幾個小時打了通電話給提伯恩。電話裡他的聲音聽起來十分有活力，而且每句話都要講兩次：「嗨！嗨！……是，是……沒錯，沒錯！」我問他等我星期五回到雪梨時能不能碰個面聊一聊。他說：「那天我要去必和必拓（BHP Billiton）的股東會，你要不要一起來，你可以當我的來賓？」

我只知道這是家礦業公司、也是澳洲最大的公司之一，除此之外，我對這家公司一無所知。但是經過昨晚一整夜火車在藍山地區搖搖晃晃的行程之後，今天一早火車在一個完全被沙漠包圍、風沙瀰漫的城市暫停幾分鐘時，我又有機會多認識一點這家公司的歷史。火車是停在一個叫做布羅肯希爾（Broken Hill）的地方，而公司的名稱 B H 就是取自這個地名。

當探勘者於一八八三年發現這裡有銀礦時，一群投資人買下這個地區的所有土地。一八八五年初，他們發現了世界上最大的銀、鉛和鋅礦脈之一，這是一條長超過四英里的貴金屬礦脈。同年，他們成立了布羅肯希爾公司。到了一八九一年，布羅肯希爾地區的居民迅速攀升至兩萬人，至今人口仍維持這個數目左右。必和必拓從一開始就不是個理想的工作環境。除了數百人喪生於礦場意外，就連員工工作時所需的鏟子都必須向公司買。必和必拓於一九四〇年從當地撤出，當時公司仍在當地繼續開採。一名導遊告訴我，當地人至今仍無法原諒必和必拓。他說：「公司名稱用我們的地名、拿走我們的錢，然後一走了之。」他是這麼說的。

穿越澳洲大陸的火車之旅

接下來的兩天，火車穿越澳洲內陸坑坑巴巴的乾燥陸地，我看到袋鼠沿著鐵軌旁邊彈跳、老鷹在火車上頭盤旋。這趟火車之旅的一項特色是：在納拉伯平原（Nullarbor Plain，拉丁文，意指「沒有樹」）上，鐵軌有長達三百英里是完全筆直的。

出發前我告訴內人南茜，這段路程是世界上最長的筆直鐵軌時，她看著我好像我的腦袋有問題，然後說：「你眞的對這種東西有興趣？」我回答是。然後我又告訴她，我的旅程很複雜，兩個星期內要跨越南北半球、換七次飛機、還有三天的火車之旅。她只是簡單地說了一句：「你自己玩得開心點啊！」

我確實玩得很開心。當我抵達伯斯，跑去赫茲租車公司時，他們竟不假思索就租了一輛車給我。澳洲的駕駛方向和美國不一樣，方向盤在右邊、手排擋在左手邊。我和南茜去紐西蘭玩時，就曾經開過右駕車了。結果，當我要打方向燈時，啓動的卻是雨刷。除了左右有點混淆之外，我們的旅程算滿順利的。

伯斯的車輛比紐西蘭南島多。我忽然覺得自己像是被丟進湖裡強迫學游泳的小孩。所幸，之前的經驗派上了用場（但我還是不小心按錯幾次，啓動了雨刷），三小時後，我終於抵達了澳洲西南部人煙稀少的瑪格莉特河酒鄉。

❸英國文人蕭伯納曾說：「理性的人會去適應世界，不理性的人則堅持世界要去適應他。所以，世界因不理性的人而進步。」（譯注）

充滿汽油味、乾燥花味的民宿

在造訪了六個品評室（五個品酒、一個品橄欖油）後，我才到幾星期前在網路上預訂的民宿登記住房。我不常住在這類民宿，但這個時候我肯定需要洗一洗衣服，這個地方正好提供洗衣設備。等我進到房間卻發現裡頭瀰漫著一股非常可怕的乾燥花味道，我把所有衣服都放進洗衣機後，便趕緊出門去吃晚餐了。

一個半小時後，我拖著一肚子的印尼炒飯往民宿方向開回去。途中停下來加油時，發生一件小插曲，我才了解原來澳洲的加油槍和汽車的加油孔並不像美國那樣接合得很好。等我一開啓油槍，竟然淋得滿身都是汽油，汽油滲到我的牛仔褲、運動衫，就連頭髮都在滴油。便利商店裡的服務生衝了出來，呆站著看了一會兒，又馬上衝進店裡拿了一大堆粗糙得像砂紙般的紙巾出來幫我擦。這個服務生很好，從頭到尾都沒有嘲笑我。一路上，我身上散發出強烈的汽油味道，所有車窗都已經打開通風，還是感覺快要窒息了。我只好安慰自己，幸好我訂的是有洗衣機、乾衣機的民宿。

回到民宿時，洗衣間已經關了，門上掛著一個牌子說晚上不開放。我拿出洗衣機裡的衣服，心想應該可以晾在房間裡面吧。結果等我打開房門，全世界最濃的乾燥花香全部撲鼻而來。如果把衣服晾在房間裡，濕衣服一定會吸收這些花香，我可不想穿著香得發臭的衣服在澳洲到處跑，所以只好把衣服攤開來放在味道聞起來簡直就像是煉油廠的汽車後車箱裡，希望明天早上來收衣服時，不會發現小蜘蛛或什麼奇怪的澳洲生物爬滿我的衣服。然後，我又回到房間，穿著衣服跳進淋浴間洗澡，這樣應該可以洗掉衣服上的汽油味，而且把這幾件衣服晾在房間裡面，也可以讓乾燥花的味道掩蓋掉汽油味。半夜一道雷聲把我吵醒，身上和房裡還是有股汽油味，心裡不禁想，如果這時我人在戶外，而這道雷打在我附近，我一定完蛋了。

早上醒來第一件事，我用一件床單包著身體躡手躡腳地回到洗衣間烘衣服。一個多小時後，我終於著裝完畢又可以上路了，可惜的是，我最喜歡的運動衫已經救不回來了，只好丟在餐廳的垃圾桶裡。午餐時，我在一間很小、但是很美的克拉瓦普灣餐廳用餐。

這裡離美國非常遠，到處都有非常棒的釀酒廠、令人驚艷的花海和友善的居民。印度洋距離我只有幾英里遠。這裡的生活步調眞是再愜意不過了，所以我也開始放慢動作，沒想到動作太慢了，等我十萬火急趕到伯斯機場時，距離班機預定起飛的時間只剩下十五分鐘。以前經常四處奔波時，我都會故意把交通行程排得很緊湊，避免浪費時間。但是九一一事件後安檢變得非常嚴格，就不能再這麼做了。我原本以爲十五分鐘內一定搭不上飛機，幸好班機起飛時間延誤。只是等我抵達雪梨的飯店時，已經是午夜了。

長得像柯達底片盒的股東會場

幾個小時後鬧鐘響了，我穿上最稱頭、沒有汽油或乾燥花味道的衣服，搭上計程車前往達令港的雪梨會議與展覽中心，準備和傑克·提伯恩見面一起出席必和必拓的股東會。我們並沒有約好在哪個地方見面，他在電話中只說了一句：「你一定會認出我的。」

沒錯，我幾乎是一眼就認出他了。他自傳封面上的圖片雖然是一張誇張的漫畫，但是我在人群中看到的那個人長得就像自傳裡的漫畫人物一樣，他正站在大廳接受大家的致意。他是一位七十多歲、頭髮斑白的老人，兩個眼睛似乎忙著盯著不同的方向看，身穿綠色格子襯衫、打著一條紅色領帶，手上抱著一個破舊的資料夾，上面還寫著「企業終結者」。他向一位股東打招呼，對方熱誠地回答他：「今天看你的表現了，傑克！」我走上前自我介紹，提伯恩說：「是，是。很高興見到你，很高興見到你！」他好像每一句話都要說兩遍，我開始納悶我們的會面時間可能會因此延長一倍。

我從提伯恩的書裡便感覺到，必和必拓的股東會可能有點火爆：他在書裡寫著，一九九五年時，有一位抱怨公司對環境造成污染的股東竟然向董事長丟一條死魚。提伯恩帶著我到前排座位時，我實在很擔心後排如果又有人丟魚，恐怕會丟到我的身上。會場的舞台非常大，而且全部都是黃色、橘色和黑色，讓人不得不聯想到柯達的底片盒。

猛烈開砲的企業終結者

必和必拓的董事長唐·阿格斯（Don Argus）負責主持會議，他先提到公司對各營運所在地社區的正面貢獻，然後才承認，雖然公司有「零傷害」安全原則，但是去年一年卻有十七名員工死於工作意外。長得很像前加州州長葛瑞·戴維斯（Gray Davis）的總裁奇普·固特異（Chip Goodyear）說，公司製造的有害廢棄物比去年少一二%，但他鬱悶地說：「這些都不足以彌補這十七個消失的生命。」

固特異面無表情地坐下（看起來正在嚼著口香糖）。阿格斯接著花五分鐘簡報總裁的薪資報酬，而且，全部的資料都摘要在投影片裡，並投射在舞台後方的大螢幕上。我真的很佩服這些澳洲人，竟然這麼誠實解釋大人物的薪資。

提伯恩坐在我旁邊，邊喃喃自語、邊在資料夾上潦草地寫東西。其中有一點寫著「讓那些混蛋說實話！」等到了問答時間，他像活力四射的年輕人一躍而起，對著阿格斯開砲：「你剛才說了二十三分鐘、奇普說了十七分鐘，爲什麼我就沒有這麼多時間說話？」他抱怨必和必拓的股利「太低，簡直太卑劣了……不夠好！」而且股份購回計畫「太爛了」。接著他的聲音開始變成一陣咆哮，面紅耳赤、眼睛都快凸出來了，他堅稱：「我代表三十萬不在場的股東發言。股利應該要加倍才對。你有支付特殊股利嗎？根本沒有！」

提伯恩愈說火氣愈大，我很擔心他會突然著火自燃。等他說完，阿格斯只是客氣地回答：「我們知道你的心聲了。」下一個股東則想知道，公司是否會拿出誠意設法解決營運對河床造成傷害的問題。固特異的回答聽起來有點自滿，他說：「我們了解公司對全球環境的影響。如果我們言行不一致，消息馬上會流傳出去，大幅影響我們的各種業務機會。」他叨叨絮絮地說了一大堆，其實只是要說「市場會監督我們」。提伯恩壓低聲音、非常不滿地說：「鬼話連篇！」

會場還有其他擾亂者，但是跟認真的提伯恩比起來，大都只是做做樣子而已。接下來的兩個多小時，其他股東又問了幾十個問題、提出幾十項抱怨，大部分都是跟環保和安全有關的議題。

此時我已經餓了，提伯恩好像聽到了我的心聲，因爲他再度跳了起來，大罵這場股東會實在拖得太久了，老早就該散會讓大家去吃午飯了。不幸的是，他的怒吼卻一百八十度大轉彎，開始大談很多其他主題。他說：「安全、健康和環境委員會應該滾蛋！」正當他吼叫時，有些股東已經開始安靜地離開了。「委員會根本就沒有做好他們份內的工作，居然死了十七個人！我覺得當你們的股東眞是丟臉死了！」

「遇到這種事我們並不好過，傑克，」阿格斯的語氣聽起來像是鬆了一口氣，又帶有一些不屑。

議程上總共有十幾個項目需要股東投票，提伯恩幾乎對每一個項目都有話要說。每次發言之前，服務人員都得再次正式介紹他，幾次之後，就愈來愈覺得這是個愚蠢的規定。每一次表決時，提伯恩通常都是唯一反對公司建議的股東。

我愈坐愈不安，很擔心他是為了表演給我這個外地來的人看，才這麼花招百出。如果他真的是在作秀，那麼他的演技還真不錯。「太貪心了！」是他對某項提案不滿的回答。接著他又說：「簡直是沒完沒了。」我心想，這場會議彷彿真是沒完沒了。

異國風情的股東會

最後，會議終於結束。隔天晚上，我和一位在雪梨工作的金融界老朋友見面，並告訴他我和提伯恩一起出席股東會的事。他搖搖頭說，我看到的已經是澳洲企業股東會全貌了。他還說：「如果你想看比較有異國風情的股東會，我覺得印度應該是個不錯的選擇。」

我的腦海裡馬上浮現農村、大象和舞蛇人的景象，當然，這只是我對印度這個國家的刻板印象（印度最大的汽車公司塔塔汽車，曾經提供出席股東會的股東購車貸款折扣）。不過，我想出席非英語系國家的股東會，完全聽不懂他們說什麼，那才叫異國風情。只是，要找到英文無法通行的股東會似乎有點難。我持有一些匈牙利電話公司的股票（因為我有匈牙利血統，所以買他們的股票純粹是出於私人情感），我非常驚訝的發現，他們「理所當然」會在股東會上安排英語同步口譯服務。

當然，同步口譯服務的內容不盡然可靠。例如，有些提供英語口譯服務的日本企業就表示，如果股東對口譯內容存疑，則以日文為準。就算有疑慮，時間也不會太久，因為日本的股東會只有一個小時。日本約有三分之二的企業選擇在六月底的同一天、同一個時間舉辦股東會。這主要是因爲令人聞之喪膽的幫派團體「總會屋」❹，這個團體數十年來不斷威脅日本企業付封口費，否則就等著應付他們在股東會上提出各種令公司難堪的問題。選擇在同一個時間舉辦股東會，便能大幅降低企業被敲詐的機會，因爲總會屋不會有那麼多人手一一派駐每間公司。

選在同一天舉行股東會對持有許多股票的投資人而言可能不太方便，但至少日本企業眞的會舉行股東會。在中國，中國民生銀行曾在二〇〇〇年時假裝舉辦股東會，並宣稱股東投票贊成變更公司名稱。後來是公司一位董事向媒體揭露，股東會文件上他的簽名是僞造的，公司根本就沒有開股東會，醜聞才因此爆發出來。

這種事不大可能發生在香港，香港上市公司通常都會提供股東免費午餐，所以股東會議是相當受歡迎的活動。飢腸轆轆的股東專程趕來吃一頓免費午餐，並略過業務會議部分，是挺稀鬆平常的。毫無疑問，許多公司都很樂意這麼做。

在尼泊爾，股東對企業的要求更是嚴苛：尼泊爾投資人正積極要求企業補償他們出席股東會的交通費用。可惜美國投資人還不能投資尼泊爾公司，所以我短期內還沒辦法成爲當地企業的投資人吧。

如果補償投資人交通費用的做法能在全球各地蔚爲風潮就好了，因爲我的下一個目的地正好是全世界消費水準最高的城市之一：紐約市。

❹總會屋，日本的黑道組織，是經常敲詐企業的犯罪集團。

見聞摘要

安全衛生公司（澳洲）

教育性	C	合理的說明企業的經營狀況。
娛樂性	C	「競選演說」、雙關語。
贈品	B	保險套、手套、薄荷糖。
飲食	D	餅乾、咖啡。
觀點		出席外國企業在該國舉辦的股東會，和去別的國家的投票所有一個共同點：外國人都不能投票。這是因為投資人的「股份」通常只是一紙收據（即存託憑證），股票是由保管銀行所持有，保管銀行才有投票權。有時候，美國境外的企業甚至沒有義務通知外國股東有關股東會的資訊，當然更不需要邀請股東出席。不過，許多公司還是會這麼做。

第18站→→道瓊通訊社

爲自己發聲

背景說明：星期一到星期五早上我做的第一件事，就是閱讀《華爾街日報》，三十年來始終如一。至於週末，我最喜歡的活動就是閱讀最近一期《霸榮週刊》（*Barron's*）。不知怎麼的，我忽然想到現在愈來愈多人的退休生活必須依賴投資的獲利，所以這兩份權威財經刊物的出版商道瓊通訊社絕對不能出錯。二〇〇三年中，我在道瓊股價短暫下跌時買進了幾股。我很想說我買它的股票只是為了出席股東會，但那是騙人的。

有句話說，失去才懂得珍惜。在澳洲企業的股東會上，外國人「不能說話、也不能投票」的規定，讓我忽然想到自己從來沒有眞的好好行使過股東權益：以股東的身分告訴「我公司」的經理人，我如何看待他們的經營管理表現。

我不知道像艾弗琳．戴維斯或傑克．提伯恩這樣在股東會上踴躍發言是什麼感覺，所以，是時候爲自己說說話了。我打算告訴《華爾街日報》母公司道瓊通訊社的經理人，我對他們社論的看法。

只會照本宣科唸講稿的業務報告

道瓊二〇〇五年的股東會在曼哈頓南端的美國印第安博物館裡舉行。到了博物館，大廳裡擠滿一大群中學生，卻沒看到任何道瓊股東會的指標。一名警衛指引我走下一個燈光昏暗、被石牆包圍、只能通往地牢的螺旋樓梯。下了樓梯，我還是沒看到股東會的標誌，倒是找到了一張堆滿道瓊各式出版品的桌子——有美國、歐洲和亞洲版的《華爾街日報》，還有《鱈魚角時報》（*Cape Cod Times*）、《遠東經濟評論》，以及一疊由《華爾街日報》兩位普立茲獎得主所撰寫的專欄。桌子再過去就是一個禮堂，看起來像是用來招待剛才樓上那群小孩用的。

我遲到約五分鐘，負責檢查股東識別證的人已經離開了，所以我只好躡手躡腳地走進會場，找了個空座位坐下來。

公司董事長彼得·坎恩（Peter Kann）站在講台左邊的角落——一名身穿深色西裝、頭髮微禿的白人——正在單調地唸著一份講稿，並向股東表達歉意，因爲股價最近一年下跌了二五%。（照本宣科唸講稿其實是很危險的。有位朋友過去是這類股東會講稿的撰稿員，他告訴我一個故事：一位不太專心的公司經理人在唸稿時，連頁尾的「請翻頁」都一起大聲地唸了出來。）

坎恩站著的講台只用一張簡單的白紙寫著「道瓊公司」，他的旁邊坐著兩位經理人，我不知道他們是誰，因爲他們的名字是用筆寫在一張座位卡上，從前排很難看清楚。這種姓名卡讓我聯想到那種貼在電話亭上，不重要、匆忙寫下來的「車庫大拍賣」或「寵物協尋」廣告。當然，那不是專業人士用於專業場合的廣告。但是這些經理人可是在出版業，是靠這維生的，所以怎麼可以如此草率呢！

「競爭對手所受到的打擊更大，這讓我們稍感安慰，」坎恩繼續唸著。我已經分不清楚他唸的這一堆，到底是懷抱希望、或只是用來安慰股東的話。他說，道瓊「正努力開發新的收入來源，」還有「善用我們的品牌力量」、「正在進行一項爲期三年的計畫，爲客戶從現有的市場中獲得更多價值」。他表示，這些努力「都是爲了提高核心客戶與股東的價值」。

然後他總結公司過去一年來的主要發展。最大的消息是《華爾街日報》推出的週六版，內容提供更多「生活商務」故事，增加消費性產品廣告的潛在機會。期間，公司併購一家叫做市場觀察的線上金融資訊服務公司，坎恩認爲併購這家公司具有「策略性意義」。他還介紹公司兩位普立茲獎得主，一位是撰寫一系列文章介紹癌症病患如何面對打擊的艾美．馬可斯（Amy Marcus），另一位是撰寫電影影評的喬．摩根史坦（Joe Morganstern）。坎恩也趁這個機會誇讚公司說：「品質與誠信是本公司的基本價值」。接著他又說：「道瓊的報導公正客觀，我們只會透過社論專欄清楚、一致且充滿勇氣地表達我們的觀點。」關於這一點，我想其他人恐怕會有不同的看法。

令人一頭霧水的三項提案

前排有位女士咕噥地說了幾句，我雖然聽不到她說的話，不過她的目的顯然只是爲了吸引別人的目光而已。想也知道，那位女士是艾弗琳．戴維斯，最後，她的話終於蓋過坎恩的聲音。我不敢相信，原來她只是要抱怨拿到的麥克風水準不夠好。

「我們聽得到妳說的話，艾弗琳。」坎恩客氣地說。

艾弗琳回應：「我一年要出席四十場股東會，卻從來沒有發生過這種情形，實在太過份了！」

接下來的半個小時，她針對坎恩提出主題發表長篇大論，然後又花了三分鐘解釋她沒有什麼意見要說的。她反對一位與必治妥製藥公司有關係的董事提名人，因爲該公司處於一片「混亂」的局面。艾弗琳說，該公司有人「意圖竊取我對政治獻金的觀點」。她也反對股票選擇權。有次她確實說了這樣的話：「我要把你們的注意力轉移到一些與股東會無關的事情上。」接著是一連串我聽不太懂的開罵，至少從我的座位聽不太清楚她罵了些什麼。

這場股東會不只艾弗琳說的話令人搞不懂，議程裡的三項提案也令人一頭霧水，全都是關於持有道瓊大半股份的班克勞夫家族。其中一項提案是允許班克勞夫在出售許多股份後，還能保有表決的控制權。其他兩項提案則是要將董事成員固定在十六人，並將公司經理、或班克勞夫家族成員擔任董事的人數限制在八人以下。

馬克．波爾（Mark Boyar）的投資公司持有道瓊價值近六百萬美元的股份，他花很長的時間試圖說服大家應該將道瓊賣給其他公司。他宣佈他要讀一篇他撰寫、最近曾刊載於《華爾街日報》上的文章，並向大家保證：「我會唸快一點，不會像艾弗琳花那麼多時間。」

坎恩趕緊趁機說：「謝謝，請不要鼓勵她。」

波爾唸的內容了無新意。他說公司的表現「簡直是場災難」，又說「我們不懂班克勞夫家族和董事會，這麼多年來怎麼能不斷忍受管理階層的無能。」坎恩的回應則是再次爲股價暴跌向大家道歉，並將公司的某些錯誤指向前任董事長。

議程中的最後一項提案恐怕是坎恩最不喜歡的，因爲這提案要求他辭去董事長或執行長其中一項職務。一位在公司服務二十四年的員工維吉爾．哈蘭德代表「出版業員工獨立協會」發言，這個工會近二十五年來一直代表道瓊的員工。他以清晰、堅定的聲音說：「我剛開始來上班時，公司是以品質至上爲榮。但近年來，公司爲了降低成本，員工被迫必須工作更久、更辛苦。我很擔心這會影響我們報導的品質。」

《華爾街日報》記者吉姆．布朗寧也表達了相同的看法：「我在一年前的股東會上談過合約爭議的問題（記者不願意在報導上署名），可惜情況還是沒有改善。員工非常訝異公司取消了很多措施，保險和醫療福利都不見了。新聞室的同仁士氣都很低，週六版推出後，許多記者已經準備好，不惜爲了爭取更好的工作條件而和公司對抗。我非常擔心公司會和最寶貴的人員資產之間產生摩擦。」

聽到這裡，艾弗琳忍不住又要高談闊論一番：「我看過很多公司都有這類提案。許多公司的董事長和總裁是同一個人。我們也許看法不同，但董事長兼總裁沒那麼糟糕，有些公司讓董事長兼總裁的提案，甚至是我親自提出的。」我只能猜想，如果今天這個提案是她提出來的，那她應該會投贊成票。

第一次在股東會上發言

我還來不及思考她的話，她已經開始發動下一波攻勢了。她責怪「道瓊」污衊了她的名聲，因爲公司刊載一名和她同樣姓戴維斯的女記者的文章。她生氣地怒吼：「我們兩個人沒有關係！實在太過份了！」

坎恩試著安撫她，並說他看過這十二個月以來道瓊新聞社的報導，而且「有十四篇關於妳的報導，我還以爲妳今年會對我們公司很滿意。」艾弗琳還是講個不停：「爲什麼你們要報導機構投資人？

怎麼不報導像我這樣的贏家？爲什麼要報導那些輸家？他們的提案全都失敗了。機構投資人都是廢物，沒有新聞價值。」

照目前的情況看起來，我是沒什麼機會插話。等到坎恩終於注意到我、並請我發言時，我決定，如果艾弗琳再插嘴，我一定要讓她閉嘴。

我開始緊張地說著：「我覺得《霸榮週刊》是最好的出版品，我也覺得《日報》的報導水準非常高。所以，我很不滿社論專欄竟然被副總統錢尼直接操控。」

沒想到會議室裡的人忽然笑了出來，而且我有點訝異他們都滿同意我的話，當然，台上的經理人們除外。我最後一句話說的是：「各位要了解一點，並非所有《日報》的讀者都會隨著年紀增長而變成保守派的共和黨份子。」

這句話竟然獲得台下一片好評和掌聲！坎恩可沒有鼓掌，他坦承：「我就是你口中那種年紀漸長的保守派共和黨份子。」然後，他問大家有沒有其他意見，便結束會議。艾弗琳把握最後的機會吐出了幾個字：「我沒意見！」

後來，一位脖子上掛著識別證的人（我猜是《日報》記者）告訴我，他很喜歡我提出來的意見，然後轉身消失在人群中。

我帶著愉快的心情離開，很高興能表達出自己的看法，而且是在股東會這種場合上。時間剛剛好，因爲我正要飛往倫敦參加另一場股東會。我在那裡發現了一件事，那就是不管你越過哪一個海洋，股東憑證在別的大陸和自己的國家一樣，都沒有太大的意義。

見聞摘要 **道瓊通訊社**

教育性 C 公司概觀，令人一頭霧水的提案。

娛樂性 C 直言不諱的股東提高可看性。

贈品 C 《華爾街日報》、《巴倫週刊》等。

飲食 C 酥皮點心、咖啡、柳橙汁、汽水。

觀點 如果你是一家小公司的大老闆，如果你對員工做事的方法不滿意，你可以選擇要不要告訴他。就算你只是一家大公司的小股東，這個原則當然也適用。

第19站→→洲際酒店集團

分家非難事

背景說明：一位好友的兒子說，旅館的名稱通常和它的特質正好反比。例如，如果有一家旅館叫做「好眠旅館」，這家旅館的床罩裡面通常會有蟲咬得你睡不著覺。但是，我總是將「假日飯店」與快樂的假期聯想在一起，因為我小時候常全家到佛羅里達州過復活節、感恩節或聖誕節。九一一以後，開車旅行的機會比搭飛機增加了，我想假日飯店的生意可能也會因此更好，所以就買了該飯店母公司——英國的洲際酒店集團（Intercontinental Hotels Group）的股票。購買當時公司還叫做六洲飯店集團。（再之前則叫做貝斯，原本是釀酒廠的控股公司。）

我知道我的想法很不合邏輯，但是我一直有一種感覺，如果我每個「X十歲」的生日都在歐洲度過，老化的速度可能會慢一點。二〇〇五年，就在我快屆滿某個「X十歲」生日的前幾個月，洲際酒店集團剛好要舉辦股東會，這給了我一個到歐洲去過生日的藉口。

以研究做為藉口（但是當時美元兌英磅的匯率很低，我們還得小心不要因此破產），內人南茜和我就選擇在英國的假日飯店度過一整週的時光。最近我在美國旅行時還滿常住在假日飯店，對這家飯店也印象深刻。但到了英國，卻完全不是這麼回事。光是規劃倫敦的住宿預算就已經很令人洩氣了，位於倫敦上流住宅區的假日飯店竟然提供凹陷的床墊，就連吹風機都還是連接到抽屜裡的那種。

再度當一個啞巴股東

集團的股東會是在西敏寺正對面充滿未來感的會議中心舉辦。可惜的是，我對他們飯店許多做法雖然有意見，卻無法在股東會上提出異議。因爲我持有的是美國存託憑證，實際持有股票的是紐約銀行，也就是說，我只能看、只能聽，卻不能說話、也不能投票。報到時，我又收到一張大紅色的「來賓證」。

在等待股東會開始時，我和一位退休的英國紳士喬治·哈靈頓聊了幾句。他說，他每年都會出席十幾場股東會，看看每家公司的董事長是如何。他告訴我：「如果他對公司的各種狀況都很清楚，或就算他自己不清楚，他也知道手下的哪位經理人負責該項業務，並請他爲大家報告，我就會非常欣賞他。但是如果他毫無頭緒，那麻煩可就大了。」他還說，他很欣賞一位英國旅館和餐廳集團惠布瑞特（Whitbread）的董事長，他在股東會上會盡可能和每一位出席的股東握手。我告訴他，杜邦的查德·荷利德也會做一樣的事。

哈靈頓對洲際酒店有點不滿，因爲飯店資訊台所提供的工商名錄只涵蓋北美地區，而且光是如此，厚度竟然可以跟電話簿相比。

股東會的資料也很厚，因爲今天的股東會是一場三合一的會議：一場普通的業務會議以及兩場爲了完成公司複雜重整程序的集會。實際上，第一場會議討論的是現有公司，第二場會議討論的是結束現有公司的經營，第三場會議則是討論成立一間新公司，但仍使用原公司的舊名稱，三場會議中間完全沒有休息時間。

董事長大衛．韋伯斯特（David Webster）和九位集團經理人一起站在台上，他們身上穿的鐵灰色西裝和黃、藍色的背景形成強烈對比。他站在台上，望著上千張折疊椅，其中只有一半坐著出席的股東。濃眉搭配粗框眼鏡的韋伯斯特長得有點像巴菲特，他知道股東很難理解公司的重整過程，因爲這已經是集團三年內的第二次重整了。所以他馬上就說：「公司的重整過程免不了有一點複雜，我在此向各位道歉，我希望我們可以簡化重整作業，讓各位更容易了解、也讓公司更容易上手。」

他解釋，當洲際酒店集團脫離六洲集團時，董事會就開始逐一審視公司遍佈全球的飯店業務。董事會得到的結論是，公司的強項在於管理資產，而不是建築或擁有資產。「所以我們決定不再挹注大量金錢大興土木，而專注經營我們最擅長的工作：管理飯店，」韋伯斯特說。爲此，公司出售了上百筆資產，因而有了較寬裕的現金可以進行重整。出售資產獲得的資金，部分是以特殊股利的方式發放給股東，部分則是用於購回股份。

爲了避免稍後被股東再度問到一年前提過的問題，韋伯斯特主動說明公司爲什麼無法提供出席股東會的股東住宿折扣。他說，公司只能提供自營飯店的住宿折扣，但自營飯店目前並不多。另外，還有公平性問題：如果提供出席股東會的股東住宿折扣，成本是由所有股東吸收，這對沒有出席的股東並不公平。

千篇一律的企業用語令人昏昏欲睡

最後，他提到公司新執行長剛上任。他讚美前執行長李察・諾爾斯（Richard North）是「一時之選」，但是面對新環境，公司需要新的技能。當他說董事會想要找「有品牌經驗的人選」時，我忽然想到洛伊・迪士尼對品牌的見解，不禁打了個寒顫。接任的執行長安迪・科斯列（Andy Cosslett）原來是吉百利史威士食品（Cadbury Schweppes）的總裁，韋伯斯特說：「我很高興請科斯列來向大家報告。」

科斯列年約五十歲，頭髮逐漸稀疏，一上台就先解說他在四個月前剛接手公司時，對公司的「初步印象」。我一點也不驚訝他會用一些股東會上常常聽到的辭彙——「專注的組織、管理深度、備受尊崇的品牌組合和健全的股東關係」。不只是我，台上其他的董事似乎對這些千篇一律的企業用語也沒有太大的興趣，沒有人在聽他說話。我四下張望，發現有好幾個股東已經進入夢鄉了。

等科斯列說完，股東們（除了我以外）紛紛舉起報到時拿到的黃色投票卡，試圖吸引韋伯斯特的注意。董事長回答了幾位股東的問題，然後說：「另外我想向去年被我無禮打斷談話的股東致歉，我保證今年不會再發生這樣的事了。」

他是指去年一位坐在前排、身材圓胖的印度裔股東，他在問答時說：「我有五個問題。」台下所有人幾乎異口同聲地大喊：「不行！只能問一個問題！」但對方無視於其他人的抗議，還是堅持問完所有問題。韋伯斯特最後只好說：「先生，這是您的最後一個問題。」

問過四個問題後，那位鬧場的股東將砲火轉向韋伯斯特的薪酬——將近七十萬美元。群眾又再度鼓噪起來，我想這大概是某種英式發音用來給別人喝倒采的話，每個人都在喊「這兒！這兒！」坐在我前面幾排一位年長、身體不停顫抖、衣著不搭調的老人起身大喊了好幾次：「這人是植物嗎？」一位董事解釋，韋伯斯特的工作愈來愈辛苦（從股東會的狀況看起來倒是眞的），公司的薪酬委員會認爲支付給他的薪資是合理的。接著韋伯斯特轉過頭看著那位鬧場的股東，以難以掩藏的微笑對他說：「謝謝，希望明年還能再看到您！」

舉牌投票是股東會上的一場表演秀

接下來，一位高大、聲如洪鐘的禿頭男子站了起來，手上拿著公司的年報大聲說：「我是學科學的，對我而言，會計實在是世界上最難懂的東西。請問第十五頁上的『負商譽』是什麼東西？」韋伯斯特的回答引來全場大笑：「負商譽就是正商譽的反義詞，」然後才說：「我了解您的感受，這些是專業性文件，如果要以大家都看得懂的話來解釋，恐怕會佔掉不少空間，所以我們才會採用標準會計用語。」

他心情輕鬆地繼續回答了幾個問題，然後就請大家投票選舉董事。投票過程和澳洲的股東會很像。韋伯斯特會針對每一項議題要求贊成的股東舉黃牌，再請反對的股東舉黃牌。雖然會議室裡只有幾百個人，韋伯斯特背後的螢幕幾乎同步顯示的票數總計卻有數百萬。（之後我和公司一位秘書處職員李察・溫特談過，他說舉牌投票其實是「股東會上的表演」。大多數的選票都已經事先透過網路或郵件送達公司，但是結果卻要等到出席股東會的股東們有機會「與董事們直接交流」之後才會公佈。有趣的是，不論股東持有多少股份，每一張黃牌只代表一票。如果舉牌的結果和股東會前所收到的選票結果不同，則以事先收到的票選結果爲主，不過這種情形不太可能發生。）

投票結束後，韋伯斯特宣佈年度業務會議結束了，然後拿出一本黃色線圈記事本說：「接下來進行特別股東會。」這種特別股東會稱為「法庭會議」〔Court Meeting〕，因為英格蘭和威爾斯的高等法院規定，公司在這種情形下必須召開特別股東會議。

韋伯斯特解釋目前的計畫（在英國稱為「謀劃」（scheme），這一詞在美國人耳朵裡聽起來倒像是陰謀似的）是要由「新洲際飯店集團」以現金約十億英鎊（約十八億美元）的價格，買下現有公司「洲際飯店集團」，然後「新洲際飯店集團」再立即更名為原公司名稱。為什麼要這麼做呢？他解釋：「很可惜地，退還資本給股東的機制遠比支付特殊股利（如去年）還複雜，所以我們才會成立一家新公司「新洲際飯店集團」。基本上，新洲際飯店集團會買下舊洲際飯店集團，以結合彼此的股份和現金，現金部分則是返還給股東的金額。新洲際飯店集團股票的市值應該大略等於現有股票的市值，這只是結構上的變化。」他說的這些實在很難理解。他指著一大疊法律文件再度向股東們道歉：「我知道要看完這份文件眞的很不容易，我知道內容很容易令人卻步。」

當他請股東們投票表決時，正反意見的黃牌紛紛舉起，最後，提案順利通過。

韋伯斯特繼續主持第三場會議：臨時股東大會，我想這場會議的目的是要決定是否執行剛才股東通過的提案。投票前，坐在我身後一位身材嬌小的老婦人舉手發言，她抗議說，如果在公司近期的幾次重整過程中一直保有股份，那麼，要精確計算出售持股的資本利得的稅金，恐怕工程相當浩大。韋伯斯特回答：「我會在公司網站上放一個計算機。」那位老婦人不滿地說：「我沒有電腦啊！」

會議結束後有一場很棒的茶會，提供酥皮點心和切成四份的起士配醃黃瓜三明治。在會場裡打瞌睡的那些股東現在都醒了，正精神奕奕地端著盤子享用點心。「他們都是單身漢，」剛才那位沒有電腦的老太太向我解釋，她的名字是安・康伯，年過八十的她住在倫敦北部，現在是靠過世丈夫多年前購買的股票配息度過晚年。安是和住在倫敦西南部的朋友莫拉・奈特一起出席股東會。安告訴我，她們兩人是幾年前在一場股東會上認識的，從此每年春天都會一起出席十幾場股東會。

股東會是女性股東社交的最佳場所

股東會是她們社交和聊天的場所。安告訴我：「英國馬莎連鎖百貨公司的股東會上，有一個女人站起來發言，說她在他們的百貨公司上買不到合她尺寸的內衣，這件事還被報紙報導出來！」

奈特說，餐飲也是股東會吸引女性股東的原因：「馬莎百貨公司會爲股東準備午餐盒，英國石油公司也是。」她們最喜歡聯合利華的股東會，因爲她們都喜歡子公司 Ben & Jerry 的冰品。「我們一定會去盡情享用免費的冰淇淋。」她邊說邊笑。（過去 Ben & Jerry 還是獨立公司的時候，創辦人班・科漢〔Ben Cohen〕總喜歡邊唱歌邊主持股東會。股東會結束時，員工還會群起附和他，唱著改編自史摩基・羅賓森〔Smokey Robinson〕的音樂，歌詞變成了：我附議。）

女士們也喜歡福袋和免費贈品。「上星期某一天，我們早上出席得利塗料公司（ICI），下午出席葛蘭素史克藥廠的股東會，」康伯說：「藥廠很小氣，他們只提供一杯茶。得利塗料提供籬笆塗料，剛好我的籬笆需要粉刷，所以我就拿了一大堆。」

一想到這個活力充沛的八旬老婦，滿手抱著一罐罐油漆的模樣，我就覺得有趣。我個人認爲，股東會一定要提供贈品給股東。我自己的戰利品有牙膏、義大利麵、相框、可以用很多年的非乳製品冷凍點心折價券，還有多到我這輩子大概再也不用買的筆和筆記本。（最近被美國最大的殯葬業者國際殯葬服務集團併購的殯葬業者艾爾德伍茲集團〔Alderwoods Group〕藉由分贈股東棺木形巧克力來表達對併購案的不滿。）

至於股東會上贈送福袋和免費贈品給出席的股東，究竟對沒有出席的股東是否公平？我個人並不這麼覺得。贈品的金額倒還是其次。如果贈送一些廉價的小東西，能夠吸引更多人前來和公司的管理階層面對面，那麼就可能更完善地服務所有股東。

見聞摘要 洲際酒店集團

教育性 C 公司不斷重整，說明卻不清不楚。

娛樂性 B 有趣的英式鼓噪氣氛：「這兒！這兒！」

贈品 F 沒有（只有美國地區的工商名錄）。

飲食 B 會後早午餐提供酥皮餅、三明治等。

觀點 只有正在合併或進行大幅重組的時候，企業才會舉辦特別股東會（美國以外的英語系國家稱為「臨時股東大會」）。

第20站→花旗集團

退休董事長的表揚大會

背景說明：我持有花旗銀行信用卡很多年了，卡片上印有我的照片，這是防止盜刷的好方法。花旗會定期寄給我新卡，但用的還是那張舊照片，所以信用卡上的照片看起來比我本人年輕。幾年之後，花旗開始不斷地寄給我廣告信，內容是有關如何「保護」我的信用。但是，每一次寄來的信封上卻總是標明著「內附支票」，只要兌現支票即可開始使用這項服務。我已經打了幾次電話給客服人員，請他們不要再寄給我這個東西了，但我的信箱還是不斷地出現這類垃圾郵件。在忍無可忍的情況下，我寄了下列這封信給當時花旗銀行的執行長：

我今天收到了貴銀行「信用保護服務」（Citibank Credit Protector）的廣告信，信封上面還寫著「內附支票」。這封信擺明了是在引誘別人來盜用我的身分，而且我曾經多次通知貴銀行不要再寄這封郵件來給我了，卻完全不受到重視。於是我只好出此下策：寄上這個信封上清楚寫著「內附性病檢測報告」的信給你。因為貴公司並未提供您完整的地址，我只好寄到我所能找到花旗銀行的收發室，也就是說，在你收到這封信之前，將會有不少人看到這個信封。也許你在收到信後，就能了解隱私被攤在陽光下會有什麼感受。

我用紅筆在信封上寫上「內附性病檢測報告」幾個大字，然後寄出去。結果呢？我從此再也沒有收到這類惹人厭的廣告信了。但是幾年之後，當我決定買進花旗的股票時，他們的隱私權原則還是滿令人擔心的，不過花旗的股利很吸引人，而且我也想參加花旗的股東會，看看他們的股東提案會是什麼情形，所以還是決定出手。

一般人如何才能進入音樂聖殿「卡內基音樂廳」呢？你可以不斷練習，成爲一位偉大的音樂家。你也可以買幾張花旗的股票，等著出席該公司一年一度在卡內基音樂廳舉辦的股東會。

我就是選擇後者。於是，我在二〇〇六年四月的某個早晨，哆嗦地在曼哈頓的人行道上排隊，等著進入卡內基音樂廳。隊伍前進的速度跟冰河移動一樣緩慢，因爲花旗集團董事長山帝．威爾（Sandy Weill）主持完今天的會議後將宣告退休，所以出席的一千名股東都得通過重重的安全檢查。我還在人行道上等待，路上一名行人經過時問我這是怎麼一回事。我回答：「是花旗集團的會議。」他挑了挑眉，說：「業務會議，一定很無聊。」我又回答：「實際上，這是場股東會，應該滿有趣的吧。」他眼睛爲之一亮說：「這還差不多！」

我的心裡也是這麼希望，好不容易進入卡內基音樂廳，我可不希望等到的是一場無趣的表演。

卡內基音樂廳裡的花旗股東會

爲什麼花旗的股東會要選在卡內基音樂廳舉辦？因爲花旗集團董事長威爾也是卡內基音樂廳理事會的主席，而且他本人是音樂廳的主要捐助人。所以，這棟建築才有些地方是以花旗和威爾的名字命名的，例如，花旗咖啡館，以及瓊與山佛威爾獨奏廳（Joan and Sanford I. Weill Recital Hall）。

今天的會議是在艾薩克史登禮堂舉行，這是卡內基音樂廳三個舞台裡最大的一間，豪華的程度不輸杜邦劇院。一樓共有一千個座位，而且全都是紅色的絨布豪華座椅。往上還有四層包廂樓層，合計一千八百個座位，要爬一百零五級階梯才能到最上面一層。天花板上共有一百二十八盞燈，以同心圓的方式擺放，距離地面超過八百英尺。我不禁好奇他們要如何換掉壞掉的燈泡（後來我才知道，原來天花板上有狹窄的天橋可供行走）。舞台看起來很像貴族小學的禮堂舞台，所以，我一直忍不住覺得會有一群可愛的小學生穿著各種水果服裝，從兩側門後鑽出來表演唱歌或話劇。

舞台上放著一張小桌子，桌上擺了兩張座位卡，上面的字清楚到就算站在會議廳的中間也可以看得很清楚。其中一張卡上寫的是「山佛．威爾」——就是大家口中的山帝，另一張卡則是他的接班人查爾斯．普林斯（Charles Prince），今天股東會結束後，他將成爲花旗新的董事長。講台的正面還貼了一張字跡小且不清楚的牌子，上頭印著公司的標誌。我在觀眾席中間找了個位子坐下來。

我忽然想到，花旗的股東會是我所參加過的公司股東會中，第一個以一個字母做爲股票交易代號的公司（上市公司使用股票交易代號以方便交易，而花旗集團的代號就是C）。全美總共有十五家公司使用單一字母做爲代號，例如，福特（Ford）使用的是F、家樂氏（Kellogg）是K、美國電報電話公司（AT&T）是T，美國鋼鐵公司（U.S. Steel）則是X。這個字母代號，就等於是這家公司的地址。剩下來還沒有使用的字母，還有G、H、I、J、M、P、U、W和Z。多年以來，我一直開玩笑說要開設一間公司，名稱就叫做「嚴重管理不善企業」（Grossmismanagement Enterprises）。我還沒想到公司要經營什麼事業，不過，倒是想好了交易代號要使用哪一個字母做代號了：G。

我身旁有兩位老婦人坐了下來，我和其中一位閒聊了幾句，問她是否曾在卡內基音樂廳出席過股東會。她回答：「當然，花旗集團幾年來都是在這裡舉辦股東會。」（不過並不是從一開始，因爲花旗是在一八一二年成立的，而卡內基音樂廳則是在一八九〇年才建造的。）

我接著說：「這個地點眞不錯。」我是發自內心這麼覺得。她則是回答：「對啊，這個場地的音質的確不同凡響。」我們都一致認爲，這麼高級的音樂廳拿來辦股東會實在有點浪費。這時，普林斯緩慢走上舞台，有點還沒進入狀況的樣子。他走向麥克風，然後宣佈：「各位股東，歡迎出席山帝・威爾主持的最後一場股東會。」這大概是給威爾支持者的暗示，因爲此時會場裡很多人開始歡呼了起來。

我開始擔心，這場股東會該不會像是我曾經參加過的某一場股東會吧？二〇〇四年十月，我出席紐約羅徹斯特市沛濟公司（Paychex）的股東會時，當時的執行長、董事長暨總裁湯姆・葛利山諾（Tom Golisano）正準備離職，六十三歲的他剛再婚五週，希望多花點時間待在比較溫暖的地方。葛利山諾在如雷的掌聲中步上台，告訴大家：「才華洋溢的喜劇皇后貝蒂米勒昨晚才在這裡辦過演唱會！」彷彿把自己也當成了大明星。當天發言的每位員工都大力讚揚即將退休的葛利山諾，股東發問的問題也都輕輕帶過。

威爾面帶微笑上台看著在場每個人，足足過了三十秒才開始說話。他的個頭不大，但是在介紹普林斯和公司董事時，聲音卻相當洪亮。比較知名的幾位董事包括柯林頓執政時期的財政部長羅伯・魯賓（Robert Rubin），及時代華納集團的董事長暨執行長迪克・帕爾森（Dick Parsons）。威爾每介紹一個人，台下就給予持久的掌聲。照這樣的情況來看，我擔心這場股東會恐怕要開很久。

股東會的議程列出了七項股東提案。我所參加過的股東會中，只有沃爾瑪和花旗一樣有這麼多股東提案。花旗也和沃爾瑪一樣，公司太大、知名度太高，成爲許多股東發洩的目標。

今年的股東——或至少提案背後那些激進團體與機構——看起來似乎頗焦慮。不過，根據法人股東服務投資公司的資料顯示，股東提案的數目從二〇〇三年起一直維持穩定，每年約在一千至一千一百件之間，而有機會進入表決程序的只有半數多一點。今年的股東提案中，有超過一百二十件是要求董事必須獲得絕大多數的贊成票才能當選。這樣的想法愈來愈受到重視（雖然幾年前，在由全美大型企業執行長所組成的商業圓桌會議上，各企業堅持，如果改變董事票選程序，不僅會令股東困惑、費用提高，而且可能選出資格不符的董事）。有些企業對股東投票的結果不會提出異議。還有些公司，例如，艾克森石油和通用汽車則是完全接受、且尊重股東的投票結果。今年提出的股東提案還包括政治獻金、勞動標準，以及全球暖化的議題。有些公司二〇〇六年的股東提案甚至多達十幾項，以道氏化學公司爲例，股東會上就有多達十五項提案。

第一項議程就踢到鐵板

今天早上的議程很緊湊，也難怪威爾急著趕完行程。不過，他一開始就遇到麻煩了，當他問大家對今天第一項議程（重選公司的十六位董事）有沒有什麼意見時，麥克風前開始大排長龍。

一位留著小鬍子的股東顯然跟威爾有些過節，他激動地說，花旗集團的董事中，有太多人身兼其他公司的董事，根本沒辦法專心、有效地參與公司事務。他認為他們不應該身兼超過兩家以上的董事職務。接著他轉過身面對股東，然後問：「在座不是花旗員工的人，請舉手。」會場中大約有七、八百人舉起了手。我不懂他問這個問題的用意為何，但是他轉向威爾得意地說：「你覺得如何？」

顯然威爾也聽不懂他提出的問題，威爾說：「你是在問我，這些人應不應該到花旗集團來工作嗎？」

留著小鬍子的股東似乎不太滿意威爾的回答說：「我倒想進入花旗集團工作，賺走你的錢！」

威爾極力捍衛公司的董事會。他指出，公司的董事都是上上之選，曾經投資公司股票的股東們也賺了不少錢。最後他說：「我鼓勵各位繼續持有公司的股票。」

這句話再次激怒了那位小鬍子股東，他又說：「可是公司股價近年來的表現實在不怎麼樣。」接著他開始唸出一長串的日期，長達好幾年股價根本沒什麼變動。

威爾若有所思地回答他：「你忘了一個最重要的日期：二〇〇七年三月十三日。」

生氣的股東問：「那個時候會發生什麼事？」

威爾賣關子的說：「等著瞧吧。」我猜，威爾大概掌握了什麼內線消息，知道一年後花旗的股價會大漲或大跌。但可能性應該不大，我想他大概只是隨便拋出一句話以轉移那位股東的注意力。接下來他轉向講台的另一邊，示意站在麥克風前的一位女士發言。

她是代表各種投資花旗的退休基金的股東提案發言人之一。今天出席的退休基金代表看起來似乎都不是很友善，大部分甚至非常嚴厲，但是，他們幾乎都沒有好好規畫今天的提案過程。

指責聲浪一波接著一波，但威爾卻是兵來將擋，全都用相同的理由搪塞——丟出一大串最好的形容詞來形容花旗的員工與措施是無人能出其右的。

有一名提案人說到，花旗在阿根廷的員工協助當地的人將錢匯出國，卻完全沒有繳稅，威爾只說：「我們銀行的洗錢防制措施是業界最好的。」

還有一位近乎歇斯底里、似乎不會使用短句來表達的發言人滔滔不絕地說到花旗透過海外公司提供安隆貸款，他認為董事之一的魯賓那時應該阻止這種事情發生。威爾說：「魯賓大概是美國有史以來最好的財政部長。花旗非常幸運邀請他擔任董事……」接著他談到安隆及進行中的訴訟案。然後他說：「我有點慶幸我就要退休了！」這句話引起現場部分股東同情的笑聲。

另一位熱情的年輕女士工會代表又把話題繞回到花旗董事身兼太多其他董事職位這項議題。她表示，有些人甚至擔任高達十三、十四家組織，其中還有一人擔任十九家組織的董事。威爾反駁她的話，並表示她所提及的組織很多是非營利組織（我不禁想：非營利組織難道就不必費時、費心管理嗎？我認為這個理由不成立）。他接著說，花旗不會制訂原則或方針限制董事從事其他活動，他堅持：「董事們可以把服務其他董事會的經驗帶回來，這對花旗也有幫助。」

客服問題請到會議廳後方

就在此時，在音質絕佳的卡內基音樂廳裡，我的手機響了起來，而且音樂是非常幼稚的兒童聖誕歌曲。所幸，我的手機放在公事包裡，因此當我偷溜出會議廳接電話時，手機鈴聲一路上都被公事包給掩蓋住了，聲音並不大。而且，在我之前已經有幾支手機響過了，所以至少我不是唯一一個在「請關閉行動電話」的提醒後，仍放任手機鈴聲大作的人。（不過，今天花旗在開始前，並沒有先提醒股東關閉行動電話。）

等我再回來的時候，威爾還在爲董事成員辯護：「麥克．阿姆斯壯（Mike Armstrong，美國電報電話公司前董事長暨執行長）做得很好。每一位董事都覺得和他合作愉快。」

當天實在有太多和董事相關的問題和意見了，輪到下一位股東拿到麥克風時，嘗試轉換話題。他先抱怨工會代表霸佔麥克風太久：「很可惜，我不像那些擁有上億股份的工會代表一樣那麼有影響力。」接著他開始說，不久之前他出國旅遊時，多次使用花旗的信用卡刷卡，回來後才發現得支付花旗三％的貨幣轉換手續費。他覺得這筆手續費很不合理。

這位股東的問題和目前正在討論的董事會提名無關，威爾本來想打發他，對他說：「客服代表就在會議廳的後方」，這位股東還是不放棄。他生氣地說：「這件事攸關每位顧客！轉換手續費的資訊是和信用卡帳單一起寄過來的，字體小到沒有人看得清楚。」威爾嘆口氣說：「我們會想想如何解決。」

然後，剛才那位小鬍子股東又回到麥克風前，抱怨威爾因花旗集團的股份購回計畫而獲利不少。威爾回敬：「每一位股東都有權利運用公司的股份購回計畫。任何和我一樣持有大量花旗股票的人都有權利分散投資，更何況我從來沒買過其他公司的股票。而且就算是把股票賣回給公司，並不代表我對公司的未來沒有信心。」他滔滔不絕地繼續說：「沒有一家公司像花旗這麼盡心盡力爲股東賺錢。」

小鬍子股東還是惱怒地說：「既然公司這麼好，爲什麼股價卻漲不上去？」這句話聽起來倒像是批評，而不是問題。然後他說：「再見。」

威爾也不客氣地說：「我眞是等不及了。」

股東會女王提案不全然是胡鬧

接下來，股東會進行到重新任命外部稽核機構的議程。沒有人對於繼續由KMPG稽核花旗的帳冊有任何異議，KMPG自一九六九年開始，就一直負責稽核花旗集團的會計帳目。我對股東無異議通過感到有點驚訝，因爲自從安隆爆發假帳以來，很多企業都了解不要和外部稽核機構過於親密，每隔幾年就要更換一次。不過話又說回來，安隆的稽核機構安達信會計師事務所因爲未能善盡稽核之責而隨著安隆一起倒閉。曾是「五大」會計師事務所之一的安達信倒閉之後，花旗這類大公司恐怕也沒有其他選擇，只能繼續與原來的會計師事務所合作了。

除了重選外部稽核機構，股東們對於三項公司提案沒有任何意見。公司提案的內容是希望在表決發行新股份、或修改公司章程這類議題時，減少通過提案所需的贊成票數。

第一項股東提案是由股東會女王艾弗琳．戴維斯提出的。威爾宣佈：「她今天因故無法出席。」會議廳裡隱約可以聽到一些如釋重負的聲音，顯然這些人都耳聞艾弗琳的大名，知道她的缺席意謂我們可以準時離開去吃午餐。

我倒覺得艾弗琳的提案並不完全是胡鬧——她提案要求禁止花旗集團提供認股權。接下來的幾個提案看來也頗爲合理：要求公司揭露政治獻金和慈善捐贈的項目；要求經理人薪酬需視績效而定；要求公司將競選董事席次所衍生的費用退還股東；要求董事長不能擔任公司其他管理職；還有，如果公司「重申」盈餘（調整，多半是調降盈餘），經理人就必須退回依據原先盈餘分發紅利的超出部分。

這些股東提案發言人一如其他股東會上常見的，都不是非常有說服力。（當然了，大部分的選票都已經事先計算完畢了，所以就算提案者非常有說服力，通常也改變不了既成的事實。）他們往往講話結結巴巴、口齒不清，甚至緊張得發抖。有一個人例外，他提案要求公司按績效支薪。他脫稿演出，發自內心的談話內容倒是令我非常欣賞。（有趣的是，他的提案差一點就表決通過。花旗在會議結束前公佈投票結果時，會提供其他提案獲得的反對票數，卻沒有提供這項提案的相關票數。花旗只說，該提案「缺少相對多數」贊成票，用字非常的小心。不令人訝異地，當股東施壓要求花旗公佈詳細資訊時，花旗發言人才說，票數是四八%贊成和四九%反對。）

威爾要求還沒投票的人趕緊把握機會。短暫的休息讓出席的股東遞交選票後，威爾說：「說完以下這句話，我的人生即將大大地改變：『我宣佈投票結束』。」

接著由繼任的執行長普林斯接手。當他開始報告花旗的現狀時，會場中又有兩支手機幾乎同時響起，這讓我先前的尷尬大大緩和不少。

普林斯開始談論公司過去一年的績效，舞台正後方的螢幕也開始播放投影片。螢幕很大，投影出來的影像也很大，但字卻很小，觀眾的眼睛幾乎都瞇成一直線。普林斯有點驚訝投影的效果太差，但很快又恢復鎮定地說：「投影片上的字看起來很小，不過，公司獲利的數字卻大得多。」台下傳出一些笑聲，儘管以幽默化解窘境，還是無法掩蓋花旗事前準備不周延的事實。

我猜，製作這份投影片的人大概不知道近視爲何物，以爲每個人的視力都是一．〇。更糟的是，投影片周圍留白的空間非常大，卻忘了牆面本身就是白色的，大可以不需要留白。只要把字體放大到佔滿整張投影片，問題就解決了。

普林斯開始說明這些數字的意義，還有在卡翠娜颶風重創墨西哥灣以及南亞海嘯期間，花旗的員工如何熱情投入救災工作。他播放一段短片，一群人手上拿著一塊上面寫著：「謝謝你們，花旗義工！」的招牌，由於集團的名字太顯眼了，實在很難不令人懷疑這是花旗自己做的招牌。話說回來，這塊招牌的字跡清楚、明顯，要比剛才的投影片好得多。

威爾的表揚大會

會議後面都是在回顧山帝・威爾在金融業的點滴。長達五十多年的時間，威爾主導合併的經紀公司、保險公司、消費者金融公司和銀行不計其數。最大一宗是一九九八年旅行者集團（Travelers Group）和花旗集團的合併案。這項合併案可說是充滿了風險，所幸他們成功說服國會解除長達六十四年的禁令，准許銀行、經紀和保險公司跨入彼此的產業。花旗集團的標誌就是在併購旅行者集團後，納入了原本代表旅行者集團的紅色雨傘。紅色雨傘胸章也是今天股東會唯一的紀念品。

站在麥克風前排隊的股東都是要提問題的，後來卻一個接著一個上前讚揚威爾。其中一位特別熱情的女士說，即將卸任的董事長是「史上最棒的企業領袖」、「絕對令人肅然起敬」。她還說她寫了首打油詩要送給威爾。我聽到附近座位有人發出厭惡的聲音：「拜託！」有一小群股東起身離席。

她逕自唸了起來：「親愛的山帝・威爾，我們喜歡你的行事風格。你是業界最棒的領袖。你讓我們既富有又快樂……」她唸了好幾段，內容全都是歌功頌德的詞句。最後，她終於說出：「結束。」還沒完呢，她說：「我還有個附註！」隨後加了幾句打情罵俏的評語。

威爾聽得很開心，直到他看到下一位站在麥克風前的就是剛才那位小鬍子股東。他說：「我絕對不會跟剛才那個女的一樣挑逗你！」威爾很快回他說：「你可以試試看啊！」引起全場一片笑聲。

小鬍子股東讚揚花旗集團的投資人關係部門，說當他提出問題時，他們總是能快速回應，並且讚美他住家當地的花旗銀行分行。奇怪的是，他結尾卻建議普林斯：「小心提防中國，時間對他們而言是沒有意義的。」

一位上氣不接下氣的老先生穿過後門，衝向麥克風，他說自己是「布希的好友」，彷彿要宣佈他將敦促政府調查花旗集團的信用卡利率。他說，利率提高導致還款拖欠率提高，進而傷害國家經濟。雖然剛才很多人都極力批評花旗，卻一點也不認同這位股東說的話，對他嗤之以鼻。普林斯則回答，目前信用卡市場已經「供過於求」了，這導致利率下降、而非提高。

他迅速將會議引入對威爾最後的讚揚。他宣佈董事會已表決通過，任命威爾爲榮譽主席，並捐款五百萬美元給一所坦尚尼亞的醫學院，這是威爾最喜歡的慈善事業。接著燈光暗了下來，螢幕上出現哥倫比亞廣播公司老牌新聞主播丹．拉瑟（Dan Rather）的畫面，他說：「誰能比山帝．威爾感動更多人？」影片裡出現的還有知名華裔大提琴家馬友友獻藝。馬友友在影片中說：「如果山帝是一段音樂，我想他聽起來應該像這樣」，然後演奏了一段複雜的樂曲。另外還有紐約市長麥克．彭博（Michael Bloomberg）和花旗集團榮譽總裁傑若．福特（Gerald Ford），福特說：「山帝和我一樣，我們都有幸娶到比自己優秀的女性爲妻」。影片中還有威爾的太太瓊和兩位小孩，以及一大段威爾與名人握手的影片，包括前總統柯林頓，還有披頭四成員保羅麥卡尼（Paul McCartney）等。整段影片的重點不遺餘力地介紹威爾對慈善活動的投入。

等到燈光再度亮起時，威爾獲得現場的起立掌聲致敬。然後，他開始向大家告別，說沒多久就因為哽咽無法言語而中斷了好幾秒鐘。他試圖讓心情回復平靜，但不太成功，中間還是斷斷續續了好幾次。他談到某項事業有段時間曾一度只有「四個男人和一個女人」。幾分鐘後，他對著坐在前面的一群小孩說：「你們今天在這裡學到了『民主』的過程。」當他說到「民主」兩個字的時候，還故意用兩手手指做出引號的形狀，藉以嘲諷股東會的投票概念。最後，他竟然毫不客氣地指著普林斯說：「最重要的是，我對這個巴爾的摩來的大塊頭律師非常滿意，他是我見過吃薯條吃得最多的人。」

精心準備了一場歡送會卻被威爾賞了一耳光，普林斯還是很有風度地說：「除了最後一句話之外，今天還算是成功嘛！」會議就此結束，但他還是邀請大家留下來和威爾夫婦合影留念。這位退休的董事長和他的太太背向台下，攝影師則站在台上尋找最佳拍攝角度。

我跟著人群往外走，心想大部分的人應該都餓了吧。花旗竟然完全沒有準備食物，這是我參加過唯一一場連咖啡都沒有的股東會，所以大家應該都是往外走，而不是往餐廳去。在狹窄的走廊（兩旁有拉赫曼尼諾夫與德弗札克等作曲家簽名的樂譜與書信）上走到一半，我才發現自己原來是跟在一群排隊準備和山帝威爾握手道別的股東隊伍裡。

其中有些人是威爾的朋友，其他人則是一般小股東，大概一輩子難得見到國際性大企業的大老闆，所以得把握這個機會和大人物說話。這再次證明了，股東會是一般投資人接觸管理階層的機會。

剛才唸詩的女士和小鬍子股東都在我前面，我猜大概要等很久才輪得到我，所以便轉身離開。臨走前，我回頭看了威爾最後一眼，他笑得很開心，和大家聊得正起勁。雖然擔任花旗集團的董事長暨執行長應該不是件輕鬆的工作，但我想他以後一定會想念這段日子。

見聞摘要 **花旗集團**

教育性 C 大部分的時間都是在談老闆，談公司卻不多。

娛樂性 A 一小時的影片、各種餘興節目。

贈　品 F 紅色的雨傘胸章。

飲　食 F 沒有。

觀　點 當任職已久的董事長或執行長退休時，股東會很可能就會變成他的表揚大會。

第21站→→圖西軟糖公司

小甜點與小小投資人

背景說明：小時候過萬聖節時，我最喜歡收到的就是圖西軟糖公司的糖果。幾十年後，我發現這家公司被列為長期「總報酬率」最佳的公司，因為它的股票增值、又會配發股利。圖西軟糖公司自一九四〇年起開始配發股利，而且一九六五年起，每年都固定配發三%（每一百股就會增加三股）。所以當它的股價在二〇〇五年中回檔時，我終於出手了。

今天是上學日，但是十歲的安迪和十一歲的威爾都獲得爸媽的同意不用上學。他們住在華盛頓特區郊外，他們的父母要開車帶他們前往南方一百英里遠的瑞奇蒙市（位於維吉尼亞州），出席圖西軟糖公司的二〇〇六年股東會，讓小朋友體驗成人的商業世界。這兩個小男孩都是圖西軟糖公司的股東，也是公司產品的愛好者。

出席的股東只有十幾人，另外十幾位則是員工，大家全都擠在一棟老舊銀行大樓十二樓的會議室裡。所有人不分男女老幼，全都渴望地盯著公司那一大堆不同種類的糖果，就散放在窗戶下的長架子上。每個人都在想：股東會結束時，公司會不會讓股東帶這些「試用品」回家？

坐在我正前方的威爾正在專注地研究那一堆糖果，他說他在找看看裡面有沒有Cry Baby Extra Sour泡泡糖——他認為那是世界上最好吃的糖果。他和媽媽蘇珊還有蘇珊的朋友坐在一起，蘇珊的朋友是一位投資顧問，名叫英格麗．韓德夏。股東會開始前，我和這兩位女士稍微聊了一下，才知道她們去年都出席了波克夏．海瑟威控股公司在奧瑪哈的股東會。韓德夏說，那一年是她第十次出席。她說：「這個股東會非常特別！」

一直在試吃糖果的股東會場

就在我們聊天時，圖西軟糖公司兩位高階主管在前排桌子前坐了下來。已經八十六歲但仍精神奕奕的馬文．葛登（Malvin Gordon）是公司的董事長暨執行長。他可能是上市公司中年紀最大的現任執行長（未上市公司中，有一位年紀比他大將近二十歲的老闆：總部位在丹佛的洛磯山牧場服飾公司執行長傑克．韋爾〔Jack Weil〕高齡一百零五歲）。馬文的太太艾倫是充滿活力的七十四歲老婦人，她身兼公司的總裁暨營運長。兩個人看起來都不像是愛吃甜食的人。

馬文照著稿子很快地說明今天的議程。投票只是形式，因為葛登家族持有超過四成的普通股（每股一票），及超過八成的B股（每股十票）。

圖西軟糖公司經營一百一十年以來，馬文就參與了一半的時間，他告訴股東公司長期的願景，以及糖果業的現況：「同業整合降低了我們議價的籌碼。玉米糖漿供應商一年內集體漲了二．五％，這不是預謀是什麼？」

他解釋，圖西軟糖公司產品漲價有助於公司的盈餘。在某些情況下，公司則會縮小產品大小。（也就是說價格不變，只不過買到的糖果可能很小，要用放大鏡才看得到。）

當然，漲價只是提高公司獲利的方式之一。艾倫指出，其他方式包括併購其他糖果製造商、尋找更多銷售點、從現有產品找出更多賣點，哦，當然，還有推出新產品。她微笑地說，她今天將會介紹好多新產品，也會讓大家試吃。她馬上提及Cry Baby泡泡糖，並拿出一大罐裝滿泡泡糖的玻璃罐。威爾馬上眼睛一亮，而且當艾倫告訴他可以拿一整罐回家時，威爾開心的不得了。

艾倫不斷從桌子底下拿出一盒又一盒各式各樣的糖果，有橘子、芒果口味和萊姆可樂口味，另外還有「限量版」的福袋，裡面裝了焦糖口味的糖果和包覆巧克力糖衣的糖果。今天宣佈的最大新聞，大概就是我們最喜歡的產品「糖果寶貝」和「糖果老爸」的產品即將有新的成員：「糖果老媽」（馬文開玩笑地說：「『糖果阿媽』也會很快加入這個大家庭」）。

艾倫每打開一盒或一袋新的糖果、發送給會議室裡的人，大家都一定會拿一個試吃。我則把我拿到的放進公事包裡，我想，一早就吃這麼多糖果可能不太好。而且，如果這些是今天唯一的紀念品，我可不想在會場就吃完，然後空手而回。

艾倫不斷強調產品的包裝做了哪些改進。例如，Dubble Bubble口香糖現在使用的是錫箔紙包裝，雖然包裝的成本變高了，口香糖卻不再因爲塑膠包裝特有的問題——時間久了會潮濕變軟——而吃起來怪怪地。

小小投資家的最佳起步

當艾倫問大家有沒有問題時，每個人都還在埋頭試吃這些糖果。安迪的手高舉，他想知道公司有沒有打算和喜思巧克力公司合併。艾倫承認她自己也很喜歡喜思的巧克力，接著解釋喜思是波克夏．海瑟威公司的子公司，所以兩者不可能合併。

一位金融分析師問，社會大眾逐漸重視健康飲食的觀念，這對公司的業務是否造成影響。「我們相信，糖果和甜點都是健康飲食中很重要的一部分，」艾倫回答時既沒敲敲桌子、眉頭也沒有皺一下，不過食指中指可能正偷偷在背後交叉著，祈求能帶來好運呢。這時馬文插話：「當然，均衡飲食是很重要的。我們也有無糖產品，有些產品還內含牛奶等具營養價值的成份。」（聽到這句話，我心裡想，下次得好好看一下食品包裝上的說明，到底「具營養價值的成份」是什麼東西？）

有一位男士代表他十一歲的兒子發言，他問公司是否打算善用品牌對兒童的影響力，提供學校一些教育計畫。馬文說：「事實上，我們這十五年來一直都在資助一項教育計畫，對象是二、三年級的學童，內容著重數學和地理教育。我們提供學校地圖，讓他們知道我們的糖果工廠位在哪些地方，並教導學童購買糖果時該如何找零。」

會後，長大後想當工程師的威爾告訴我：「今天的會議滿有趣的，不過我聽不懂大人說的一些東西。」我告訴他，股東會裡討論的事情有時候連大人也不一定懂。

他最開心的時候就是當艾倫給他一大罐 Cry Baby 泡泡糖的時候。「裡面有三百顆，」他拿了一個出來給我，然後說：「我可以吃一整個星期。」

我想，那些糖果可能不會這麼快就吃完，因爲當我們緩緩走到電梯口時，一群圖西軟糖公司的員工已經在等著我們，熱情地分送我到目前爲止看過最大的福袋。福袋裡面有十幾種圖西軟糖公司出產的產品，包括了可以烤著吃的安地斯薄荷片、新的焦糖糖果和橡皮糖達司（內人許多年前在俄亥俄州的電影院就是負責賣達司糖的糖果女孩）。由於準備的福袋比出席人數多，他們請我們多拿幾袋。威爾的媽媽說，她還有三個女兒也都是股東，所以又多拿了好幾袋。

離開這棟大樓時，我遇到小安迪和他的爸爸史蒂夫。他是證券經紀人，也是巴菲特迷，正好和我一樣都準備前往奧瑪哈出席股東會。史蒂夫覺得圖西軟糖公司的股東會和波克夏的股東會非常雷同。他說：「兩家公司都不是包著糖衣的毒藥。」顯然對自己創造的雙關語頗爲得意。

這不是史蒂夫第一次參加圖西軟糖公司的股東會，他六年前曾帶安迪的姐姐吉娜來過。安迪是第一次來，他說長大後想當建築師。我問他今天學到了什麼？他回答：「公司要付很多錢給供應商，而且運送和包裝也有很多地方需要學習。」我又問，請假參加股東會好不好玩？安迪更是眼睛都亮了，他說：「還用說嗎？比萬聖節還要好玩！」

威爾也這麼覺得：「我只要穿戴乾淨整齊，就可以領到一大袋糖果。不用想也知道！」

見聞摘要 **圖西軟糖公司**

教育性 B 是小小投資人起步的好選擇。

娛樂性 A 「新品」試吃。

贈　品 A^{+} 好多糖果！

飲　食 B 汽水、咖啡、糖果。

觀　點 家長如果想幫孩子投資，可以考慮對孩子而言比較有吸引力的標的。帶小小投資人出席股東會，對孩子也可能是充滿教育意義的體驗。

第22站→→Google

可以鬼混的電腦狂

背景說明：我以有限合夥方式投資的公司每隔一陣子會寄給我一些股票，有些股票還真的是我聽過的公司。二〇〇五年初，我收到一些Google的股票，因為負責管理我的投資的創投公司早在Google成為「搜尋」同義詞之前，就已經投資這家公司了。即使早在收到股票之前我就經常使用Google搜尋資料，我還是直覺想要賣掉收到的股票，趁還有獲利時出場。但是我對Google二〇〇四年上市時發行的《股東手冊》非常好奇，便暫時沒有出售手中持股。公司創辦人在手冊中表示，他們的座右銘是「別成為邪惡之源」，而且手冊開宗明義便誓言（有些人會說那是警告）「Google不是拘泥傳統的公司」。不同於其他曇花一現的網路公司，Google重視長期的發展。創辦人清楚表示，他要像巴菲特經營波克夏·海瑟威公司一樣經營Google。所以，我非得瞧一瞧他們的股東會不可。

在山景市（舊金山南邊約一小時車程）一〇一號公路的東側有許多棟新得發亮的建築，每一棟都大得可以容納當地任何一家高科技公司。但是當我開車經過時，看到每一棟全部都掛著同一個招牌：白色背景襯托出六個彩色字母：Google。

幸好，Google二〇〇六年股東會的停車地點是在海岸圓形劇場，還好不是Google的辦公場所，所以還算容易找。

報到台蓋著一塊白色防水布，一群面帶微笑的年輕員工檢查我的持股證明文件後，才交給我一個貴賓證件夾和黏式腕帶。到目前爲止接待的方式確實很親切。

Google接駁公車載著我們來到一個叫做Googleplex的園區。這輛接駁車是其中一輛用來接送灣區員工上下班的交通車，司機告訴我們，車上有托盤桌和無線網路，讓員工通勤時也能使用筆記型電腦上網，完全不會浪費通勤時間。

微軟員工來偵察敵情？

和我同車的一位乘客承認自己是微軟的員工（微軟在網路搜尋和廣告領域上向來不敵Google），他和我們其他人一樣對Google印象深刻。他說他從來沒有參加過企業股東會，所以想來看看是什麼樣子。我倒覺得他看起來彷彿是來幫公司偵察敵情似地，果眞如此，那麼他能看到的恐怕不多。我們一下車，就直接被帶到「無名咖啡館」，這是Google五間員工免費餐廳其中的一間。從一大片玻璃窗望去，數百位Google員工正在室內與戶外享用午餐。如果要和他們聊一聊，得先經過門口的兩名警衛。

我心想，坐在那片玻璃後面用餐的年輕人一定都很棒、很聰明，沒能和他們聊上話肯定會讓我感到遺憾。沒想到，我們竟然被帶去另一個地方享用免費午餐，這可說是股東會裡很難得、讓許多人夢寐以求的福利。股東會通知上面並沒有提及到會提供餐點，所以我來之前已經先吃過一些東西了。Google的自助餐看起來眞的很不錯，已經就坐開始用餐的股東對餐點都讚不絕口，所以我也不知不覺地盛了一碗甜馬鈴薯墨西哥青辣椒濃湯。等我喝下第一口，就馬上在筆記本上寫下：千萬不要忘了去Google搜尋這個濃湯的食譜。

幾分鐘後，我一邊品嚐巧克力甜糕，一邊觀賞Gmail的示範教學，這是Google非常受歡迎的郵件服務。Gmail於二〇〇四年四月推出，只有透過現有使用者的邀請才能加入，並逐漸成爲一個嚴格篩選使用者的服務。我覺得機不可失，馬上就問正在爲我們示範使用方法的年輕小姐，像我這樣老掉牙的股東也能得到Gmail的使用邀請嗎？她爽快地回答：「當然，您有手機嗎？」於是我拿出被我視爲無時無刻不侵犯我個人隱私、又非常不先進的舊款手機給她，她馬上傳了一封簡訊到我的手機，我就正式成爲Gmail的用戶了，我可以使用各種服務，包括不限容量的線上儲存空間。因爲申請成爲用戶的過程實在是太方便了，我驚訝得完全沒注意到其他股東都已經離開了。（等我回到家才又驚訝地發現，任何人只要把手機號碼提供給Google，都可以立即成爲Gmail的使用者。）

一名警衛指向其他人離開的方向，等我爬上一座非常寬的金屬製階梯趕上其他股東時，大家都在排隊領取今天的紀念品：非常搶手的金屬藍咖啡保溫杯。會議廳裡面非常具有金屬感，感覺很像是有錢人用來停泊順便維修遊艇的倉庫。我沒有船，所以這可能只是我自己的想像。會議廳的裝潢以俐落、外露的金屬爲基調，只有一張地毯上有幾個亮橘色的圓圈有一點顏色而已。會議廳正前方的三個白色螢幕正投影著公司的標誌。

華爾街嘲笑創辦人是幼稚的小鬼

出席的股東約有兩百名，有些人看起來根本才剛脫離青春期，有些則是年紀稍長的投資人。我沒有看到那位微軟的員工，我猜，他大概把自己僞裝成一株盆栽，準備偷偷溜進 Google 的機密辦公室吧！

董事長艾瑞克．許密特（Eric Schmidt）是準備做簡報的人中極少數穿著西裝的人。他走上講台熱情地歡迎股東：「這是各位的公司，我們很高興見到各位！」他的話令人精神爲之一振，除了在波克夏．海瑟威以外，我很少聽到像這樣誠懇的態度。

五十幾歲的許密特長得有點像卡通人物「淘氣阿丹」，但他卻是公司的「大人」。有了他，三十多歲的創辦人瑟吉．布林（Sergey Brin）和賴瑞．佩吉（Larry Page）才能專心從事研究，讓 Google 迅速成爲家喻戶曉的品牌。公司是在十幾年前由當時還在史丹佛大學讀書的布林和佩吉所成立的，他們創造出一個直覺式的搜尋引擎，目標是要讓全世界的資訊都能一手掌握。

等到 Google 的股票上市時，它每秒鐘處理的查詢約二十五萬筆，而且早已是全球搜尋引擎的領導品牌了。投資人對 Google 的 IPO（股票首次公開發行）引頸期盼許久，他們期待 Google 的人氣能帶來可觀的廣告收益。不過，布林和佩吉對正常的掛牌上市流程有疑慮。理論上，新股上市時的價格應該取決於專家對市場需求的看法，而且只有投資銀行客戶名單上的投資人及公司內部人士才能獲邀參與認購。股價多半會故意壓得非常低，讓後來進場的投資人幫忙抬轎、炒高股價，投資銀行的投資人及公司內部人士便可以從中大撈一筆。但是 Google 的創辦人堅持首度公開發行股票必須公平，因而決定採「荷蘭式拍賣法」❶來設定股價。也就是，每個人都可以設定買進的股價，然後從出價最高者開始一一往下分配，直到標售的所有股份都分配完爲止，但買方實際支付的卻是出價最低的價格。一開始，華爾街分析師並不看好荷蘭式拍賣的做法，不只調降Google的評等，還嘲笑創辦人是幼稚的小鬼，不知道怎麼做對自己最有利。華爾街的批判果然奏效，市場原本預估Google的上市價格最高可能飆到每股兩百美元，但是最後卻是以每股八十五美元標售。然而，最後的贏家仍然是布林和佩吉，因爲不到幾週，Google的股價快速竄升至每股兩百美元，不到一年內，甚至飆漲至每股四百美元。

許密特說：「我會盡快結束正式的業務會議，這樣我們就可以開始比較有趣的部分，希望大家都能踴躍發言，不要客氣。對了，希望各位都喜歡我們準備的午餐。」席間發出熱烈的掌聲，顯然是最好的回答。

股東要求投票權要平等

許密特開始介紹公司的經理人和董事會成員。等到介紹到前排的布林（技術總裁）和佩吉（產品總裁）時，他開玩笑的說：「我該怎麼介紹你們？」布林穿的是黑色的T恤，一副怡然自得，看起來比穿著花襯衫的夏威夷電力公司主管還要悠閒。

董事與稽核人員的正式提名程序，還有認股權修正案，既迅速又順利，接下來只剩股東提案了。

❶所謂「荷蘭式拍賣法」（Dutch auction），舉例來說，一家新公司共有十股待標售，有二十人出價。其中十五人出價每股九十元，另外五人出價每股一百元，則由最高價（一百）的五人，和次高價（九十元）的前五名出價者得標。但十名得標者所支付的價格，全都是九十元。（譯注）

其中一項提案是要求Google解除不同等級的股權制度，其實圖西軟糖公司也有類似制度。三十來歲的傑克．麥肯泰爾（Jake McIntyre）是布利克雷爾與曹爾國際退休基金的代表，他說，像Google這樣「如此民主的軟體公司」，不應該讓創辦人的股份投票權，優於一般人的股份投票權。

麥肯泰爾開頭前三分鐘都在表揚公司，並且說明自己不是來跟公司「唱反調」的。他向Google看齊，盡量讓自己的簡報既簡單、又親切，他甚至直呼創辦人的名字，不過卻諷刺他們只持有公司三一％的股份，卻擁有六六％的投票權。他說：「這間公司是建立在群眾的智慧，但卻不尊重股東的智慧，不是很諷刺嗎？」

這個問題其實也曾出現在一些新聞媒體的股東會上。當《紐約時報》和道瓊在股東會上被問到這個問題時，他們的回答是：公司的獨立性，有賴一小群人掌握（通常是創辦人或他們的親戚）大部分的投票權。所以，股東提案只會有兩種結果，除非擁有絕大多數投票權的人投同意票，否則提案不會通過。說穿了，這又是股東會民主假象的最佳證明！

麥肯泰爾最後說：「我知道這項提案不可能在今天通過，我們的目的只是要把這種不公平的情況搬上檯面，讓大家正視這個問題。」

他說的沒錯，因爲幾分鐘後，表決結果出爐，完全沒有意外。

我發現，我所出席的股東會中，大約三分之一都會有工會代表。他們通常是代表公司在職或已退休員工，而且通常都是前來抱怨勞資關係，賀喜和杜邦的股東會就是如此。而在花旗和Google的股東會上，工會代表則是強調投資人相關議題，他們重視的是工會退休基金的資產。會後我和麥肯泰爾聊了幾句，他倒是點出了一個特色：工會代表「通常都是行動主義者」。

沒人看得懂的法律聲明

許密特接著準備談 Google 的現況，會議廳前面的螢幕上顯示一串難懂的文字。大的字體寫著「律師的話」，下面的小字體則是一大堆沒人看得懂的法律詞語。許密特閃過一抹半開玩笑的眼神：「我可以唸給各位聽……」停頓了一會兒，「或者？」試探性的口吻，讓每個人都笑了出來。許密特等了一、兩秒鐘後說：「大家都看完了嗎？」於是股東們無異議通過，直接略過法律聲明的部分。

接著，許密特告訴大家，早在他於二〇〇一年加入 Google 前，就已經是 Google 的愛用者。他說：「我已經不記得，沒有 Google 的日子是怎麼找資料的了。」他讚揚布林和佩吉有先見之明，並說他們了解「如何結合資訊並賺錢。矽谷眞是人才濟濟。」

Google 靠著廣告賺進大把鈔票，然而許多使用者根本沒有發覺廣告的存在。許密特說：「事實上，使用者都看到、點選、甚至購買廣告中的產品，只是自己都不自覺而已。」Google 的搜尋頁面看起來很整齊、沒有什麼五顏六色的廣告，廣告都很自然地融入搜尋結果中，更重要的是，廣告都是依據不同消費者而顯示的。例如，如果使用者要尋找「左撇子用的壓舌板」這類資訊，那麼搜尋結果頁的右側就會顯示一些簡單的廣告，全都是連結到販賣左撇子專用壓舌板的網頁。

我遇到過許多企業經理人經常喜歡故弄玄虛，許密特則不。他只有在開始簡報幾分鐘之後，解釋「關鍵性任務」這個技術詞彙而已，即便如此，他的態度也非常謙和，不像其他企業主管一付趾高氣揚、瞧不起人的樣子。除此之外，他還不斷強調 Google 是「各位的公司」，並說「很高興各位加入我們」，以展現他對股東的誠摯歡迎。

總而言之，他看起來就是一個非常快樂、樂在工作的人。這令我想起巴菲特，他說他每天都踩著輕盈的步伐去上班。許密特很開心地說，他實在太愛他的工作了，他甚至只需要虛擬旅遊就夠了，不需要眞的出去度假。他說，他喜歡用 Google Earth 這個功能（結合過去三年內拍攝的太空和衛星照片），查看地球的每一個角落。他只要圈選地球上的某個地點，就可以放大該地，然後仔細的瀏覽當地所有細節。他甚至說：「用 Google Earth 登上喜馬拉雅山，比自己親自去爬要輕鬆得多！」（我心想，要是他跟我一樣是使用撥接上網，就知道有多痛苦了。）

許密特說，Google Earth 的點子是來自公司「二〇%創意時間」的政策。也就是，員工可以花二〇%的工作時間去從事一些自己想要研究的領域，簡單說，就是發揮創意。但是，他也承認：「員工利用那些時間提出來的創意，有半數其實不是好點子，只是我們不知道哪些是好的，哪些是不好的而已。」那麼，這就表示 Google 的員工每週可以花二〇%的工作時間鬼混嗎？當然不是，許密特笑著說：「不要忘了，會來 Google 上班的人本身就是電腦狂，他們每週工作長達一百小時！」

Google 的員工眞的很多，截至二〇〇六年三月就有超過七千人（光是前三個月新增的員工就超過一千名）。所以許密特信心滿滿地說：「我們會有愈來愈多的創意。」

巴菲特上身？

接下來是問答時間了。許密特還是站著，但布林和佩吉則移到董事座位上面對股東，在他們旁邊的是財務長喬治・萊斯（George Reyes）和法律總顧問大衛・卓蒙（David Drummond）。當大家都就座後，許密特問大家，Google 新推出的影像搜尋程式 Picasa 最重要的特色是什麼。萊斯搶著說它可以找到更多結果。許密特毫不遲疑地回他「錯！」然後才說：「最重要的特色是，它是免費的！」這兩人一搭一唱，忽然讓我了解到爲什麼我覺得 Google 很親切，卻不喜歡微軟。這兩家公司往往都在產品還沒成熟時就搶先推出，但至少 Google 不像微軟讓消費者花大錢當白老鼠！

股東的第一個問題就考驗 Google 高階主管的理念，是不是眞的和巴菲特一樣。一位股東問：「公司爲什麼不分割股份？」這是個好問題，因爲 Google 股價已經上看四百美元了。很多企業都會在股價超過五十的時候分割股票，讓小投資人也能負擔得起。而布林的回答聽起來和巴菲特的答案很像，他說：「如果讓股價在『正常』範圍外交易，有興趣的投資人就只會注意流通在外的股數。我們不想鼓勵大家只看股價、不加分析就隨便買股票。」

一位像湯姆．沃爾夫❷（Tom Wolfe）一樣身穿白色衣服的股東說，他來自洛杉磯，他抱怨 Google 與媒體關係做得並不好。他說，公司昨天在這裡辦了一場記者招待會，今天的報紙就引述布林的話，說微軟是「有罪的壟斷者」。他覺得說這樣的話對股東沒有什麼好處，他說：「每次只要公司的高階經理人出來說話，通常都不是什麼好話，這樣會傷害公司的形象，並且反應在股價上。今天早上股價下跌七．一五美元，讓我一下子就損失了三萬美元。」許密特回答：「我們不能控制媒體報導的內容。我們只是覺得，應該要從企業的觀點讓大眾知道事實的眞相。」這句話聽起來，眞像是巴菲特會說的話。

最近許多報導指出，Google 屈服於中國政府的壓力，限制公司在中國的搜尋引擎網站的某些搜尋結果。一位國際特赦組織的代表便指稱，Google 是「中國壓迫政權的同路人」。布林問他使用什麼搜

❷美國著名作家及記者，公開場合總是偏愛身著白色西裝。（譯注）

尋引擎，他說是雅虎。布林挑了一邊眉毛，然後諷刺地問：「你是說，那個從九〇年代就開始審查網路言論的搜尋引擎嗎？」那位代表有點臉紅，但還是義正嚴辭地說：「對，但是我們也曾向雅虎表達抗議。」於是布林很聰明地轉移焦點，先承認公司的做法並不完美，然後再讚美那位代表出席這場股東會表達他的關切。佩吉則指出，Google 在中國也試著盡可能把事情做好，他們會在中國 google 的網頁上讓使用者知道，由於新聞檢查的關係，搜尋結果可能並不完整。這時，國際特赦組織代表才滿意地點點頭。

另一位股東問：「公司最近被告，是怎麼一回事？」法律顧問卓蒙毫不逃避地回答：「有很多原因。由於公司經營領域的關係，我們經常會有很多創新，但是數位世界的創意和現實世界的法律有時會互相牴觸。」書籍出版是其中一項領域。矢志讓全世界資訊都在每個人的指掌間的 Google，目前正計劃在不侵犯作者和出版商版權的情況下，將整個圖書館放到網路上。

另一方面，政府發出傳票，要求 Google 提供使用者詳細的搜尋結果，但 Google 始終不配合。一名聯邦法官同意 Google 只需要提供搜尋清單就夠了，不必一併提供相對應的使用者資訊。卓蒙說：「政府要求非常多的資訊，但是我們並不盡然認同。所以各位大可以信任我們會確保各位的隱私。」台下的股東響起一片掌聲。

一位態度溫和的中年男子起身問道：「我畢生積蓄都拿來買 Google 的股票了，所以我今天特地請假出席，來確定我的四張股票很安全。」大家聽到，他的「畢生積蓄」只買得起「四張股票」，忍不住笑了出來。等笑聲結束，他又說：「我想知道，未來五年會是什麼樣的情況？」這個問題一如巴菲特常常被問到的「非常重要的問題」。許密特表示，科技將會更快、更便宜而且更好。他停頓了一下，然後提到他和布林的一段對話。布林對他說：「如果有一天電腦能直接連接人腦，該有多好！」許密特當時只覺得布林是開玩笑的。他當下轉頭問布林：「你現在還是這麼想嗎？」布林笑著回答：「對啊！要不要先用你的腦袋來試試？」這兩人一搭一唱，幽默風趣、默契十足，眞是像極了巴菲特和孟格。

一個多星期後，當我開始下筆撰寫這一場股東會時，忽然想知道新聞和網路貼文的情形如何。於是，我連上 Google 輸入「Google」和「股東會」，竟然出現令我驚奇的結果：網路上竟然有 Google 股東會即時的部落格（bloggingstocks.com）。我眞不敢相信，我就坐在會場裡，卻沒注意到會場有人正瘋狂打字，更新部落格的內容。等我再讀下去，更驚訝地發現這是集一群人的努力成果，而我坐在會場竟然完全沒有看到！最後我終於了解，這些人其實並不在會場裡，他們是透過即時網路廣播，邊聽邊打字更新內容。

難怪負責更新部落格的人會說，這場股東會並未激起他們的一絲熱情——因爲他們是用耳朵見證、不是眼睛。親自出席股東會，既可以親耳聽到、也可以親眼看到，比起只用耳朵聽眞的差太多了。

見聞摘要 Google

教育性 B+ 企業文化。

娛樂性 B+ 產品示範，沒有餘興節目。

贈　品 B 印有 Google 標誌的咖啡保溫杯。

飲　食 A+ Google 餐廳免費午餐！

觀　點 約十年前紅極一時的卡通《南方公園》裡，有一個頗值得玩味的撒旦招牌上面寫著：「沒有惡魔的世界是無趣的。所以，有時候惡魔出現也不一定是壞事。」雖然這句話頗有哲理，但我還是希望我的人生不要出現惡魔。顯然 Google 的人也這麼覺得，他們也以熱情、誠懇的態度歡迎我們參加股東會，讓每個人都知道，Google 是正派經營的公司，他們都是好人。

後記
巴菲特，安可！

對大部分的人來說，五月第一個週末造訪奧瑪哈的原因之一，就是爲了出席波克夏．海瑟威在當地棒球場舉辦的股東會。巴菲特會親自披掛上陣，投出具代表性的第一球。他開玩笑地說，他的快速球時速「高達」十九英里（約三十公里），不過他的演出從不含糊。會後，他會在各攤位中坐下，爲成千上萬的粉絲簽名拍照。

巴菲特於二〇〇二年後便高掛戰袍不再主投，這場週六股東會遂改在波克夏子公司內布拉斯加傢俱公司的停車場舉辦烤肉會，巴菲特只是露臉和大家打打招呼。現在他駕駛的是二〇〇六年出廠的凱迪拉克，因爲通用汽車的董事長暨執行長瑞克．魏格納（Rick Wagoner）在一場很難堪的電視專訪中，表現出大將風範的氣度，令巴菲特十分欣賞，讓他決定買通用旗下的車。

巴菲特的妻子於二〇〇四年過世，這對他或多或少造成影響，雖然他們倆在她在世時就已分居多年，卻仍然維持密切的關係，她還是波克夏的第二大股東。這麼多年來研究、投資這麼多家公司，巴菲特也曾經看走眼。當時任紐約州檢察總長的艾略特．史匹哲（Eliot Spitzer）❶在調查保險產業時，

❶史匹哲後來當選紐約州州長，並於二〇〇八年三月因召妓事件喧騰一時而黯然下台。

發覺波克夏的子公司也有一些啓人疑竇的交易。不過，沒有人懷疑巴菲特的誠信，多年來都不容置疑。

二〇〇四年開始，波克夏的股東會移師到「奎斯特體育場」舉辦，這是當地少數能容納爲數眾多股東的場地（二〇〇六年預估約有兩萬四千人）。雖然巴菲特和孟格有時候看起來確實累了，他們還是很樂意和股東們分享智慧，讓每個人都有賓至如歸的感受——至少我是這麼覺得。有些人簡直把波克夏的股東會當成朝聖，二〇〇六年那次股東會，甚至有位印度來的股東半開玩笑地在股東會上對巴菲特說：「我一直在等這個機會，我想摸摸你的腳、獲得你的祝福。」

連巴菲特也搞小動作？

二〇〇五年時，巴菲特將業務會議移到議程的最後階段，並解釋不是每位股東都對股東提案感興趣。他說的或許是眞的吧，但是股東提案通常也花不了幾分鐘，而且這是股東們表達意見的唯一機會，就算是跳火圈才能提案，許多股東也會奮不顧身勇往直前。所以我猜，巴菲特是希望利用這個方法，有效阻止別人的異議——我萬萬沒想到巴菲特也會這麼做。

我到現在仍然覺得，我每年都能從波克夏股東會上學到新的東西。二〇〇六年時，我最喜歡的就是巴菲特回答的一個問題。一位股東問巴菲特，既然他不喜歡賭博，爲什麼買進保險公司？保險業的風險很大，跟賭博不是很像嗎？巴菲特給他一個超完美的答案，他說：「賭博所創造的是不必要的風險。但是當你買了一間海岸邊的房子或公司，風險本來就在那兒，不是買房子才創造出來的。這時問題來了：誰要承擔這個風險？當然只有保險公司才能承擔！」不過我後來想到，波克夏承保百事可樂二〇〇三年舉辦的一場競賽活動，最大的獎項獎金高達十億美元❷，這對波克夏本身就是很大的賭注。

二〇〇六年的股東會上，我決定加入三十幾位股東的行列，向巴菲特和孟格提問題。當體育館的門一打開，我直接走向最接近麥克風的座位，並搶到第三個位子，一位員工告訴我，我有很大的機會可以提問。會議開始前，我和坐在前面的兩人聊了幾句，他們是一對來自英國的父子。拔得頭籌的是兒子，他叫做伊恩．崗恩，是嬌生公司的科學研究員，他一拿起麥克風就開始問一長串相當複雜的投資問題，他承認自己非常緊張，因爲出席的股東人數實在是太多了。他說：「記得上一次如此緊張的時候，是我把博爾氏鑽戒遞給現在的妻子，向她求婚的時候！」

早上的會議一邊進行，我一邊盤算著大概不會有人問和我一樣的問題：「投資人可以從股東會上獲得哪些與公司相關的資訊？」的確沒有人提出同樣的問題，但是當巴菲特在回答別人的問題，說明波克夏旗下的公司如何訓練高階經理人時，卻已經回答了我還沒問出口的問題。巴菲特表示，公司以這種方式處理年報及股東會不是沒有道理的。他說：「股東會是爲了讓投資人了解波克夏的特質。我們並不認爲我們的特質比別家公司還要好。每間公司都有自己的文化，我們的目標是努力維持各方面一致，不要相互違背。」他的回答就是我要的答案，所以我覺得不需要再問了，便離開座位，到樓下看看還有沒有可以試吃的喜思巧克力，可惜早就分送完了。事實上，波克夏股東會上的贈品向來很快就

---

❷ 百事可樂於二〇〇三年舉辦的促銷活動。除了各種大小金額的獎項外，最大獎的金額為十億美元，但百事設定的遊戲規則使得中獎率低得微乎其微。由波克夏承保活動的最高獎金，亦即，百事支付高額的保險費給波克夏公司，如果最後有人得獎，將由波克夏支付十億美元的獎金。

被索取一空，二〇〇六年的股東會上，我什麼贈品也沒看到。

雖然贈品沒了，我仍充滿活力。當巴菲特準備結束問答時間，我心裡多少期盼大家能高舉打火機，像是要求台上的巨星表演安可曲般，要求巴菲特再多說些話。

幾個月後，巴菲特又做了一項驚世之舉——他宣布一項計畫，開始分配旗下約四十二億美元的資產（根據《富比士》的資料）。其中大部分的錢將捐給以從事全球性醫療研究為主的比爾與瑪琳·蓋茲基金會，這筆金額將使基金會的資產增加一倍。有人問到巴菲特為什麼做出這個決定時，他說，他對賺錢很有天份，但是蓋茲夫婦則比他懂得如何把錢用在能造福大眾的事上。

二〇〇六年八月，巴菲特和他長期的伴侶艾斯翠·孟克斯結婚。

其他股東會近況

撰寫這篇後記時，前面章節所描述的股東會已經是兩、三年前發生的事了，讀者或許有興趣知道這些公司後續，是否發生什麼重大事件或改變。

以下就是補充說明這幾年來書中某些公司的變化：

● 星巴克仍不斷快速成長，至本書付梓時（英文版於二〇〇六年八月出版），全球三十多個國家已有上萬家分店，全美五十州也都有星巴克的蹤跡。只不過，公司年報與網站仍然不把夏威夷列為美國的一州。歐仁·史密斯卸下總裁暨執行長的職務。同時，我也從原本不喝咖啡的人，漸漸喝上癮了，幾乎每隔幾天就要造訪一次星巴克，每一次都是心滿意足地離開。星巴克的股票自一九九九年起已上漲超過五倍，是讓我獲利最多的投資之一。至於星巴克則是表示公司的潛力無限：二〇〇六年的股東會上，歌手東尼班耐特大唱〈前程似錦〉。

- 奧特泰爾電力公司將子公司小聯盟棒球隊紅鷹隊賣給由布魯斯・湯姆（他離開奧特泰爾電力公司）領導的一群私人投資者，並併購了一家馬鈴薯處理公司。我在二〇〇三年時又買進了更多奧特泰爾的股份。公司贈送的行事曆變成了我不可或缺的好夥伴，所以每年我都會利用出席股東會的機會，再拿一本新的行事曆。股價這幾年並沒有太大的變化，但是股利都在四%左右，也算是不錯的收益。

- 二〇〇二年，賀喜糖果公司的員工在經歷四十四天的罷工後，同意回到工作崗位，條件是接受降低工資，但公司不能刪減員工的健保福利。之後不久，公司計劃出售股份而改變原本與員工的協議。我趁公司宣布這項消息、股價上漲之際賣掉手中的持股，不過股價在我賣掉之後又上漲了約一倍。我安慰自己，至少當時賣出看起來是正確的決定。同時，執行長藍尼實現了他當初的承諾，公司推出無糖的產品系列。不只是賀喜，很多企業的工會罷工時，都會利用充氣動物做爲抗議的道具。二〇〇六年富國銀行的股東會上，一群控訴該銀行吃人不吐骨頭的抗議人士，就在現場綁了幾十隻鯊魚形狀的汽球來表達他們的訴求。

- 讀者不斷投入網路新聞的懷抱，令報業持續蕭條，甘尼特持續好幾年都面臨著財務赤字危機。

我在二〇〇五年中賣掉我的股份，當時艾弗琳．戴維斯剛結婚，對象是寄了三封愛慕信給她的男士。不過，她的第四段婚姻只維持了一年，就以離婚收場。執行長道格．麥克克爾金德於二〇〇五年卸下執行長一職，二〇〇六年卸下董事長職務。

● V-One 期待已久的政府承包案遲遲沒有下文，或許是因為同業的競爭，使用 V-One 的軟體共享檔案對其他安全性機構有利。V-One 一直撐到了二〇〇五年春天，最後被總部位在紐澤西的一家私人網路安全性公司 AEP 網路（AEP Networks）併購。

● 夏威夷電力公司的執行長暨總裁羅伯特．克拉克於二〇〇六年退休，繼任者是劉康妮，原本是子公司美國儲蓄銀行的執行長。而我到現在還是不會彈奏夏威夷四弦琴。

● 休．海夫納二〇〇六年屆滿八十歲，他的三名女友分別是二十一歲、二十七歲和三十三歲。我原本以為公司提議的真實節目很無聊，恐怕收視率不佳，結果我錯了。這個節目後來在 E! 頻道頗受歡迎的〈鄰家女孩〉節目裡播放。總編輯吉姆．肯明斯基只在《花花公子》待了一年半。

● 我在二〇〇四年時賣掉了沃爾瑪的股份，因為公司陷入性別歧視和員工福利不足的官司。公司第二把交椅執行副總湯姆．克林因為被指控濫用公司資金而於二〇〇五年辭去職務，二〇〇六年時被判居家監禁二十七個月。公司的二〇〇六年股東會邀請了幾十位紐約演員，以一場九十分鐘的音樂喜劇，呈現在沃爾瑪的實際工作情景，劇中不僅有編排舞蹈，還有沃爾瑪的購物推車。

- 微軟於二〇〇四年支付股東有史以來最多的股利。但是到了二〇〇六年中，公司還是擁有高達三百五十億美元的現金，比一百多家美國上市企業所擁有的現金總和還多。執行長史蒂夫·博墨告訴投資人，公司需要這麼多錢來開發新技術。同時，公司宣傳已久的「長角」作業系統已改名爲Vista，並於二〇〇七年初上市。比爾·蓋茲宣佈，他計劃於二〇〇八年退出公司的日常營運，全心從事慈善工作。有了巴菲特的捐款，他現在有更多錢可以投入解決全球醫療的難題。我早在幾年前就改用蘋果電腦的Mac，再也不必一天到晚偵錯和磁碟重整了。
- 我在二〇〇四年用美國保齡球運動公司的禮券去打了幾局保齡球，結果發現，就算我以前保齡球打得很好，但久不接觸也是會生疏的。二〇〇五年初，金融資訊公司墨診（Mergent Dividend Achiever，原爲穆迪（Moody's））編列的配股公司精選（至少連續十年提升股利）將美國保齡球運動公司剔除在外，因爲公司的股票交易量實在太小了。我在二〇〇五年又多買了幾股，而且是當天唯一的一筆交易。
- 艾斯納二〇〇五年卸下迪士尼執行長的職務，公司也決定採行新的政策：董事會被提名人必須獲得多數贊成票才能當選。在接班人羅伯特·依格（Robert Iger）的領導下，迪士尼從蘋果電腦創辦人暨執行長史蒂夫．賈伯斯手中買下了皮克斯動畫公司，賈伯斯現在也成爲迪士尼的董事。艾斯納則在CNBC頻道主持脫口秀。我在二〇〇四年的股東會後賣出迪士尼的股份，從賣出後股價至今仍沒有太大的變化。

- 杜邦獲選爲美國《商業周刊》二〇〇五年最佳環保公司之一，該雜誌並稱讚杜邦大幅減少對空氣造成的污染。到了二〇〇六年中，杜邦宣佈減少員工的退休福利。和迪士尼的股票一樣，我也是在杜邦二〇〇四年的股東會前買進股票，然後在參加股東會之後賣出，股價也沒有太大的變化。

- 米高梅賭場飯店仍是投資人最好的賭注，從我出席二〇〇四年的股東會至今，股價已上漲了近一倍。當年稍後，米高梅買下了擁有十幾筆房產的曼德勒度假村集團，包括了賭城的地標曼德勒海灣賭場度假村、盧克索酒店和馬戲團酒店。木板道酒店（讓我輸掉整整十美元賭金的賭場）於二〇〇六年關閉，爲建設「市中心專案」預做準備，米高梅在二〇〇五年的年報中表示，這是「佔地一千八百萬平方英尺的度假、會議、零售和住宅區，規模將比全美有史以來任何私人出資開發的計畫都還大。」二〇〇六年八月我到拉斯維加斯時，觀賞了太陽馬戲團的另一個節目「愛」，並以披頭四的音樂爲主，新的表演爲幻景大酒店注入了新的活力。我還發現，賭場裡許多原本收兩毛五硬幣的吃角子老虎機，現在只接受一美元的紙鈔。

● 夏隆葡萄酒集團自從被帝亞吉歐集團合併後，原本的股東受邀參加「創辦人俱樂部」，仍定期享有公司的葡萄酒折扣，並獲邀出席年度饗宴。只不過，二〇〇六年出席的人數下降至約莫五百人。夏隆被併購後，瑟弗瑞吉加入位於加州納帕谷的釀酒廠何斯酒莊，成爲該公司總裁。

● 二〇〇五年，eBay 股價重挫，紐奧良也在同年遭受卡翠娜颶風的重創。數以千計的人家園被毀，只能暫時待在當年舉辦 eBay Live! 的大型會議中心遮風避雨。雖然紐奧良市部分地區（尤其是「法國區」）未受到颶風和後續水患的影響，但會議中心卻遭受重大的損壞，直至二〇〇六年中只修復了部分。二〇〇五年的 eBay Live! 在華盛頓特區舉辦，二〇〇六年則移師至拉斯維加斯。

● 安全衛生公司於二〇〇六年六月終止美國存託憑證，該公司美國存託憑證的發行總數僅佔公司在外流通股數不到一％。而持有美國存託憑證的股東可以選擇轉換爲普通股（在澳洲市場上交易）或現金。遺憾的是，董事長特維德於二〇〇五年八月過世。

● 道瓊通訊社於二〇〇五年秋推出《華爾街日報》週六版。我在股東會之後不久就賣掉了公司股票。執行長坎恩於二〇〇六年一月去職，因爲報告顯示，掌控道瓊的家族對於公司的財務狀況十分不滿意。雖然我在股東會上針對《華爾街日報》所提出的建議並未受到重視，我還是每天都會閱讀《華爾街日報》，而且從原本的一週五次增加爲六次。

●洲際酒店集團於二〇〇六年又舉辦了一次「特別股東會」，因爲集團出售旗下飲料子公司布列特維克（Britvic）。股東同意透過特殊股利的方式發放現金，並以七比八的比例分割股票，以維持股利發放後的股價。因爲我不想計算我持有的股份總值到底是多少，所以乾脆不要賣出就不必計算了。此外，集團於二〇〇六年廢除了「舉手表決」的方式，改採美國式的表決法，也就是在會議上進行書面投票，而且每一股代表一票。

誌謝

著手研究、撰寫本書時，我有幸能與許多非常優秀的朋友交談、向他們學習、有他們為伴。幫助我完成本書的人之多，無法在此一一言謝。

本書未提及幾位老朋友和我在美國基金工作時的老同事，感謝他們提供寶貴的時間和專業知識：麥克・道諾、黛比・艾波莉多、保羅・賀加、喬喜・葛登、吉姆・萊恩，以及帕克・西姆。他們對金融市場的眞知灼見讓我獲益良多。法人股東服務投資公司的卡羅・波伊、市場研究機構ADP的查克・卡倫、美國眾達國際法律事務所的李察・科波，以及MLC的保羅・曼多及安東尼・歐席。

感謝經紀人喬伊・圖特拉對我的信心，並耐心帶領我進入出版世界。感謝桑德茅斯出版公司，大家都非常支持我：約翰・奧克斯和米謝・馬丁看到本書的市場潛力，路克斯・沃格、彼得・傑科比、吉爾・休斯和蘿莉・路薏絲細心地潤飾本書文字。

我要特別感謝我長期友人和傑出作家史考特・史帕林，感謝他無窮的熱忱和絕佳的編輯建議。布魯斯・貝肯、珍和凱西・費多、凱瑟琳・海斯、貝琪・林奇貝肯、路易斯・瑟斯特以及我的父母，他們的美言、具啓發性及創意的意見、以及慷慨的招待，都是幫助我完成本書背後極大的支柱。

最後，感謝我的妻子南茜。五年前我提出本書構想時，她就全心支持我，並一路鼓勵我寫作。

國家圖書館出版品預行編目資料

來參加巴菲特股東會：Google、星巴克、微軟等 22 家頂尖企業股東會現場實錄／倫迪・卡普契（Randy Cepuch）著；呂佩憶譯 . -- 初版 .-- 臺北市 : 遠流 , 2008.10

面；　　公分 .　--（實戰智慧館；348）

譯自：A Weekend with Warren Buffett and Other Shareholder Meeting Adventures

ISBN 978-957-32-6347-0（平裝）

1. 股票投資　2. 美國

563.53　　　　97012462